RAUMSIEDLER

DIANA HERWIG

RAUMSIEDLER

Bibliografische Information der Deutschen Nationalbibliothek:
Die Deutsche Nationalbibliothek verzeichnet diese Publikation in der Deutschen
Nationalbibliografie; detaillierte bibliografische Daten sind im Internet über
dnb.dnb.de abrufbar.

Korrektorat und Satz: BoD · Books on Demand GmbH
Verlag: BoD · Books on Demand GmbH, In de Tarpen 42,
22848 Norderstedt
Druck: Libri Plureos GmbH, Friedensallee 273, 22763 Hamburg

ISBN: 978-3-7597-5148-5

INHALT

PROLOG

Die Sonne schien in 9.000 Metern Höhe, Manuel bekam jedoch in dem fensterlosen Flugzeug nichts davon mit. Er rieb sich die schmerzenden Augen. Seit knapp acht Stunden sah der Radaroperator auf den Monitor vor sich und verfolgte Punkte und Striche. Zwei seiner Kollegen hatten sich vor einer Stunde in die Etagenfeldbetten im hinteren Teil der Maschine gelegt. Ihr Team bestand aus dreizehn Soldaten und zwei Piloten aus verschiedenen NATO-Staaten. Wenn die beiden Kollegen sich ausgeruht hatten und die Monitore wieder übernahmen, würden er und der rothaarige Norweger neben ihm sich ebenfalls eine Stunde hinlegen können. Er massierte seine Schläfen. Es lag noch eine mehrstündige Flugzeit vor ihnen und spätestens in zwei Stunden würde sich ein Tankflugzeug anschließen, das 50.000 Liter Kerosin in ihr AWACS-Flugzeug pumpen würde. Zwanzig-Stunden-Flüge waren in der letzten Zeit keine Seltenheit. Auf dem Rumpf der Boeing 707 drehte sich unaufhaltsam das mächtige diskusförmige Radargerät, welches die Antennen des Hauptradars beherbergte. Diesem Airborne Early Warning and Control System verdankten sie die Daten für eine umfassende Luft-Luft-Aufklärung. Je länger ein Strich auf seinem Bildschirm erschien, umso schneller bewegte sich das Flugobjekt. Sie gehörte zu den ältesten der vierzehn AWACS-Maschinen, die im Westen Deutschlands, nahe der niederländischen Grenze, stationiert waren. Im Inneren wirkte alles bereits etwas in die Jahre gekommen. Der Boden war abgelaufen und die Wände waren teilweise vergilbt. Zudem vernahm man ein monotones Brummen, das in den neueren Modellen deutlich weniger nervtötend war. Die Technik im Inneren dieses Flugzeuges war vor zwei Jahren modernisiert worden. Dabei wurden das Navigationssystem und das digitale Kommunikationssystem aktualisiert, es wurden fünf zusätzliche Bedienerkonsolen installiert und zwei Einsatzsimulatoren umgerüstet.

Manuel gehörte seit vier Jahren zum Team und fuhr immer noch voller Stolz durch das Eingangstor der NATO Air Base, dem Militärflughafen in Geilenkirchen. Er war von der multinationalen

Atmosphäre ihrer Einsatzteams beeindruckt. Zwei Drittel jedes Einsatzteams waren Soldaten anderer NATO-Staaten und so war jeder Einsatz, aber auch die übrige Zeit nie langweilig. Als er jung war, liebte er Fliegerfilme wie Top Gun und so empfand er auch teilweise die Atmosphäre auf der Air Base. Seine Ausbilder waren aber keine attraktiven Blondinen, sondern strenge Offiziere mit meist grauen Schläfen. Aktuell war die Stimmung auf dem Stützpunkt sehr angespannt, was auf die bevorstehenden Ereignisse zurückzuführen war.

Es war bereits zwei Jahre her, seit sich eine außerirdische Spezies auf der Erde bemerkbar gemacht hatte. Manuel spülte zwei Koffeintabletten mit stillem Wasser herunter und starrte wieder auf den Monitor. Er erinnerte sich an die Zeit, als »der Kontakt« die lange dagewesene Frage beantwortete, ob es an einem anderen Ort außerirdisches Leben gab. »Aliens wollen unsere Erde retten«, schrieb die Presse und andere formulierten: »Aliens wollen unsere Erde zerstören.« Es gab Pressekonferenzen, auch von Regierungen, in denen je nach Nation das ein oder andere behauptet wurde. Die sozialen Netzwerke rauchten und zwangen so manchen Server in die Knie.

Jahre vor diesem Kontakt befand sich bereits diese außerirdische Spezies vom Planeten Asuv unbemerkt auf der Erde, um ihre eigenen Forschungen zu betreiben. Diese Ermittlungen waren friedlicher Art, eine Erkundung der Gattung Mensch und des Planeten Erde, so wie sie auch andere Planeten erkundeten. Diese Besuche auf der Erde sollten in diesem frühen Stadium unauffällig durchgeführt werden. Ganz unbemerkt blieben sie jedoch nicht. Zwei Asuvaner hatten versehentlich einen Menschen, eine junge Frau, schwer verletzt, mitgenommen, um ihr Leben zu retten. Der medizinische Stand auf der Erde hätte ihr nicht mehr helfen können. Diese Frau, Lisa Moonen, lebte von da an auf dem Planeten Asuv. Nach anfänglichen Schwierigkeiten fügte sie sich in die dortige Lebensweise ein und fand ein neues Zuhause. Als sie mitbekam, dass die Erforschung der Erde eingestellt werden sollte, weil diese durch ein gigantisches Naturschauspiel, einen Raumriss, zerstört werden würde, setzte sie sich für die Rettung der Erde ein. Die Wissenschaftler der Erde hatten das Phänomen bislang nicht bemerkt und hätten es auch nicht deuten können. Zu diesem Zeitpunkt hatten selbst die Bewohner von Asuv einem Raumriss noch nichts entgegenzusetzen. Es gab nur theoretische, noch nie durchgeführte Maßnahmen für solch ein Ereignis. Die Asuvaner willigten auf Drängen von Lisa einem Rettungsversuch ein. Dies erforderte jedoch auch ein Mitwirken der Erdbewohner. Die Staaten der Erde mussten gemeinsam an der Errichtung eines Schutzschirmes arbeiten, der die Auswirkungen einer gigantischen Druckwelle aus dem All zumindest mindern sollte. Kriege und Konflikte, unterschiedliche Regierungsformen und Religionen mussten in Anbetracht der drohenden Zerstörung der Erde zeitweise beigelegt werden. Es gelang, die vollständige Zerstörung der Erde abzuwenden und die Opfer und Schäden hielten sich in Grenzen. Die Erde wurde gerettet, und zwar durch die Zusammenarbeit aller politischen Mächte und der Hilfe einer bisher unbekannten außerirdischen Spezies, die den Raumriss mit einer gigantischen Implosion im Rissbereich wieder schließen konnte. Krisen sind bekanntlich hochproduktive Situationen. Die Beseitigung der Schäden übernahmen die Staaten größtenteils gemeinsam. Dann bogen die politischen Verantwortlichen jedoch wieder falsch ab. Es wurde sich, wie immer in der Geschichte, auf die Vorteile in den eigenen Staatsgrenzen konzentriert bis hin zum Protektionismus. Die ersten Konflikte keimten wieder auf. Die Erde hatte eine historische Chance zum planetaren Frieden und zum umfassenden Abbau von Ungerechtigkeiten verpasst. Angeheizt durch soziale Medien, falsche Nachrichten, die sich bekanntlich oftmals schneller verteilen als die Wahrheit, und durch Verschwörungstheoretiker, die überzeugt waren, dass die Katastrophe nur durch die Außerirdischen vorgetäuscht worden war, um die Erde zu versklaven, schien die Ordnung immer mehr aus dem Ruder zu geraten.

Manche Menschen fragten sich bald: War Lisa wirklich eine von ihnen? Oder war sie *noch* eine von ihnen? Sie wurde schließlich zu diesem Planeten Asuv mitgenommen und wer wusste, welchen Gehirnwäschen sie unterzogen worden war? Wollten diese Außerirdischen vielleicht doch nur die Erde unterjochen? Der Menschheit war bewusst, dass die Asuvaner technisch weiterentwickelt waren, und man fürchtet sich, wenn man sich einer fremden Macht nicht gewachsen fühlt. Eine Situation, die polarisierte. Man war entweder für die Außerirdischen oder dagegen. Eines Tages kippte die Stimmung der zerbrechlichen Einigkeit und es brodelte überall. Dies war der Grund, dass Manuel nun seit über acht Stunden auf diesen Monitor blickte. Die in Kürze bevorstehenden Ereignisse hatten jetzt alle Verteidigungseinheiten der Erde in Bereitschaft versetzt.

Im Pentagon in Virginia herrschte ebenfalls eine kaum auszuhaltende Spannung. Das Verteidigungsrisiko wurde bereits auf DEFCON 2 hochgestuft, eine Spannungsstufe, die es zuletzt in der Kuba-Krise und im Golf-Krieg gegeben hatte. Es war die letzte Stufe vor einem Atomkrieg und versetzte alle Streitkräfte in Alarmbereitschaft. Ein Übergang zur nächsten Stufe, zu DEFCON 1, würde bedeuten, dass der erste Schritt in einem atomaren Krieg begonnen hätte, was so erschreckend wie unsinnig war, denn dem asuvanischen Raumschiff konnten ihre Atomwaffen ohnehin nichts anhaben. Es würde die Erde einfach verlassen und das Unheil seinen Lauf nehmen lassen.

Austin London stand steif und mit versteinerter Miene vor den Monitoren. Er hatte eine steile Karriere im Verteidigungsministerium zu verzeichnen. Tiefe Furchen in seinem Gesicht zeugten von harter Arbeit und schweren Entscheidungen. Er hatte mit den Außerirdischen vor zwei Jahren zusammengearbeitet und selbst festgestellt, dass es nicht die schreckenerregenden Aliens amerikanischer Hollywoodfilme waren. Es waren menschenähnliche Wesen, ein wenig anders im Aussehen, andere Augen, Hautbeschaffenheit, sie atmeten anders, aber sie hatten ein fortschrittliches Denken. Ihre Technik war der Erde weit überlegen. Dies war es, was ihn sehr interessierte. Als nach der überstandenen Gefahr des Raumrisses einer ersten Gruppe von Menschen die Gelegenheit gegeben werden sollte, nach Asuv umzusiedeln, hatte er sich gemeldet. Seine Frau hatte ihn gerade verlassen, seine Kinder wollten nichts mehr von ihm wissen. Er hatte auf der Erde nichts mehr, was ihn hielt und ein Leben auf einem fremden Planeten würde seiner restlichen Zeit wieder einen Sinn geben. Er wurde jedoch im Auswahlverfahren aussortiert und das bereits in einer ersten Vorsortierung. Er wurde nicht einmal auf das Schulungsschiff eingeladen. Er war gut genug, um die Welt zu retten, er hatte für diese Rettungsmission sogar seine Ehe geopfert, aber mitnehmen wollten sie ihn nicht. Sie wählten meist jüngere Menschen aus. Er wusste, dass die Gefahr durch den Raumriss real gewesen war, denn er hatte die riesige Menge an Messdaten von irdischen Spezialisten bewerten lassen. Dennoch glaubte er immer mehr daran, dass diese Aliens die Menschheit nur gerettet haben, um sie zu benutzen. Wofür genau, das wusste er bisher nicht, aber sie hatten bestimmt nicht nur gute Absichten. Wofür auch immer sie die Menschen benötigten, er war offensichtlich nicht mehr nützlich für sie. Heute Nacht sollte das außerirdische Raumschiff, das seit über einem Jahr im Pazifischen Ozean lag, abheben und mit einhundert Menschen, eigentlich einhundert und einem Menschen, wenn man diese Lisa noch mitzählte, in den Weltraum starten. Würde ihm dabei etwas merkwürdig vorkommen, so würde er nicht zögern, den Angriffsbefehl zu geben. Es würde vielleicht die Wut des außerirdischen Volkes auf sich ziehen. Vielleicht würden sie andere Schiffe schicken, aber ihnen war dann auch klar, dass sich die Erde wehrt und sie nicht alles mit sich machen lässt. Er ballte die Faust, denn er hatte nichts mehr zu verlieren.

In Brüssel machte man sich die größten Sorgen über die Reaktionen der Verbündeten und noch mehr über die der nicht verbündeten Staaten. Die Höherstufung zu DEFCON 2 in den USA konnte schnell zur Katastrophe führen. Es zeigte, wie angespannt dort die Nerven waren. Die Russen hatten die Gespräche mit der NATO mittlerweile komplett eingestellt. Auch innerhalb Europas drifteten die Meinungen bezüglich des Siedlerprojektes auseinander. Es gab vielerorts Unruhen und diese nahmen zu. Es war gut, dass das Projekt in die letzte Phase ging und das Raumschiff heute Nacht abheben würde. Man konnte nur auf einen Erfolg und positive Rückmeldungen der Siedler hoffen. Diese wären tatsächlich möglich, da im letzten Jahr bereits Kommunikationssatelliten installiert worden waren. Diesbezüglich hatte es auch Unruhen auf der Welt gegeben. Es wurde befürchtet, dass dies

Waffensysteme der Außerirdischen sein könnten. Die Asuvaner gingen einen Kompromiss ein und bauten diese Kommunikationssysteme in Kooperation mit Vertretern der irdischen Großmächte. Jede Macht wurde an den Entwicklungen beteiligt und so wurden zumindest die Regierungen mitgenommen, die dadurch wertvolle Technologieerkenntnisse im Bereich Kommunikation erhielten. Leider führte dies in manchen Staaten teilweise zu noch mehr Misstrauen gegen die eigene Regierung. Diese steckte mit den Außerirdischen unter einer Decke. Das diplomatische Eis wurde an vielen Stellen der Erde sehr dünn und es waren dringend ein ruhiger Abzug des Raumschiffes und eine baldige positive Rückmeldung notwendig, damit es nirgendwo brach und zu einer Kettenreaktion führte. Die NATO ging nicht davon aus, dass von dem Raumschiff eine Gefahr ausging, aber würde nur eine Person in den nächsten Stunden die Nerven verlieren und dies zu einer unüberlegten Reaktion führen, könnte das Ende der Erde schnell besiegelt sein. Die Waffensysteme der Asuvaner waren allen irdischen Waffensystemen überlegen, aber auch ein Angriff von irdischen Mächten gegeneinander würde verheerende Folgen haben.

Bei den friedlichen Asuvanern, die den Zustand auf der Erde in keiner Weise nachvollziehen konnten, schwand mittlerweile die Geduld. Würde es zu einem Krieg kommen, würden die Asuvaner jeglichen Kontakt abbrechen und die Erde sich selbst überlassen. Diese würde zu einem »kriegerischen Planeten ohne Entwicklungspotenzial« eingestuft. Würde die Erdbevölkerung eventuell sogar ihr Raumschiff angreifen und Asuvaner würden dabei getötet werden, würde selbst ein solch friedliches Volk Maßnahmen ergreifen, um das Universum vor einer so dummen und aggressiven Spezies zu beschützen. Überreaktionen würden nur die Menschheit selbst bedrohen, aber offensichtlich war dies auf der Erde keiner der Mächte bewusst.

DER ΛUFBRUCH

Im Pazifik lag das Raumschiff der Asuvaner. Es handelte sich um ein asuvanisches Schulungsschiff in etwa so groß wie ein amerikanischer Flugzeugträger der Nimitz-Klasse. Von außen sah es aus wie eine silberfarbene quadratische Kapsel mit abgerundeten Ecken. Das Material der Außenhaut war mit keinem Material der Erde vergleichbar, hart genug, um die Form des Schiffes zu halten, aber auch leicht elastisch und flexibel. Es glänzte matt in der Sonne. Dieses Raumschiff lag nun seit zwölf Monaten im Pazifischen Ozean. Neben der asuvanischen Besatzung befanden sich auch Menschen an Bord, die heute noch die Erde verlassen würden, um als intergalaktische Pioniere nach Asuv zu fliegen und sich dort ein neues Leben aufzubauen. An der Unterseite hatte das Schulungsschiff in den vergangenen Monaten Algen angesetzt. Auch außerirdisches Material war offensichtlich vor Algenbefall nicht gefeit. Dennoch wirkte es majestätisch, wenn man es betrachtete, einfach überlegen, selbstsicher und vollkommen friedlich. Dieses Schiff erzeugte seine Energie selbst, war nicht als Kampfschiff konzipiert, aber konnte sich im Notfall mit Systemen verteidigen, die es mit jeder irdischen Waffe aufnehmen konnten. Daher hatten inzwischen alle Nationen ihre Schiffe im Umkreis dieses Raumschiffes liegen, jedoch stets in gebührendem Abstand. Jeder Nachrichtensender, der etwas auf sich hielt, strebte danach, den Start des Raumschiffes aus nächster Nähe zu schildern. Drohnen mit Kameras surrten zudem durch die Luft und näherten sich mutig dem Raumschiff. Es ertönte ein leises Surren, das sich langsam steigerte. Das Schiff wirbelte am Rand Wasser auf. Die Startsysteme wurden nach einem Jahr Pause wieder aktiviert. Die Antriebssysteme waren bereits aufgeladen und bereit, dieses Schiff mit einem Antrieb, den sich irdische Ingenieure bislang nicht einmal vorstellen konnten, zu einem Planeten zurückzubringen, der im Andromedanebel, einer Nachbargalaxie der Milchstraße, lag. Asuv war einer der Planeten, der vom aktuellen Liegeplatz dieses Raumschiffes noch knapp drei Millionen Lichtjahre entfernt positioniert war. Für irdische Raumschiffe unerreichbar. Das

Geräusch des Schiffes intensivierte sich und Wasser sprudelte rund um das Schiff auf. Algen und Ablagerungen wurden wie von Zauberhand vom Schiffsrumpf entfernt, um wieder eine glatte Oberflächenstruktur für den Flug herzustellen. Sofort wurden Kameras in Stellung gebracht und Drohnen starteten von vielen Schiffen mit Kurs auf das asuvanische Raumschiff. Unter dem leuchtend blauen Himmel mit hellen Sonnenstrahlen reflektierte das Material und erzeugte für die vielen Kameras fantastische Bilder.

Im Inneren des Raumschiffes war die Spannung auf einem hohen Level angekommen. Lisa Moonen stand im Flur vor dem großen Versammlungssaal, aus dem aufgeregtes Murmeln drang. Lisa war Mitte dreißig. In ihrem mattblauen Anzug, der sich wie eine zweite Haut an sie schmiegte und die übliche Kleidung auf Asuv darstellte, kam ihre sportliche Figur gut zur Geltung. Helle, leicht lockige Haare fielen ihr bis auf die Schultern. Ihre natürliche Ausstrahlung und ihre unzähligen Sommersprossen, die sie seit ihrer Kindheit hatte, gaben ihr ein sympathisches und anziehendes Aussehen. Dazu lächelte Lisa viel, wodurch sich immer kleine Lachfältchen um ihre Augen bildeten. Sie war ein Mensch der Erde, jedoch seitlich ihres Halses öffneten und schlossen sich Atemfalten im Rhythmus ihrer Atemzüge.

Sie holte tief Luft und freute sich, dass der Tag gekommen war, an dem das Siedlerprojekt in die nächste Phase ging. Es wurde Zeit. Auf der Erde führte die Anwesenheit dieses Schiffes zu mehr und mehr Unruhe und sie wollte vermeiden, dass jemand die Nerven verlor und einen verheerenden Knopf drückte oder einen falschen Befehl gab. Lisa hatte viel Arbeit in dieses Projekt gesteckt. Sie wurde wütend, wenn sie die Situation auf der Erde beobachtete. Wie konnten die Menschen nur so verbohrt sein?

Die Menschen? Zählte sie sich selbst nicht mehr dazu? Sie war doch ein Mensch, auch wenn sie nun bereits seit fünf Jahren nach irdischer Zeitrechnung bei den Asuvanern lebte. Ihr kam der Gedanke, wie sie damals nach Asuv gekommen war. Zwei Asuvaner, die sich auf der Erde auf einer eigentlich geheimen Erkundungsmission befanden, hatten sie in einen Autounfall verwickelt. Sie war dabei so schwer verletzt worden, dass sie auf der Erde gestorben wäre. Sie erinnerte sich noch an die letzten Minuten, bevor sie bewusstlos wurde. Sie dachte, sie würde sterben. Die beiden Asuvaner brachten Lisa zu ihrem Heimatplaneten, auf dem sie gerettet werden konnte. Sie nahmen sie in ihre Gemeinschaft auf und zeigten ihr eine andere Art zu leben. Diese war nicht geprägt von Besitzstreben, Profit und erschöpfender Ausnutzung von Ressourcen. Asuvaner fühlten sich als Hüter ihres Planeten und visierten das Ziel nach Weiterentwicklung, nach Wissen, persönlichen Fähigkeiten, Forschung und Frieden an. Das war ihr Luxus. Ihr wurde gerade bewusst, wie sehr die Erde davon entfernt war. Sie setzte große Hoffnung in die Menschen auf diesem Raumschiff. Mögen auch sie diese Lebensweise annehmen und zu Botschaftern für die Menschen auf der Erde werden. Sie war etwas besorgt darüber, falls diese hundert Menschen sich nicht mit der asuvanischen Lebensart abfinden konnten und das Siedlerprojekt scheitern würde. Die Asuvaner standen diesem Siedlerprojekt nicht alle optimistisch gegenüber. Viele Asuvaner hatten Angst vor einer so kriegerischen Spezies wie dem Menschen und befürchteten ihren Frieden aufgeben zu müssen, der ihnen so wichtig war. Jedoch waren die Asuvaner ein aussterbendes Volk. Genetische Veränderungen durch eine frühere, der Erde ähnliche Lebensweise und die dadurch entstandenen Umweltschäden ihres Planeten führten zur Unfruchtbarkeit vieler Asuvaner und einer sich reduzierenden Bevölkerung. Die Schäden am Planeten hatten die Asuvaner mit viel Mühe und einer Umstellung ihrer Lebensweise über Generationen repariert, aber die genetischen Schäden blieben. Der Schutz des Planeten Asuv war die oberste Direktive dieses Volkes, dennoch sank die Geburtenrate unaufhörlich. Die Bevölkerungszahl des Planeten war rückläufig und könnte in einigen Generationen zum Aussterben der Asuvaner führen.

Der Mensch auf der Erde war den Asuvanern ähnlich, denn er hatte eine entsprechende Evolution durchlaufen. Asuvaner hatten aufgrund ihrer Vorfahren, echsenähnliche Wesen, eine härtere, vollkommen unbehaarte Haut. Sie trugen nur pferdemähnenartige Haare auf dem Kopf. Die Augen der Asuvaner erinnerten immer noch an Echsen oder

Schlangen. Gelbgrüne Augen mit einer kleinen schwarzen schiffchenförmigen Iris. Sicherlich der größte Unterschied zwischen Menschen und Asuvanern bestand jedoch in der Atmung. Während der Mensch durch eine Lunge atmen kann, benutzen Asuvaner aufgrund der hohen Luftfeuchtigkeit auf ihrem Planeten eine Art Kiemen, die seitlich am Hals die Luft einsaugen und im Inneren den Sauerstoff aufnehmen. Die Luft auf der Erde ist für die Asuvaner zu trocken. Eine Weile können Asuvaner diese trockene Luft atmen, dann trocknen jedoch die Atemfalten aus. Das führt zum Tod, da kein Sauerstoff mehr aus der Luft aufgenommen werden kann. Demzufolge wurde auf diesem riesigen Schiff hier im Pazifik, wo die Ausbildung der Siedler stattgefunden hatte und wo somit auch Asuvaner als Ausbilder lebten, die Luftfeuchtigkeit stark erhöht, sodass beide Arten einigermaßen zurechtkamen. Die hundert Menschen schienen munter und hatten sich im Laufe des letzten Jahres an das feuchte Klima gewöhnt. Dennoch würde jedem Einzelnen von ihnen eine Operation bevorstehen. Aus ihren eigenen Zellen werden gezüchtete Atemfalten implantiert, damit sie auf Asuv in der feuchten Luft nicht regelrecht ertrinken.

Lisa nahm noch einen tiefen Atemzug und genoss die angenehme Aufregung in sich. Sie hielt die Hand vor ein Lichtfeld seitlich der eigentlich viel zu großen Tür. Ihre Hand wurde sofort durch ein Licht abgetastet und die große Tür schwebte fast lautlos zur Seite.

Vor ihr breitete sich der riesige, hohe, fensterlose Besprechungsraum aus. Wie im gesamten Raumschiff bestanden Decken, Boden und Wände aus einem matt leuchtenden Material, dessen Farbe und Intensität veränderbar waren. Morgens leuchteten die Wände und Decken heller und intensiver mit viel Blauanteil im Licht, um die Ausschüttung von Energiehormonen zu begünstigen. Abends wurden sie etwas matter, enthielten mehr Orange-Anteile und wirkten beruhigend und entspannend. Momentan verbreiteten die Wände ein helles, leicht milchiges Licht und die Decke simulierte einen irdischen, sonnigen Himmel mit Wolkenfetzen, die langsam vorbeizogen. Auf der Rückwand des Raumes zeigte sich über die komplette Wand ein schwaches Bild mit fremdartigen Pflanzen und Blättern.

Trotz dieser beruhigenden Farben bebte die Luft, man konnte die Aufregung über den bevorstehenden Aufbruch spüren. Es wurde zum Teil wild durcheinandergeredet, es wurde gelacht und in einigen ruhigeren Gesichtern machten sich auch Gedanken des Abschieds oder vielleicht sogar Angst breit.

Als Lisa den Raum betrat, ließ sie die sprühende Aufregung einen Moment auf sich wirken. Die meisten Menschen in diesem Raum saßen im Schneidersitz auf quadratischen Sitzhockern. Andere standen in Gruppen zusammen und unterhielten sich. Sie alle trugen die asuvanischen einteiligen Anzüge, jedoch in einem beigefarbenen Farbton. Diese Anzüge sorgten für ein angenehmes Hautklima. Man schwitzte nicht darin und man fror auch nicht. Lisa hatte diese Kleidung lieben gelernt und irdische Kleidung nie vermisst. Auf Asuv würden die Siedler sich mehrere Anzüge in verschiedenen Farben aussuchen können, aber hier trugen alle Siedler diesen hellen Farbton. Die Ausbilder trugen diese Anzüge in einem blauen Farbton, obwohl auch ohne farbliche Unterscheidung Menschen von Asuvanern gut zu unterscheiden waren.

Der Raum wirkte groß trotz der hundert Menschen. Vor genau einem Jahr drängten sich hier noch tausend Menschen und waren ebenso aufgeregt. Diese wurden aus Millionen von Bewerbern aus der ganzen Welt ausgewählt. Nach der historischen Rettungsaktion mithilfe der Asuvaner war die Existenz der Asuvaner kein Geheimnis mehr. Die Idee eines Siedlungsprojektes wurde geboren. Als der asuvanische Regierungsrat dem Siedlerprojekt zustimmte, lief Lisa sofort zum Leiter ihres Komplexes und bestand darauf, an der Planung und Umsetzung mitzuarbeiten. Es war unstrittig, dass Lisa wahrscheinlich am besten einschätzen konnte, wie die Mission zu einem Erfolg werden konnte, da sie nun beide Welten kannte. Sie übernahm eine leitende Funktion in diesem Projekt. Wichtig war den Asuvanern, dass nur Menschen ausgewählt wurden, die friedlich waren, die bereits vor ihrer Ankunft die asuvanische Sprache gelernt hatten, die sich mit der asuvanischen Kultur und Lebenseinstellung befasst hatten und sich so schnellstmöglich in die asuvanische Gemeinschaft eingliedern würden. Jeder Bewerber mit unpassenden Einstellungen, Zweifeln oder anderen Verfehlungen wurde aussortiert. Übrig blieben tausend Menschen, die als geeignet erschienen und auf dieses Raumschiff im Pazifischen Ozean eingeladen wurden. Ihre Ausbildung und das Abenteuer ihres Lebens begannen. Sie lernten eine neue Sprache, ihnen wurden die Lebenseinstellungen und -art der Asuvaner erklärt und sie mussten bereits diese neue Lebensweise auf dem Schulungsschiff übernehmen. Auf Asuv gab es beispielsweise keine Lebensmittelauswahl wie auf der Erde. Es wurde ein Mineral- und Vitaminbrei hergestellt, dessen Inhaltsstoffe die Asuvaner gesund hielten. Tiere wurden auf Asuv nicht zur Nahrungsgewinnung gezüchtet und getötet. Das ersparte dem Planeten viele Ressourcen. Allein diese Nahrungsmittelumstellung veranlasste die ersten Teilnehmer, das Schiff wieder zu verlassen. Luxus bestehend aus Konsumgütern und Dekorationen gab es ebenfalls nicht. Geschäfte und ganze Industrien, die Luxusgüter oder unnütze Dinge anboten, konnten zugunsten der Natur eingespart werden. Die Asuvaner hatten eine Lebensart etabliert, die ihnen Annehmlichkeiten, fortschrittliche Technik und sogar Reisen zu anderen Planeten erlaubten, aber das Gleichgewicht des Planeten musste immer gewahrt bleiben. Wichtig waren den Asuvanern die persönliche, körperliche und geistige Weiterentwicklung und Wohlbefinden, welches sich nicht über Besitz definierte. Jeder Asuvaner hatte den gleichen Anspruch auf eine Wohneinheit, eine Tätigkeit, die ihn ausfüllte, die Nutzung der Freizeitangebote und persönliche Freiheiten. Somit bestand Gleichheit unter den Asuvanern und es gab keinen Grund mehr, Kriege zu führen. Es gab keine Reichen und keine Armen. Alle erhielten, was sie benötigten. Hier lag nun das Risiko bei menschlichen Siedlern. Menschen, die diese Lebenseinstellung infrage stellten oder auch generelle Zweifel an ihrer Entscheidung, die Erde zu verlassen, hatten, mussten das Trainingsprogramm wieder verlassen. Nur wer bereit war, sich einem neuen Leben zu öffnen, konnte dieses Schulungsjahr bestehen. Lisa war bewusst, dass diese Menschen zwar nicht so unvorbereitet auf Asuv ankommen würden wie sie damals, aber dennoch konnte die beste Vorbereitung nicht die Realität widerspiegeln. Heute Abend wäre die letzte Möglichkeit, auszusteigen.

Lisa sah die Menschen an und verspürte Stolz. Ein Jahr hatte die Ausbildung der Menschen hier in diesem Schiff gedauert. Sie kannte sie alle, wenn auch einige mehr und andere, je nachdem in welcher Ausbildungsgruppe sie untergebracht waren, etwas oberflächlicher. Sie hatte sich außerdem von Menschen wieder verabschiedet, die sie sehr gerne bei der Reise dabeigehabt hätte. Mit vielen von ihnen hatten sie tiefe Gespräche geführt und ihre Entwicklung und Schulungsfortschritte verfolgt. Lisa atmete noch einmal die Luft voller Aufregung und Aufbruchsstimmung ein und schritt auf die Rednerseite des Raums zu. Die Wand hinter ihr hellte sich in dem Bereich, vor dem sie sich bewegte, automatisiert auf und machte so auf ihre Ankunft aufmerksam. Die Menschen, die in Gruppen zusammenstanden, setzten sich auf ihre quadratischen Sitzhocker. Die Gespräche verstummten.

»Grüße euch!« Lisa sprach zu ihren Zuhörern in asuvanischer Sprache.

Für die Menschen in diesem Raum war Lisa im letzten Jahr ebenfalls eine Vertraute geworden. Die Aufmerksamkeit wandte sich Lisa zu. Sie verstanden die asuvanische Sprache nun sehr gut.

»Dies ist euer letzter Tag auf Erden und ich hoffe, ihr freut euch auf das neue Leben auf einem wunderschönen Planeten.« Lisa erblickte Vorfreude in den Gesichtern, aber auch Nachdenklichkeit.

»Sicherlich ist die Vorfreude auf eure Zukunft geteilt und Unsicherheit und Abschiedsgedanken mischen sich in eure Gefühle. Das ist verständlich, aber ihr werdet bereits mit Spannung erwartet.«

Lächeln ging über die meisten Gesichter.

»Ihr habt euch von euren Familien und Freunden verabschiedet und euch ist bewusst, dass ihr bald fast drei Millionen Lichtjahre von ihnen entfernt leben werdet. Die Arbeiten an den Kommunikationssatelliten kommen gut voran und werden in Kürze abgeschlossen sein. Sobald ihr angekommen seid, die Krankenstationen verlassen und euer Quartier in euren jeweiligen Komplexen bezogen habt, könnt ihr Kontakt mit euren Angehörigen aufnehmen. Ihr werdet Nachrichten senden und empfangen können, sofern die Kommunikationssatelliten wie geplant funktionieren. Ihr seid für eure Angehörigen Pioniere oder Entdecker und sie wollen so schnell wie möglich von euch erfahren, wie es euch auf Asuv ergeht und gefällt!«

Auf Asuv war das Leben der gesamten Bevölkerung in sogenannten Komplexen organisiert. Diese Komplexe waren riesige Gebäudezentren, die das Leben einer ganzen Stadt beinhalteten und jedem Asuvaner neben seiner Wohneinheit, Freizeitangeboten und seiner Arbeitsstelle auch eine Krankenstation, ein unterirdisches Transportsystem zum Reisen in andere Komplexe oder auch hinaus in die Natur boten. Es gab einen Komplex für Forschung, einen für die Herstellung von Nahrung, einen für Aufgaben zum Schutz der Natur, einen zur Energieerzeugung, einen Komplex für die Produktion ihrer Anzüge und anderer notwendiger Güter, einen Regierungskomplex und viele mehr. Jeder Komplex hatte eine Hauptaufgabe, beinhaltete aber ansonsten auch alles, was die Bewohner benötigten. Im Prinzip war jeder Komplex eine eigene Stadt mit einer bestimmten Aufgabe, untergebracht in einem gigantischen Gebäude. Um jeden Komplex war ein Garten angelegt, der den Bewohnern zur Erholung diente und sorgsam gepflegt wurde. An diesen Gärten schloss sich die unberührte Natur, die Wildnis, an. Durch die komprimierte Unterbringung der Bevölkerung war der Großteil der Planetenoberfläche mit üppiger Natur bedeckt.

»Ihr habt in eurer Ausbildung im letzten Jahr eigentlich alles erfahren, was wichtig ist, aber ich kann mir vorstellen, dass heute Abend doch noch einige Fragen und Unsicherheiten auftauchen. Fragt, was ihr noch wissen möchtet. Fragt auch, wenn ihr diese Frage vielleicht schon einmal gestellt habt. Wer doch noch Unsicherheit verspürt, muss jetzt die Entscheidung treffen und eventuell noch aussteigen«, sagte Lisa in die Runde und sah sich um. Einige Hände wurden zögernd in die Höhe gehoben.

»Ja bitte!«, sagte Lisa und nickte dem nächstgelegenen jungen Mann zu.

»Du bist eine von uns und lebst schon seit vielen Jahren auf Asuv.

Könntest du uns noch etwas aus deiner Sicht über Asuv erzählen, was wir in dieser Ausbildung nicht gelernt haben?«, sagte er.

Lisa lächelte. »Als Erstes solltest du dir Redewendungen wie ›einer von uns‹ abgewöhnen. Dort auf Asuv wurde ich in die asuvanische Gemeinschaft aufgenommen. Ihr werdet genau wie ich integriert werden und es wird von euch erwartet, dass ihr euch in die Gesellschaft eingliedert. Dafür werdet ihr nicht wie Fremde behandelt werden, sondern wie vollwertige Mitglieder dieser Gemeinschaft.«

Lisa sagte das mit einer Überzeugung, sodass niemand an ihren Worten zweifeln konnte, aber einen kurzen Moment musste sie an Nil denken, eine Asuvanerin, mit der sie sich von Anfang an nicht verstanden hatte und die keine Gelegenheit verstreichen ließ, Lisa fühlen zu lassen, dass sie die Menschen für eine unterentwickelte Spezies hielt. Aber Nil war eine Ausnahme und sie konnte ihr diese Feindschaft auch nicht ganz verdenken.

»Wie war die Implantation des neuen Atemorgans für dich?«, fragte eine Frau mit piepsiger Stimme, die zierlich und verletzbar aussah.

»Das kann ich nicht sagen, denn ich war nahezu tot.« Lisa zuckte mit den Schultern.

»Aber als du aufgewacht bist, wie war das mit dem Atmen?«

Lisa erinnerte sich noch genau an kurze Augenblicke, bevor sie wieder ohnmächtig wurde. Ihr kam das besorgte Gesicht von Sono wieder in den Sinn. Sono war der Arzt, der ihr damals noch fremd und unheimlich war. Sie lag in einer Rettungskapsel, gefüllt mit einer Flüssigkeit, damit ihre neuen Atemorgane nicht austrockneten. Sie konnte sich nicht bewegen und hatte starke Schmerzen. Sie fühlte sich hilflos und fremd. Der Versuch, einen Atemzug zu tun, versetzte sie in Schmerzen und Panik. Ihre Lunge wurde aufgrund der schwerwiegenden Verletzungen entfernt und sie wusste anfangs nicht, wie sie durch ihre Atemfalten selbstständig atmen sollte.

»Ihr könnt eure Situation nicht mit meiner damals vergleichen. Ich wusste nicht, wo ich war. Ich dachte, ich wäre tot. Ich wusste nicht, wie ich atmen sollte. Ich wusste überhaupt nicht, dass mir Atemfalten implantiert worden waren, sonst hätte ich sicher versucht, sie zu benutzen und ich war nach meinem Unfall in einer miserablen körperlichen Verfassung. Ihr seid alle gründlich untersucht worden und körperlich in der Verfassung, die Operation ohne Probleme durchzustehen. Ihr wisst genau, was mit euch geschehen wird, sodass ihr auf die Situation vorbereitet seid. Zudem haben die Ärzte auf Asuv bereits Vorbereitungen für eure Operationen getroffen. Aus eurem eigenen Zellmaterial wurden entsprechende Atemfalten gezüchtet, eure Körper nehmen die neuen Atemorgane an, was bei mir noch sehr fraglich war. Generell kann ich euch beruhigen. Ihr werdet die Operation gut überstehen, werdet anschließend professionell von unseren Ärzteteams, die im letzten Jahr ebenfalls im Bereich menschliche Versorgung geschult worden sind, betreut. Und nicht zu vergessen, werden wir unter euch auch ein Ärztepaar mitnehmen, das sich ebenfalls um euch kümmern wird, sobald es selbst diese OP überstanden hat. Ihr habt die Doktoren Sulivan bereits alle kennengelernt und wurdet im letzten Jahr hier auf dem Schiff schon von ihnen betreut.« Einige Blicke sahen sich um zu dem Ärztepaar, das weiter hinten im Raum saß.

Ein hochgewachsener Amerikaner, vielleicht Texaner, meldete sich: »Ich kann mir gar nicht vorstellen, dass in unserem neuen Leben Geld keine Rolle mehr spielen wird. Man muss nichts bezahlen. Dass das wirklich funktioniert …«

Lisa dachte einen Moment nach und antwortete dann: »Aus irdischer Sicht vielleicht merkwürdig, aber wenn man eine Weile auf Asuv lebt, kommt es einem eher merkwürdig vor, dass auf der Erde für alles Geld benötigt wird. Geld ist doch eigentlich der Hauptgrund für Ungerechtigkeit, Unzufriedenheit, Streit und Krieg. Geld führt erst zu Ungleichheit und macht diese sichtbar.«

»Und es funktioniert wirklich alles ohne Geld?«

»Jedes Mitglied der asuvanischen Bevölkerung hat denselben Wert und dasselbe Recht auf seinen Anteil an Gütern, Unterkunft und Nahrung, denselben Wert als Mitglied einer Gemeinschaft. Was diese Gemeinschaft benötigt, wird gemeinsam erarbeitet.«

»Und wenn jemand dafür nicht arbeiten will und das System nur ausnutzt?«

»Nehmen wir eine Familie auf der Erde. Dort kocht die Mutter vielleicht das Essen, während der Vater den Rasen mäht. Die Tochter macht Schulaufgaben, aber der Sohn sitzt nur auf dem Sofa und sieht fern. Er weigert sich zu helfen. Geld ist hier wahrscheinlich auch keine Lösung, um seine Einstellung nachhaltig zu ändern.«

»Wenn der Vater ihm zehn Dollar fürs Rasenmähen gibt, dann würde er es doch wahrscheinlich tun«, vermutete der Amerikaner.

»Ja, aber wäre das fair? Erhält die Mutter Geld fürs Kochen oder die Tochter, weil sie ihre Schulaufgaben erledigt? Und das Problem wäre nicht gelöst. Der Sohn mäht den Rasen, um zehn Dollar zu erhalten, nicht weil er sich als Teil dieser Familie definiert, weil ihm die anderen Mitglieder wichtig sind und er seinen Beitrag leisten will. Was wäre, wenn das Geld in der Familie knapp wird und die zehn Dollar einfach nicht verfügbar sind? Diese Gleichheit aller Bewohner auf Asuv und das Wissen, dass die eigene Leistung wichtig und notwendig ist, damit die Gemeinschaft funktioniert, ist der Grund, warum dieses System funktioniert, und zwar besser als das Geldsystem auf der Erde. Es ist eher wie die Mutter, die den Kindern die Brote für die Schule in die Brotdosen packt, weil sie weiß, dass die Kinder dies brauchen, und nicht weil sie Geld dafür erwartet.«

Der Amerikaner dachte nach und nickte anerkennend.

»Uns wurde gesagt, wir werden alle vor der Ankunft in ein künstliches Koma versetzt. Warum muss das sein? Wir verpassen doch den spannendsten Teil der Reise«, sagte ein kräftigerer Südländer.

»Diese Frage haben wir bereits erklärt, aber ich verstehe den Wunsch, die Reise nicht zu verpassen. Ich sagte gerade, dass ihr die Operation alle gut überstehen werdet. Dafür werdet ihr bereits auf der Reise vorbereitet. Euer Körper erhält Nährstoffe und Ruhe, damit ihr bei Ankunft in der bestmöglichen Verfassung seid. Abgesehen davon, würdet ihr, sobald wir auf Asuv eintreffen und ihr die noch viel feuchtere Luft in eure Lungen atmet, ertrinken.«

Lisa sah kurz in die Runde und es gab diesbezüglich keinen Widerstand mehr.

»Nach dieser Besprechung werdet ihr von unserem Ärzteteam nacheinander abgeholt. Wartet hier und folgt ihnen auf die Krankenstation. Dort warten eure Transportkapseln. Unser Ärzteteam wird euch in einen tiefen Schlaf versetzen, so ähnlich wie ein Koma. Das ist nicht unangenehm für euch. Ihr schlaft ein und spürt nichts davon. Die Körperfunktionen werden auf ein Minimum reduziert. Eure Körper werden mit allem Nötigen versorgt und euer Zustand wird ununterbrochen unter Kontrolle stehen. Es ist wichtig, dass eure Körper erholt und in bester Verfassung auf Asuv ankommen. Dort werdet ihr mit eurer Transportkapsel direkt in den für euch bestimmten Komplex verlegt, wo die Krankenstationen bereits auf euch warten. Dieses Koma ist die einzige Möglichkeit, lebend in eure Komplexe zu gelangen. Von dem Zeitpunkt an, von dem ihr in den Schlaf versetzt worden seid, bis zu dem Zeitpunkt, wo ihr operiert werdet, vergehen maximal vier Tage. Ihr werdet diese Tage verschlafen. Wenn ihr wieder aufwacht, wartet eine neue Welt auf euch.« Lisa lächelte wieder. Ein schnelles asuvanisches Shuttle würde den Weg von der Erde bis zu Asuv in zwölf Stunden bestreiten, aber dieses riesige, behäbige Schulungsschiff würde drei Tage unterwegs sein. Für irdische Raumfahrzeuge war es jedoch gar nicht möglich, in dieser Zeit überhaupt die Milchstraße zu verlassen. Diese Raumfahrttechnik mit den Menschen zu teilen, kam für die Asuvaner jedoch nicht infrage. Es war für sie sicherer, wenn der Mensch den Weg zu ihrem Planeten nicht selbstständig zurücklegen konnte. Die Entscheidung, ob man solche Techniken in Zukunft mit der Erde teilen würde, wie schon mit anderen Planeten im Andromeda-Nebel im Austausch gegen Rohstoffe oder andere Technologien, lag noch weit in der Zukunft.

Die meisten der Menschen auf diesem Schiff waren zwischen zwanzig und vierzig Jahre alt. Die körperliche Verfassung war wichtig, um sich gut an vollkommen andere Lebensbedingungen anpassen zu können. Manche Menschen wurden jedoch auch trotz höheren Alters ausgewählt, wenn sie eine besondere Ausbildung, Kenntnis oder Begabung in Kombination mit einer entsprechenden Grundfitness hatten. So hatte man sich für ein Ärztepaar entschieden, um in Fällen, in denen die asuvanische Medizin keine Antwort parat hatte, einen menschlichen Arzt vor Ort zu haben. Der menschliche Körper war für die asuvanischen Ärzte schließlich eine neue Herausforderung. Dr. Richard Sulivan war Anfang fünfzig, Arzt und Wissenschaftler und eine Koryphäe auf dem Gebiet der Virologie und Genetik. Beides könnte bedeutungsvoll sein. Es war bislang nicht sicher, ob Asuvaner und Menschen gemeinsam Nachwuchs zur Welt bringen könnten und was in so einem Fall mit der Genetik der beiden Spezies geschieht, aber man würde es sicher herausfinden. Virologie war ebenfalls ein Bereich, der abgedeckt sein sollte. Es könnte auf einem anderen Planeten schließlich andere Erreger geben und niemand wusste, wie der menschliche Organismus hiermit zurechtkommen würde. Dr. Richard Sulivan bot Kompetenzen in beiden Bereichen. Er wurde von Dr. Ellen Sulivan begleitet, seiner Frau. Ellen war Notfallärztin und somit ebenfalls eine Bereicherung für das erste Siedlerteam. Mit ihren 45 Jahren war sie nicht viel jünger als ihr Mann, wirkte jedoch wie eine Enddreißigerin. Sie war energiegeladen und munter. Sie war nicht dick, vielleicht etwas rundlich um die Hüften, die ihre Weiblichkeit betonten. Fältchen hatte sie noch keine oder sie hatte sie entfernen lassen und nach der Größe ihrer Brust zu urteilen, war diese auch nicht ganz natürlichen Ursprungs. Als Lisa sie das erste Mal vor einem Jahr gesehen hatte, trug sie viel Schminke und einen roten Lippenstift. Heute sah sie viel natürlicher aus und hatte durch die asuvanische Nahrung auf dem Raumschiff bereits einige Rundungen um die Hüfte verloren.

Die Sulivans fühlten sich nicht nur als Abenteurer, die eine neue Welt erkunden wollten. Sie wollten sie erobern. Sie waren selbstbewusst und intelligent. Die Erde war ein Planet, der an Überbevölkerung litt. An einer Mission teilnehmen zu dürfen, die neue Lebensräume und unbekannte, weit überlegene Technologien offenbarte, war eine große Chance für die beiden. Den Boden für die Umsiedelung eines auserlesenen Teiles der Menschheit auf einen neuen, frischen Planeten zu bereiten, wurde mehr und mehr zu ihrer Berufung.

»Du hast einen asuvanischen Partner. Wurdest du dazu gezwungen, mit ihm zusammen zu sein?«, fragte eine dunkelhäutige Frau Anfang dreißig, die etwas bieder wie eine Bibliothekarin aussah.

»Ist die Frage ernst gemeint?« Lisa war überrascht.

»Du lebst seit einem Jahr mit Asuvanern auf diesem Schiff. Wurdest du jemals zu etwas gezwungen?«

Die dunkelhäutige Frau zuckte regelrecht zusammen, dennoch antwortete sie.

»Ich weiß, was uns über die Einstellungen, die Lebensweise und über Beziehungen auf Asuv beigebracht worden ist und ich finde, dass es nach einer idealen Gesellschaftsform klingt. Deshalb bin ich hier, aber auf der Erde werden Stimmen in Netzwerken laut, die behaupten, dass die Asuvaner uns Menschen als billige Zuchtmaschinen benötigen und wir haben erlebt, wie Pärchen unter uns aussortiert und nach Hause geschickt wurden …«

Lisa schaute ernst.

»Ihr habt ein Jahr lang Zeit gehabt, euch auf diese neue Welt vorzubereiten und die Asuvaner kennenzulernen und sich mit der Lebensweise vertraut zu machen, in der gegenseitiger Respekt sehr ernst genommen wird. Ihr habt eure eigenen Kenntnisse, Ausbildungen und Neigungen verwendet, um euch auf eine Aufgabe vorzubereiten, die euch auf Asuv ausfüllen wird. Ihr alle habt euch diese Aufgabe aussuchen können und für einen Komplex entschieden, in dem ihr arbeiten und leben werdet. Das letzte Pärchen, welches aussortiert worden ist, hatte sich unterschiedliche Komplexe ausgesucht und kam nicht damit klar, getrennt leben zu müssen.«

Lisa sah sich um und sah einige zweifelnde Gesichter. Sie wollte lieber wieder nach vorn, als auf die Hirngespinste sozialer Netzwerke der Erde zu schauen.

»Du, womit wirst du dich auf Asuv beschäftigen und in welchem Komplex wirst du leben?« Lisa zeigte auf eine kleine Asiatin, die sich eher im Hintergrund gehalten hatte und mit der Lisa bislang nicht viel Kontakt hatte.

»Ich habe Astronomie studiert und in der Abteilung für Astronomie an der Universität in Peking an Forschungsprojekten teilgenommen.

Mein Spezialgebiet ist die Auswertung komplexer Datenmengen und die Erstellung von Analysemodellen. Ich werde die Daten über andere Galaxien und Planeten auswerten. Der Komplex, in dem ich eingesetzt werde, ist das Regierungskommando zur Erforschung und Beobachtung fremder Galaxien.«

Ihre Worte wirkten auswendig gelernt und jede ihrer Bewegungen war ruhig, überlegt, fast etwas unterwürfig.

»Wie heißt du? Der REBFG ist auch mein Komplex«, sagte Lisa.

»Su Ning«, antwortete sie mit einer überkorrekten Haltung.

»Dann werden wir uns sehen. Ich werde dich anfangs betreuen.«

Lisa sah sich um.

»Und du? Was wird deine Aufgabe sein und in welchem Komplex wirst du leben?«, fragte sie einen liebenswürdig aussehenden Europäer mit einem Pfannkuchengesicht und leichten Locken, die für Lisas Geschmack ein wenig zu lang und wild waren.

»Ich bin Bernie Braun. Ich war der beste Koch von ganz Bayern. Ich habe im Goldenen Schwanerl gekocht und werde zukünftig im Nahrungsmittelkomplex arbeiten.«

Lisas erster Gedanke war »Vollblutbayer« und Lisas zweiter »Was soll der im Nahrungsmittelkomplex?«. Auf Asuv gab es keine Schweinshaxen oder Jägerschnitzel. Der Nährstoffbrei der Asuvaner wurde zwar im Nahrungsmittelkomplex produziert und unterirdisch in alle Komplexe des Planeten gepumpt, aber was die Aufgabe eines Kochs aus Bayern sein würde, könnte spannend werden.

Lisa hatte sich an den Brei gewöhnt und Früchte gab es in ungeheurer Vielfalt ebenso wie schmackhafte, herzhafte Nüsse, aber den Besuch auf der Erde hatte Lisa auch genutzt, um ihre Eltern und Freunde zu besuchen. Bei ihren Eltern ließ sie sich erst einmal mit rosa gebratener Ente, Apfelrotkohl, Knödeln und Orangensoße verwöhnen und mit ihren Freunden ist sie Pizza essen gegangen. Leider blieb ihr für solche Aktivitäten nicht viel Zeit. Die trockene Luft der Erde machte ihren Atemfalten immer schnell zu schaffen, sodass sie sich früh verabschieden und in ihre mit Wasser gefüllte Schlafkapsel legen musste, bevor ihre Atemfalten austrockneten. Dennoch würde auch für Lisa dieser Aufbruch von der Erde erst einmal wieder für lange Zeit eine Trennung von ihrer Familie bedeuten.

»Und was genau wird dort deine Aufgabe sein?«, wollte Lisa jetzt wissen.

»Ich werde an der Produktion des Nahrungsbreies beteiligt sein und ich würde gerne neue Geschmacksrichtungen entwickeln. Zudem benötigen wir Menschen eventuell eine andere Nährstoffzusammensetzung. Daran werde ich mitarbeiten.«

Lisa stellte sich den leicht süßlichen Nahrungsbrei mit Schweinshaxengeschmack vor und schauderte.

»Okay, jetzt haben wir hier Bernie, der sich seit einem Jahr darauf vorbereitet, uns alle mit Nahrung zu versorgen und wir haben Su Ning, die seit einem Jahr ausgebildet wird, um in der REBFG zu arbeiten. Für beide werden bereits Quartiere in den entsprechenden Komplexen zur Verfügung stehen und es ist alles für sie im jeweiligen Komplex hergerichtet. Wenn Bernie und Su nun ein Liebespaar werden, dann möchten sie vielleicht im gleichen Komplex zusammenleben.«

Lisa machte eine kurze Pause, bis sie das Gefühl hatte, dass ihre Zuhörer ihr alle gefolgt waren. Su Ning und Bernie musterten sich derweil skeptisch.

»Die Asuvaner würden es verstehen, wenn Su und Bernie tatsächlich zusammenleben wollen. Kein Asuvaner wird sie daran hindern. Su wird sich vielleicht eine Aufgabe im Nahrungsmittelkomplex suchen und Nährstoffanalysen entwickeln oder Bernie kommt zu uns in den REBFG und fliegt mit zu anderen Planeten, um neue Substanzen für unsere Nahrung zu finden. Aber jetzt, wo ein erster Schwung von hundert ersten Siedlern kommt, da sollte alles erst einmal so laufen wie geplant. Insofern haben wir bei der Auswahl diejenigen bevorzugt, die momentan noch ungebunden und flexibel sind.«

»Und es hat nichts damit zu tun, dass die Asuvaner unfruchtbar sind?«, rief jemand aus der Mitte.

»Zunächst sind nicht alle Asuvaner unfruchtbar. Es gibt Nachwuchs auf Asuv und dieser Nachwuchs wird gehegt und umsorgt. Kinder sind wertvoll. Es ist wunderbar, Kind auf Asuv zu sein. Allerdings stimmt es, dass ein Teil der Asuvaner unfruchtbar ist und zu wenig

Nachkommen geboren werden, um das Leben, insbesondere das Wirtschaftsleben, auf Asuv in der Zukunft zu erhalten. Es war auch nie ein Geheimnis, dass die Asuvaner uns Menschen aufnehmen wollen, um der sinkenden Bevölkerungszahl entgegenzuwirken. Würde Asuv an Überbevölkerung leiden, warum sollten die Asuvaner dann Siedler von anderen Planeten aufnehmen?«

Lisa dachte kurz nach, ob sie den nächsten Gedanken für sich behalten sollte, entschied sich dagegen und fügte noch hinzu:

»Außerdem sage ich euch ganz ehrlich, dass die Asuvaner lange darüber nachgedacht haben, Siedler von der Erde aufzunehmen. In ihren Augen gelten wir als kriegerisch und zerstörerisch. Unser Planet ist übersät von Umweltproblemen und Kriegen. Diese Probleme wollen sich die Asuvaner auf keinen Fall auf ihren eigenen Planeten holen. Von euch hängt es ab, ob weitere Menschen das Privileg haben werden, nach Asuv gebracht zu werden. Das Einzige, was von euch erwartet wird, ist, dass ihr euch in die bestehende Gesellschaft einfügt, ein Teil der neuen Welt werdet und vor allem weder Krieg noch Chaos auslöst. Nur dann wird es weitere Siedlerprojekte geben.«

Einige Zuhörer nickten zustimmend, andere dachten über diese Worte nach und einige wenige schämten sich vielleicht sogar für Vorurteile, die sie gehabt hatten und gerade in den vergangenen Tagen durch explodierende Gerüchte in irdischen Netzwerken angefeuert wurden. Solange das Schiff noch im Pazifik lag, hatten die Siedler noch Zugriff auf all diese Informationen.

»Gibt es noch weitere Fragen?«, wollte Lisa wissen und lächelte wieder ihre Zuhörer an.

»Nach der großen Katastrophe, dem Raumriss, vor einem Jahr wurden Gerüchte verbreitet, dass die Asuvaner bereits Menschen mit nach Asuv genommen haben. Es gab sogar Augenzeugen, die es gesehen haben. Ist das wahr?«, fragte eine Engländerin Mitte dreißig, die schön war, jedoch etwas kühl wirkte.

»Ja, aber es waren nicht so viele, wie auf der Erde geglaubt wurde. Jeder Vermisste war automatisch von den Asuvanern mitgenommen worden. Vielleicht war dies für viele Angehörige eines vermissten

Menschen ein tröstender Gedanke. In Wirklichkeit wurden nur drei schwer verletzte Menschen nach Asuv gebracht. Sie wurden zusammen mit verletzten Asuvanern gefunden und sie wären auf der Erde gestorben.«

»Was ist aus ihnen geworden?«

»Einer von ihnen konnte nicht gerettet werden, er war zu schwer verletzt. Die beiden anderen Michael und Oliver leben auch wie ich im REBFG.«

Lisa musste lächeln, als sie an Oliver dachte. Er war ein enger Freund von ihr, der im Gesellschaftsraum ihres Komplexes tätig war. Bevor Oliver sich darum gekümmert hatte, war es ein nüchterner Begegnungsraum im Freizeitbereich, aber er hatte eine Bar mit exotischen Säften und Früchten und einer auf Asuv einmaligen Baratmosphäre daraus gemacht. Er passte dort perfekt hin, denn er war ein Partymensch, der es verstand, überall gute Laune zu verbreiten und für Stimmung zu sorgen. Er war der stets gut gelaunte und quirlige Surfertyp. Es dauerte etwas, bis sich die Asuvaner an Olivers unkonventionelle Art gewöhnt hatten, aber er war mittlerweile beliebt und seine Bar auf Asuv genoss einen besonderen Ruf.

Michael dagegen war das totale Gegenteil von Oliver. Er war ein Freak, in sich gekehrt und er blieb stets für sich allein. Er wirkte wie eine kleine graue Maus. Lisa hatte das Gefühl, dass er sich auf Asuv nie richtig einleben würde. Vielleicht würde er unter den Siedlern einen Freund oder eine Freundin finden.

Nachdem alle Fragen beantwortet waren, schaltete ein Asuvaner einen übergroßen Bildschirm ein, auf dem die irdischen Nachrichtensendungen gezeigt wurden, die an diesem Abend auf fast allen Fernsehprogrammen der Erde liefen. Es gab Berichte über den bevorstehenden Start, Informationen über den Planeten Asuv, Abschiedsbotschaften und Glückwünsche. Einige Sender hatten Angehörige von Siedlern interviewt. Es gab aber auch Proteste und Ausschreitungen gegen die Asuvaner.

Den Siedlern wurde auf diese Weise die Wartezeit verkürzt. Allmählich wurden kleine Gruppen von dem asuvanischen Ärzteteam abgeholt und zur Krankenstation gebracht.

Dort angekommen, wurden sie aufgefordert, ihren Anzug abzulegen und nackt in die Transportkapseln zu steigen. Den meisten Menschen war dies unangenehm, aber die Flüssigkeit würde ihre Körpertemperatur in einem optimalen Bereich halten und Sensoren auf ihrer Haut würden alle wichtigen Körperfunktionen überwachen. Dennoch stiegen die meisten unsicher in die warme Flüssigkeit. Einigen war das Liegen in einer Flüssigkeit unheimlich, andere fürchteten sich vor der engen Röhre, in die sie steigen sollten. Die Oberseite war aus einer glasähnlichen, durchsichtigen Substanz, sodass das Ärzteteam sie sehen konnte, ohne den Deckel immer öffnen zu müssen. Außerdem wurden die Messergebnisse der Sensoren an einem Bildschirm an der Außenseite der Kapsel sowie an den Zentralrechner der Krankenstation gesendet.

»Und in so einer Kapsel werde ich immer schlafen?«, fragten einige beim Einstieg in die Kapsel.

»Das ist eine medizinische Transportkapsel. Die Schlafkapsel in deinem zukünftigen Quartier ist viel größer, sodass du dich hin- und herdrehen kannst. Du kannst die Beleuchtung auch einstellen, wie es dir am besten gefällt. Farbe und Intensität können geändert werden. Du kannst entspannende Klänge hören oder sanftes Rauschen. Diese Kapsel hier ist nur für den medizinisch überwachten Transport. Auf Asuv wird deine Schlafkapsel viel angenehmer sein«, wurde geantwortet.

Sobald die Menschen in den Kapseln lagen, wurden sie zügig in einen Schlafzustand versetzt und mit den Sensoren bestückt. Erst anschließend wurden die Kapseln mit den schlafenden Menschen in den umfunktionierten Transportraum geschoben. Hier musste jede Kapsel für den Flug fixiert werden, und zwar an der richtigen Stelle, damit sie beim Ausladen dem richtigen Komplex zugewiesen werden konnte. Die Kontrollgeräte der Kapsel würden jede Veränderung und jedes Problem sofort melden. Die asuvanischen Ärzte würden sich kümmern, denn diese Menschen in den Transportkapseln waren nun Mitglieder ihrer Gesellschaft. Lisa hatte darauf bestanden, dass die Siedler auf der Krankenstation in den Schlaf versetzt und erst dann in den Transportraum geschoben werden. Einfacher wäre gewesen, jeden zu seiner Kapsel in den Transportraum zu führen und dort in die Kapseln steigen zu lassen. Der Anblick von blinkenden, abgeschlossenen Kapseln mit betäubten Menschen hätte den Siedlern jedoch mehr Angst als nötig gemacht. Eine warm beleuchtete Krankenstation wirkte vertrauensvoller.

Während die Siedler fortwährend zur Krankenstation gebracht wurden, blinkte Lisas ID-Com am Handgelenk, ein quadratisches, handbreites, jedoch dünnes, um den Arm gebogenes Gerät, das eine Nachricht von Aska, dem Piloten dieses Schulungsschiffes, zustellte. Das ID-Com-Gerät beinhaltete einen Identitätsnachweis jedes Bewohners von Asuv, einen digitalen Ausweis. Es gewährte Zutritt zu den Komplexen und ermöglichte die Ortung und die Kommunikation unter allen Bewohnern des Planeten. Auch die Siedler hatten längst so einen ID-Com erhalten, mit dem sie zu identifizieren waren, sie auf diesem Raumschiff bereits Türen öffnen und untereinander kommunizieren konnten. Lisa begab sich auf die Kommandostation dieses Schiffes, welches einem übergroßen Cockpit mit Serverschränken als Wänden ähnelte. Mehrere Asuvaner waren mit den Vorbereitungen zum Starten dieses Schiffes beschäftigt und sahen konzentriert aus. Das riesige Schiff lag seit mehr als einem Jahr im Meereswasser. Die Asuvaner starteten Analyseprogramme, fuhren Antriebssysteme hoch und bereiteten so das Schiff auf den Start vor.

Die anlaufenden Vorbereitungen, Geräusche aus dem Schiff und Wasserbewegungen um das asuvanische Schulungsschiff herum schienen die umliegenden Schiffe nicht dazu zu bewegen, Platz zu machen. Auf einem russischen Schlachtschiff, nur knapp vor der Sicherheitsgrenze des asuvanischen Schulungsschiffes, wurden vermehrte Aktivitäten bemerkt. Ein amerikanischer Flugzeugträger verringerte den Abstand zum Raumschiff sogar. Die Anzahl von besessenen Journalistenschiffen hatte sich in den vergangenen Stunden enorm vermehrt. Am Himmel schwirrten immer mehr Drohnen.

»Lisa, die Schiffe da draußen müssen weg!«

Aska, ein großer, durchtrainierter Asuvaner mit voluminösem

Oberkörper, kam auf sie zu. Sein enganliegender Anzug ließ das Spiel der Muskeln seiner kräftigen Oberarme sehen. Seine Ausstrahlung war ruhig und gelassen, seine Augen verrieten keine Unruhe oder Nervosität. Er hatte schon unzählige Starts hinter sich.

Lisa sah ihn an und überlegte, was er eigentlich genau von ihr wollte. Er wartete einen Moment und fügte hinzu: »Die sind zu nah! Wenn wir starten, wirbeln wir die unter. Ist das okay?«

Lisa verzog das Gesicht: »Nein, das ist nicht okay! Das würde wahrscheinlich der Tropfen sein, der das politische Fass zum Überlaufen bringen würde.«

»Politische Fass?«, wiederholte Aska und erklärte etwas ungeduldig: »Mehr als die Hälfte der Siedler ruhen bereits in ihren Kapseln. Wir müssen bald starten!«

Damit wollte er ihr wohl sagen, dass sie dafür zu sorgen hat, dass die Menschen draußen auf den Schiffen verschwinden.

Lisa wusste, dass in Moskau, in Washington, in Brüssel, in Peking überall nervöse Menschen vor Knöpfen saßen und einen riesigen Schaden anrichten konnten. Ein Schiff dieser Mächte zu versenken, auch wenn es nur aus Versehen gewesen wäre, war keine gute Idee. Sie wusste, dass jede dieser Mächte mittlerweile Schiffe draußen vor Ort liegen hatte. Der Starttermin des Schulungsschiffes war jedem Menschen auf der Erde bekannt, aber statt gebührend Abstand zu halten, wurden die schaulustigen Schiffe in den vergangenen Stunden immer mehr und sie kamen immer näher. Was dachten die nur? Glaubten sie, dass so ein riesiges Raumschiff aus dem Wasser kommt, ohne eine Welle zu erzeugen?

»Aska, kannst du mich mit der Übersetzungsdatenbank verbinden und eine Funkverbindung öffnen?«

Aska schüttelte ungläubig den Kopf, womit er sein Unverständnis über die rückständige, irdische Technologie zum Ausdruck brachte und murmelte: »Funk, von mir aus!«

Lisa folgte Aska zum Kommunikationsrechner des Schulungsschiffes, der von Ritou, einem jüngeren Asuvaner, bedient wurde.

Lou Winter, eigentlich Louis, aber alle nannten ihn nur Lou, war ein junger, engagierter Journalist. Er wartete schon seit Tagen auf der »Matrosenliebe«, einem gecharterten Fischkutter in der Nähe des Schulungsschiffes, und hoffte auf gute Fotos, die ihm den beruflichen Durchbruch bringen würden. Der alte Matrose »Juppi« hatte sich bereit erklärt, gegen Zahlung eines angemessenen Verdienstausfalls den Journalisten zum Schulungsschiff zu fahren, obwohl seine »Matrosenliebe« schon die besten Jahre hinter sich hatte. Sie war zwar ein hochseetaugliches Fischerboot, aber eben alt und manchmal machte der Motor Zicken. Da der Fischfang immer mickriger wurde, hatte er gegen zusätzliches Einkommen nichts einzuwenden. Der junge Schnösel wurde ihm nach ein paar Tagen sogar etwas sympathisch. Die letzten Tage lagen sie die meiste Zeit an Deck, beobachteten das Schulungsschiff sowie die Schiffe und Flugzeugträger um sie herum. Jedes Schiff hielt von den anderen Schiffen einen respektvollen Abstand ein.

Plötzlich kam Leben in die Boote um sie herum. Es wurden Motoren angeschmissen und die Boote und Schiffe bewegten sich, nachdem sie die letzten Tage wie festbetoniert gewirkt hatten.

»Was passiert da?«, fragte Lou.

»Was weiß ich denn?«, krächzte Juppi zurück und kratzte sich den ungepflegten grauen Bart.

Er nahm sein Fernglas, das wahrscheinlich schon Juppis Urgroßvater gute Dienste geleistet hatte, und sah sich um.

»Donnerlippchen! Alles in Bewegung«, rief er.

Lou hielt sein Smartphone in der Hand, aber es hatte schon seit Tagen keinen Strom mehr.

»Wäre gut zu wissen, was hier abgeht. Wir bekommen hier gar nichts mit.«

»Jungchen, bist du nicht die Presse?«

»Presse, nicht Hellseher!«, erwiderte Lou.

»Dieses verdammte Funkgerät. Vielleicht hätten wir über Funk etwas erfahren …«, mutmaßte Juppi, ging in die Kabine und fummelte wieder an dem Gerät herum, dessen Vorderseite er bereits aufgeschraubt hatte.

… Start … krack … Radius …

»Da ist was!«, rief Lou und rannte in die Kabine.

Das Funkgerät war wieder tot.

»Verdammt, das war wahrscheinlich wichtig!« Lous Augen wurden groß.

»Ja, ja, Moment.« Juppi drehte mit einem Schraubenzieher wieder in dem offenen Gerät herum.

… krack … begeben Sie sich …krack … Risiko … krack. Sofort …

»Stopp, nicht bewegen!«, befahl Lou und der alte Seebär hielt den Schraubendreher im Gerät möglichst still.

… nach irdischer Zeit in …krack … Minuten wird das asuvanische Raumschiff starten. Sie befinden sich in … krack … und im Risikobereich. Bitte verlassen Sie diesen Bereich sofort, ziehen Sie sich zurück. Das Schulungsschiff benötigt Platz für den Start. Je kleiner Ihr Schiff, desto weiter ziehen Sie sich zurück, um nicht von der Welle zum Kentern gebracht zu werden …

»In wie vielen Minuten startet das Schiff?«, fragte Lou aufgeregt.

»Jungchen, wir sollten verschwinden!«

»Und meine Fotos?«, protestierte er.

»Wem willst du die zeigen? Den Fischen, wenn wir kentern?«

Juppi stellte sich ans Lenkrad des Kutters und versuchte den Motor zu starten, während Lou aufs Deck lief und noch einige Fotos schoss. Der Motor gab allerdings keinen Mucks von sich. Juppi versuchte es wieder und fluchte laut.

»Was ist?«, fragte Lou und wandte seinen Blick nicht vom Schulungsschiff ab.

»Vielleicht bekommst du doch ein paar gute Fotos vom Start!«

»Bewegen sich die Schiffe?«, fragte Lisa an Aska gerichtet.

»Die meisten kleineren Schiffe ziehen sich zurück, die größeren, vorwiegend die Shuttle-Träger …«

»Flugzeugträger!«, korrigierte Lisa.

»… die Flugshuttle-Träger bewegen sich nicht«, sagte Aska mit einem Blick auf seine Systeme.

35

Lisa dachte angestrengt nach und ihr fiel nur eine letzte Möglichkeit ein.

»Dann benötige ich noch eine Kommunikationsverbindung zu allen irdischen Satelliten, die Übersetzungsdatenbank bitte wieder davorschalten!«

»Lisa, wir sollen die Siedler nach Asuv bringen, kein Unterhaltungsprogramm für die Erde ...«

»Du machst mir diese Verbindung und kümmerst dich um die Startsequenzen. Ich schaffe die Schiffe weg.«

Nur dreieinhalb Minuten später hatte der asuvanische Techniker sämtliche Kommunikationssatelliten der Erde gekapert und mit Lisas Konsole verbunden. Er freute sich und grinste. Die irdische Technik war einfach, aber für ihn war es das erste Mal, auf solch eine Mission mitgenommen zu werden.

Lisa erschien nun gleichzeitig auf allen Programmen der Erde.

»Liebe Erdbewohner, es ist fast zwei Jahre her, dass ich zu Ihnen auf diesem Weg schon einmal gesprochen habe. Damals ging es um die Rettung der Erde und heute ist es leider wieder kurz davor, dass es zu großem Schaden kommen könnte. Vielleicht habe ich zu lange unter Asuvanern gelebt, aber ich verstehe es nicht mehr. Die Schäden von vor zwei Jahren sind bislang nicht alle beseitigt, Familien trauern noch um Opfer und statt wie damals gemeinsam die Gefahr abzuwenden, wenden wir uns ... nein, wenden Sie sich jetzt wieder alle gegeneinander und gegen eine friedliche Spezies wie die Asuvaner? Die Erde muss lernen und sich verbessern! Wir haben es vor zwei Jahren gespürt! Was ist seitdem wieder schiefgegangen? An alle Regierungsbeamte, die gerade in einer Kommandozentrale stehen und den Finger über Knöpfen jeglicher Art haben: Ziehen Sie Ihre Schiffe und Flugzeugträger zurück. Diese Schiffe werden furchtbar nass, wenn wir starten. Dieses Raumschiff benötigt Platz, um aus dem Wasser zu kommen. An alle Journalisten und Schaulustigen da draußen, ziehen Sie sich zurück, schnell und weit. Sie werden kentern und leider verpassen, wenn die hundert Siedler auf Asuv ankommen, sich melden und erzählen, wie es dort oben ist. Das sind viel bessere Schlagzeilen für Sie. Und an alle Menschen auf diesem Planeten: Lasst euch keinen Blödsinn über die Asuvaner einreden! Kümmert euch lieber um die Probleme auf der Erde!«

Lisa hatte sich in Rage geredet und vergessen, dass die ganze Erdbevölkerung sie hören und sehen konnte. Es wurde ihr wieder bewusst, sie atmete tief durch und senkte ihre Stimme: »Ich bin Lisa Moonen, ein Mensch der Erde und ich versichere Ihnen, hier geschieht etwas Gutes. Diese hundert Siedler in unserem Schiff haben die Möglichkeit, eine neue Welt zu erkunden, ein Leben auf einem wunderschönen Planeten zu leben. Der Erfolg dieses Pilotprojektes hängt zum Teil davon ab, wie sich die Siedler auf Asuv einleben. Der zweite Erfolgsfaktor ist die Erde. Sollen weitere Siedler vielleicht im nächsten Jahr die Chance haben, nach Asuv umzusiedeln, dann darf die Erde nicht das Bild von Krieg und Zerstörung bieten. Zeigen Sie, dass die Menschen sich entwickeln können. Nur dann werden die Asuvaner uns als Spezies anerkennen, mit der man auskommen kann.«

Lisa sah den asuvanischen Techniker an. Sie spürte plötzlich die Anstrengung der letzten Tage. Sie war müde.

»Und? Bewegt sich etwas da draußen?«, fragte sie den Techniker.

Er beobachtete seine Systeme, drehte sich zu ihr um und nickte ihr anerkennend zu.

Lisa drehte sich zu Aska und lächelte, doch der rief plötzlich: »Ein Schuss!«

Lisa stürmte an den Monitor neben Aska und sah etwas im Himmel explodieren und ein helles, rot gleißendes Licht überzog den ganzen Himmel über ihnen für einige Sekunden.

Lisa wagte kaum zu atmen, Schweißperlen bildeten sich auf ihrer Stirn und ein Schauer lief durch ihren ganzen Körper.

»Was passiert nun?«, fragte sie an Aska gewandt.

»Mehrere Schiffe ändern ihren Kurs und bewegen sich auf ein kleines Boot zu, ein winziges Boot, aber ich denke, dass der Schuss mit dem hellen Licht daherkam.«

»Wir sind umgeben von Kriegsschiffen und du ballerst hier herum?«, schrie Lou aufgebracht.

»Jungchen, das ist ein Notruf! Willst du zu Fischfutter werden?«, meckerte Juppi zurück.

»Ein Notruf? Wir hätten es noch einmal mit dem Funkgerät probieren können.«

»Ich wollte aber immer schon einmal wissen, ob die alte Leuchtrakete noch funktioniert.«

VORBEREITUNGEN

Weit von der Erde entfernt, auf dem Planeten Asuv liefen ebenfalls die Vorbereitungen auf Hochtouren. In den vergangenen Wochen reiften aus zelleigenem Material der Menschen, das bereits nach Asuv gebracht worden war, die zum hiesigen Leben notwendigen Atemfalten im Komplex für Medizin heran. Diese gezüchteten Organe wurden in die entsprechenden Krankenstationen verteilt. Wenn die Menschen in den jeweiligen Komplexen ankommen, müssen die zu implantierenden Organe dort bereits zur Verfügung stehen. Die Ärzte und das Personal der Krankenstationen planten die bevorstehenden Operationen und machten sich mit den erhaltenen Daten ihrer menschlichen Patienten vertraut. Die Operationsbereiche und die Räume zur Überwachung nach den Operationen wurden hergerichtet. Das Personal musste darin geschult werden, den Menschen nach dem Aufwachen zu helfen und sie eventuell auch zu beruhigen.

In den Komplexen wurde für jeden Menschen ein Quartier zur Verfügung gestellt, in das er nach seiner Entlassung von der Krankenstation einziehen würde. Lehrpläne und Schulungsmaßnahmen lagen bereits parat. Die Schulungen der Siedler würden auf Asuv noch eine Weile fortgeführt werden, bevor sie sich ihren neuen Aufgaben stellen könnten.

Auf Asuv wurde oft über das Siedlerprojekt gesprochen. Während die meisten Asuvaner dem Einzug der Menschen mit Neugierde und Freude gegenüberstanden, äußerten andere Zweifel, ob eine derart kriegerische Spezies wie der Mensch nicht vielleicht doch Chaos und Zerstörung einbringen würde.

Nil war eine schöne, zarte, fast feenhafte Erscheinung, mit ruhigen, überlegten Bewegungen und einem kühlen Blick. Ihre Bewegungen waren fließend, fast wie die einer eleganten Schlange. Sie trat selbstbewusst an die Rednerkonsole und sah sich kurz unter den Anwesenden um. Dies alles hier waren Asuvaner, die die gleichen Einstellungen hatten wie sie und alle hatten sich hier weit entfernt von ihren Komplexen getroffen. Durch das große Fenster, welches die komplette hintere Gebäudeseite des quadratischen Kubus ersetzte, fielen Sonnenstrahlen, die es durch das Blätterdach des urwaldähnlichen Waldes auf den Rednerbereich geschafft hatten. Das Gebäude bestand nur aus diesem einen Versammlungssaal. Dies war ein geheimer Treffpunkt und niemand der gut fünfzig Anwesenden trug seinen ID-Com um sein Handgelenk. Niemand wollte geortet werden. Keine Spuren sollten zu dieser geheimen Versammlung führen.

»Asuvaner, Bewohner dieses Planeten!«, rief Nil und sie strahlte Selbstbewusstsein und Führungsstärke aus. Sie war sich ihrer Wirkung bewusst und auch ihrer Schönheit, die viele der Anwesenden bewunderten.

»In Kürze werden die ersten hundert Erdmenschen hier auf unserem Planeten eintreffen. Nachdem sie ihren eigenen Planeten wie ein sich ausbreitendes Virus fast zugrunde gerichtet haben, kommen sie nun nach Asuv. Warum sollten sie sich hier anders benehmen als auf ihrem eigenen Planeten? Warum sollten sie hier nicht Chaos, Krieg und Zerstörung anrichten? Sie haben keinen Respekt vor dem Leben und vor der Natur. Sie streben nach persönlichem Vorteil und unsinnigen Besitztümern ohne Rücksicht darauf, wie ihr eigener Planet leidet. Kann solch eine rückständige Lebenseinstellung durch die Schulung, die sie durchlaufen haben, abgelegt werden?«

Nil sah die Zuhörer fragend an. Ein allgemeines Kopfschütteln, begleitet von einem besorgten Gesichtsausdruck, durchzog den Raum.

»Und warum holen wir uns diese kriegerische Spezies auf unseren geliebten Planeten? Haben wir solche Angst vor dem eigenen Aussterben, dass wir den Planeten erneut der Zerstörung aussetzen wollen? Haben wir nicht vor Generationen genau diesen Fehler schon einmal gemacht? Nur auf das eigene Wohl bedacht und getrieben von Habgier haben wir es einst fast so weit kommen lassen, diesen wundervollen Planeten zu vernichten. Es hat Generationen gedauert, eine intakte Natur wiederherzustellen, saubere Technologien zu entwickeln und eine Lebensart zu etablieren, die mit der Natur, mit diesem Planeten und mit unseren Bedürfnissen im Einklang steht. Haben die Gründer dieser neuen Zeit damals nicht festgehalten, dass wir diesen Planeten niemals wieder in Gefahr bringen dürfen und schon gar nicht, um einen eigenen Vorteil zu verwirklichen?«

Nil sah jetzt entschlossen und durchdringend in die Augen ihrer Zuhörer.

»Jetzt frage ich euch, was tun wir jetzt? Setzen wir nicht wieder die Gesundheit dieses Planeten und auch unsere eigene Lebensweise und Sicherheit aufs Spiel, wenn wir uns eine derart aggressive Spezies nach Asuv holen?«

Nil konnte die Zustimmung ihrer Zuhörer spüren und sie musste sie auch gar nicht mehr überzeugen. Sie konnte sich ihrer Gefolgschaft längst sicher sein.

»Und womit rechtfertigen wir dieses Risiko? Wir planen unserer sinkenden Bevölkerungszahl entgegenzuwirken. Aber kann es deshalb unser Wille sein, dass sich der Mensch hier ausbreitet wie auf der Erde oder wer von euch will einen Nachkommen mit einem Erdbewohner zeugen? Ich versichere euch, dass ich lieber aussterbe, als mein Blut mit einer derart unterentwickelten und aggressiven Spezies zu vermischen!«

Die zarte Hand schlug wütend auf das Rednerpult und wurde begleitet von zustimmendem Gemurmel.«

»Wer von euch will sein Blut mit einem Erdbewohner mischen?«, rief sie ihren Zuhörern entgegen und erntete zustimmendes Kopfschütteln.

Sie genoss diesen Moment und sie hatte nicht gelogen. Sie würde tatsächlich lieber sterben, als sich auf einen Erdbewohner einzulassen. Sie hasste die Erdbewohner abgrundtief. Bereits Lisa, der erste Mensch, der nach Asuv gekommen war, hatte ihr das genommen, was ihr im Leben am wichtigsten war. Sie hasste Lisa und ihre ganze Spezies für diesen Verlust. Sie hasste sie, weil sie in ihren Augen rückständig und unterentwickelt waren, weil sich diese menschliche Spezies aus Affen, diesen fiesen, hässlichen, behaarten Wesen, entwickelt hatte und weil sie ihren eigenen Planeten, die Erde, fast zerstört hatte. Sie töteten einander für Land und unsinnige Dinge. Und sie verachtete Lisa dafür, dass sie ihr Mano genommen hatte. Sie liebte Mano noch immer. Aber das war im Moment nicht vorrangig. Zuerst musste verhindert werden, dass die Asuvaner nicht durch diese Erdbewohner bedroht würden, dass das Virus Mensch hier nicht ausbrach und vielleicht konnte sie sich bei dieser Gelegenheit auch gleich dieser Lisa entledigen.

»Wir dürfen nicht zusehen, wie diese Erdbewohner sich hier wie ein Virus ausbreiten und unser asuvanisches Blut vergiften! Wir dürfen es aus Respekt vor unserem Planeten nicht zulassen!«

Nil hatte ihre Zuhörer regelrecht in Ekstase versetzt. Sie folgten jedem ihrer Gedanken und trugen ihre Worte durch die Luft.

Nil ließ ihre Worte wirken und sie genoss die tragende Stimmung im Raum. Sie nickte einem Asuvaner zu, der sich nun dem Rednerpult näherte.

»Darf ich euch Emen vorstellen?«, fragte sie völlig beherrscht und ruhig.

»Emen ist Mitglied des strategischen Verteidigungskomplexes. Ich freue mich, dass ich ihn für unseren Bund gewinnen konnte. Er wird nun unseren Plan erläutern.«

Emen war ein hagerer Asuvaner, dessen ausdruckslose Miene gut mit seinem langweiligen Charakter harmonisierte. Im Gegensatz zu den meisten Asuvanern wirkte er nicht sportlich, sondern eher schwach.

Er trat vor das Rednerpult und nickte Nil dabei respektvoll zu. Seine Hochachtung und Begierde für diese makellos schöne Frau konnte er nur schwer verbergen und hätte sie sich für einen Krieg mit sämtlichen Galaxien eingesetzt, so hätte er auch hinter ihr gestanden.

»Asuvaner, in vielen Sonnen- und Mondzeiten haben wir an einem Plan gearbeitet, wie wir dieses Virus Mensch bekämpfen können. Niemand von uns will, dass er sich hier ausbreitet und unseren Planeten gefährdet, allerdings will auch niemand das Risiko eingehen, als Mörder oder Verräter dazustehen.«

Nil ärgerte sich. Die hochtrabende Stimmung, die sie soeben in die Zuhörer gesät hatte, wurde von diesen Worten leicht gedrückt. Auf Asuv gab es nahezu keine Kriminalität. Jeder Asuvaner verfügte über die gleichen Rechte. Respekt und Frieden waren die höchsten Werte dieser Gesellschaft.

Kein Asuvaner, kein lebendes Tier noch die Natur dieses Planeten durften in Gefahr gebracht werden. Geschah dies vorsätzlich und hatte schwerwiegende Folgen, so wurde der Täter aus der asuvanischen Gesellschaft ausgeschlossen und des Planeten verwiesen. Sofern solche ausgewiesenen Asuvaner kein anderes Ziel hatten, wie eine Gesellschaft auf einem anderen Planeten, die bereit war, den Täter aufzunehmen, so wurde er nach Simir transportiert. Simir war ein Planet, der weit entfernt von Asuv lag. Im Prinzip gab es auf Simir alles, was man zum Leben benötigte – Nahrung und Wasser, Steine und Pflanzen zum Häuserbauen, aber ein Leben im Endlager für asuvanische Straftäter war für keinen Asuvaner erstrebenswert.

»Wir benötigen also einen guten Plan«, erklärte Emen.

»Wir sind eine hoch entwickelte und friedliche Spezies. Der Erdbewohner ist kriegerisch und aggressiv. Warum sollten wir ihn also nicht selbst für unsere Ziele arbeiten lassen?«, fragte Emen und versuchte gerissen zu klingen, was jedoch nicht ganz gelang.

»Was bedeutet das? Sollen wir warten, bis etwas passiert?«, rief ein jüngerer Asuvaner aus der Mitte der Zuhörerschaft.

»Nein«, antwortete Emen. »Es bedeutet nur, dass wir uns des Charakters dieser Spezies bedienen. Wir werden sie ermutigen, Dinge zu tun, die unserem Volk beweisen werden, dass es falsch war, die Menschen auf unseren Planeten zu holen. Natürlich lassen wir nicht zu, dass großes Unheil geschieht, aber es sollte dazu führen, dass jeder Erdmensch zur Erde zurückgeschickt wird, weil das Vertrauen ihnen gegenüber verloren geht.«

Bei den Worten »jeder Erdmensch« spürte Nil eine tiefe Befriedigung.

»Und wie genau soll dies aussehen?«, fragte wieder der junge Asuvaner.

Nil spürte, dass Emen die mitreißende Stimmung immer weiter drückte, und ergriff nun wieder das Wort.

»Wir werden die Siedler studieren, wir werden ihre Entwicklung beobachten, wir werden eingreifen, wenn es sinnvoll ist und die Menschen in eine für uns nützliche Richtung lenken. Jeder von uns wird daran mitwirken. Jeder von uns wird die Siedler, die im eigenen Komplex eingegliedert werden, genau beobachten und entscheiden, welche Siedler für unseren Plan am besten zu gebrauchen sind. Diese Siedler werden wir in die Richtung treiben, die wir wollen, und ihnen anbieten, etwas Schlechtes zu tun. Sie werden noch unerfahren sein. Es dürfte nicht schwer sein, sie zu provozieren. Wenn in jedem unserer Komplexe die Siedler Schlechtes tun, dann wird der asuvanische Rat erkennen, dass das Siedlerprojekt ein Fehler war. Er muss den Fehler korrigieren.«

An diesem Abend fuhr Nil nicht in den Regierungskomplex zurück, sondern hatte sich ein Gastquartier im REBFG reservieren lassen. Am nächsten Morgen hatte sie einen Termin dort, bei dem es darum ging, einen neuen Planeten zu beobachten, der eventuell in der Zukunft als Rohstofflieferant dienen könnte. Das Regierungskommando zur Erforschung und Beobachtung fremder Galaxien – kurz REBFG würde die Beobachtung dieses fremden Planeten und auch die erste Kontaktaufnahme übernehmen. Nil nutzte diese Gelegenheit, um bereits diesen Abend anzureisen. Ein Gastquartier bereitete ihr immer noch einen Stich im Herzen, denn bevor Lisa hier war, teilte sie mit Mano ein Quartier im Wohnbereich. Diese Lisa hatte ihr viel genommen.

Nachdem sie sich in ihrem kleinen Gastquartier etwas frisch gemacht und etwas gegessen hatte, ging sie in den Freizeitbereich. Die Bar des REBFG-Komplexes war mittlerweile eine Besonderheit und vielerorts Gesprächsthema, denn sie wurde vor einiger Zeit von Oliver, diesem Erdbewohner, übernommen, der damals bei dem Raumriss schwer verletzt und mitgenommen worden war. Dieser Mensch hatte diesen einst eher nüchternen asuvanischen Begegnungsort in einen interessanten Ort mit Charme und Stil verwandelt, ohne hierbei die klare Art der Asuvaner ganz zu verbannen. Bambusähnliche

Gewächse teilten den Raum in gemütliche kleinere Bereiche ab, die mit asuvanischen Sitzhockern um jeweils einen dunklen Holzblock, der als Tisch diente, gestellt waren. An einer der matt leuchtenden Seitenwände lief eine dünne Wasserschicht die Wand hinunter bis in einen rötlichen Kieselsteinstreifen vor der Wand. Dazu wurde der Wasserlauf von der Wand aus in dezenten, wechselnden Farbtönen beleuchtet. Alkohol gab es auf Asuv nicht, allerdings hatte Oliver eine Theke eingebaut, die eine Getränkeauswahl anbot. Getränke aus Obstsäften, mit Kräutern oder Nusssirup geschmacklich aufgeputscht. Auch dies war einzigartig auf Asuv. Die Theke hatte er mit Dekorationen aus Steinen, Pflanzen und Holzelementen gut in das Ambiente integriert. Was die Musik anging, daran arbeitete Oliver noch. Hatte er auf der Erde in Diskotheken öfter als DJ Techno- und Trancemusik aufgelegt, musste er sich auf Asuv bisher nur mit den beruhigenden Klängen begnügen, die hier üblich waren. Wirkliche Musik gab es hier nicht. Musik fehlte ihm am meisten. Diese ruhigen Klänge passten zwar gut in dieses Ambiente, allerdings musste seiner Meinung etwas Pep hereingebracht werden. Mit ein paar Trance-Elementen wäre daraus sicherlich etwas zu machen. Seine Änderungen an der Bar schienen den Asuvanern zu gefallen, denn seit er sie übernommen hatte, wurde sie immer besser besucht.

Nil sah sich in der Bar um, in einer Ecke sah sie einige Mitarbeiter aus Zins Team. Zin war der Leiter der REBFG und seine Mitarbeiter waren verantwortlich für die Erforschung und Beobachtung fremder Planeten. Feindliche Planeten wurden stets beobachtet, um drohende Gefahren frühzeitig zu erkennen und friedliche Planeten konnten vielleicht als neue Handelspartner gewonnen werden. Dies war die Hauptaufgabe dieses Komplexes. Zu Zins Team gehörte auch Mano. Nil sah ihn aus einiger Entfernung an und bewunderte wieder seinen großen, kräftigen Körper, sein Gesicht mit den männlichen Zügen. Sie vermisste ihn sehr, seine ruhige, besonnene und beherrscht zurückhaltende Art, die jedoch so plötzlich ins Leidenschaftliche umspringen konnte. Nil spürte Wärme und Verlangen in sich aufsteigen und dann Wut, weil er eine andere liebte. Am

Tisch saßen außerdem noch Ralloh, ein kleiner, rundlicher Asu-vaner, der immer lustig und zu Scherzen aufgelegt war, O-Ur, ein großer, schlanker, immer zuvorkommender Asuvaner, und seine Partnerin Lihn, eine freundliche, junge Asuvanerin mit natürlicher, leicht blasser Ausstrahlung.

Vor ihrem Tisch stand Oliver und scherzte mit ihnen. Er sorgte überall für fröhliche Stimmung. Er hatte blonde, stets gestylte Haare, einen sportlichen Körper und war allem Neuen gegenüber aufge-schlossen. Auf der Erde hatte er gerne T-Shirts mit knalligen Far-ben – am liebsten Orange – getragen. Oliver trug hier in der Bar meist einen Overall in einem Bordeaux-Rot mit beigefarbenen Streifen um die Brust. Nil hob selbstbewusst den Kopf und die Schultern hoch und ging auf die Gruppe zu. Ralloh sah Nil als Erster und konnte sich einen Kommentar nicht verkneifen.

»Hey, Oliver, deine Bar wird immer bekannter, jetzt interessiert sich sogar schon der Regierungsrat dafür«, lachte er und nickte in Richtung der auf sie zukommenden Nil.

Die ganze Gruppe drehte sich herum und begutachtete Nil.

»Ich freue mich auch dich zu sehen, Ralloh«, meinte Nil zynisch zurück.

»Was willst du hier?«, fragte Mano.

»Ich habe morgen früh einen Termin mit Zin wegen der Beziehun-gen zu dem Planeten Amarath. Darf ich mich setzen?«, fragte Nil.

Lihn rutschte etwas näher an O-Ur heran und Oliver packte sich schnell einen weiteren Sitzhocker und stellte ihn neben Lihn.

»Willkommen in meiner kleinen Bar. Darf ich dir meinen Spe-zialdrink für Regierungsmitglieder empfehlen? Leicht bitter, mit einem Schuss …«, fragte Oliver und lächelte Nil an, die ihn jedoch unterbrach.

»Ich möchte ein einfaches Wasser, wie es sich für Asuvaner gehört«, sagte Nil kühl und setzte sich.

»Klar, kommt sofort«, antwortete Oliver und eilte zur Theke.

»Was ist denn mit dieser Begegnungsstätte passiert? Hier hat sich einiges verändert«, bemerkte Nil und sah sich stirnrunzelnd um.

»Oliver hat einiges verändert und den meisten gefällt es hervorragend und er will auch noch …«, sagte Lihn, wurde jedoch auch von Nil unterbrochen, die sich immer noch leicht angewidert umsah.

»Mir nicht! Das ist doch keine asuvanische Begegnungsstätte mehr.«

»Dir würde nichts gefallen, was von einem Erdmenschen verändert worden ist. Das ist mittlerweile schon bekannt«, reagierte Mano, hob sein Glas und trank einen Schluck honigfarbene Flüssigkeit, ohne Nil anzusehen.

Ralloh nahm sein Glas in Richtung Nil und meinte: »Also, meiner Meinung nach hat unsere Kultur von Olivers Veränderungen schon enorm viel gewonnen. Allein dieses Getränk mit Nussextrakten und verschiedenen herben Fruchtsäften ist spitze. Den solltest du mal probieren, Nil! Vielleicht würdest du dann viel offener gegenüber den Menschen sein.«

»Verschone mich damit«, giftete Nil zurück und erntete ein Grinsen von Ralloh, der nichts anderes erwartet hatte.

Die Zeit verging. O-Ur und Lihn verabschiedeten sich. Ralloh und Mano wollten auch gehen, aber Nil bat Mano noch um ein Gespräch und so ließ Ralloh die beiden allein.

»Was willst du, Nil?«, fragte Mano, als sie allein waren.

»Mano, ich wollte dir nur sagen, dass ich über vieles nachgedacht habe. Ich habe Fehler gemacht und …«

»Nil …«

»Nein, lass mich bitte ausreden. Ich habe gedacht, ich könnte über dein Leben bestimmen, und habe Entscheidungen getroffen, die wir zusammen hätten treffen müssen. Ich habe nur an mich gedacht und ich würde nicht noch einmal so reagieren. Ich wollte, dass du das weißt.«

Mano sah sie an und glaubte ihr sogar. Er wusste, dass sie immer noch etwas für ihn empfand, und er fühlte sich ein wenig schuldig, weil er ihr damals durch die Trennung Leid zugefügt hatte.

»Nil, es ist in Ordnung. Du warst, wie du warst, und ich habe dich sehr gerne gehabt. Wir ändern uns jedoch im Laufe unseres Lebens. Es hat ab einem bestimmten Zeitpunkt einfach nicht mehr für mich gepasst.«

»Mano, musst du auch manchmal an die vielen schönen Erlebnisse denken, die wir zusammen erlebt haben? Weißt du noch, wie wir mit dem Raumfahrzeug auf Osarius notlanden mussten und mitten in diesem Wald aus bunten Blumen umherirrten? Wir haben uns Zeit gelassen und uns in diese wundervollen Blumen gelegt. Es war ...«

»Nil«, unterbrach Mano sie, »was soll das? Meine Partnerin ist jetzt Lisa.«

»Ja, ich weiß, entschuldige, ich muss nur so oft an unsere Zeit denken.« Nil legte den Kopf schief und sah sehr traurig aus. So kannte Mano sie gar nicht. Er rückte etwas näher und legte ihr tröstend die Hand auf die Schulter, eine für Asuvaner schon ziemlich intime Geste. Nil tat es gut, die Hand dort zu spüren und sie legte ihre Hand darauf, damit er sie nicht gleich wieder wegziehen konnte.

Oliver lag mit den Unterarmen auf die Theke gestützt und schaute in Richtung Mano und Nil herüber. Es gefiel ihm nicht, was dort vor sich ging. Lisa war eine enge Freundin und er mochte Nil nicht.

DIE ANKUNFT

Das große Transportschiff erreichte den Weltraumfrachthafen auf Asuv. Ein riesiges grau metallisch wirkendes Gebäude mit verschieden großen Toren an der Frontseite. Direkt hinter diesem Weltraumfrachthafen schloss sich der Komplex für intergalaktischen Handel an. Eines der größeren Tore schwebte beim Empfang der Signale des asuvanischen Raumschiffes zügig zur Seite und machte den Weg in einen riesigen Hangar im oberen Drittel des Gebäudes frei. Der Raum dahinter war nur matt beleuchtet, aber dimmte nun in freudiger Erwartung des Schiffes die Helligkeit im Hangar hoch. Das Raumschiff verlangsamte seine Geschwindigkeit, bis es vor dem Tor fast zum Stehen kam, und ließ sich von einer magnetischen Zugkraft sicher in das Innere des Gebäudes ziehen. In der Mitte des Hangars senkte sich dieses riesige Schiff sanft auf den Boden. Die Ausgänge des Raumschiffes öffneten sich alle simultan und der Hangar füllte sich sofort mit Asuvanern, die bereits auf die Ankunft gewartet und nun viel zu tun hatten.

Die hundert mit Menschen gefüllten Transportkapseln wurden ausgeladen, ihren Kennzeichnungen entsprechend sortiert und Richtung Transporthafen geschafft. Unter jedem Komplex befand sich ein Transporthafen mit Anschlüssen an das unterirdische Tunnelsystem. Durch diese Tunnel konnte die Bevölkerung sich in kleinen Kapseln, die über zwei bis vier Sitzplätze verfügten, durch den Untergrund zu ihrem Zielort schießen lassen. Es gab auch größere Röhren, in denen Transportkapseln mit mehr Sitzplätzen oder aber Frachtkapseln zum Transport von Gütern verkehrten. Es war nicht nur ein schnelles, effektives und umweltfreundliches Transportmittel, sondern auch das einzige Transportmittel auf Asuv. Da die Asuvaner in ihren Komplexen wohnten, arbeiteten und ihre Freizeit verbrachten, wurde auf Asuv nicht viel verreist. Für Besuche in anderen Komplexen oder Ausflüge in das Waldland standen jedem Bewohner von Asuv diese Transportröhren zur Verfügung. Für die noch in einem tiefen, narkoseartigen Schlaf liegenden Menschen mussten jedoch je nach Zielkomplex sehr weite

Strecken zurückgelegt werden. Die Kapseln mit den Menschen wurden in Frachtkapseln geschoben, fixiert, damit sie nicht verrutschen konnten, und zu ihren Bestimmungsorten gebracht. Dort wurden sie bereits erwartet, in Empfang genommen und sofort auf die Krankenstationen gebracht. Lisas Komplex, der REBFG, erhielt neun der hundert Kapseln. Lisa half noch bei der Koordination und begleitete die neun neuen Bewohner ihres Komplexes zu ihrem Bestimmungsort, auch wenn diese das bislang nicht mitbekamen. Lisa freute sich nach dieser langen Zeit auf der Erde, wieder zurück auf Asuv zu sein. Wie merkwürdig war es, dass sie diesen Planeten, ihr Quartier in diesem Komplex so weit von der Erde entfernt, als ihr Zuhause ansah. Natürlich freute sie sich besonders auf Mano, der Asuvaner, den sie mehr liebte, als sie je jemanden auf der Erde geliebt hatte. Während sie noch darüber nachdachte, spürte sie die Geschwindigkeit, mit der die Transportkapsel sie Richtung Mano brachte. Als sie die Bremswirkung spürte, fühlte sie sich freudig aufgeregt. Sie war wieder daheim! Als sich die große Schwebetür der Frachtkapsel zur Seite rollte und damit fast die komplette Seite der geräumigen Kabine offenlegte, sah Lisa schon medizinisches Personal und Helfer. Sofort lösten sie die Sicherungen der mit Menschen gefüllten Transportkapseln und schoben sie eilig zur Krankenstation.

Sono, der leitende Arzt der REBFG, ein stiller, korrekter, vielleicht etwas humorloser Mediziner mit ledriger, faltiger Haut, aber gutmütigen Augen, hatte nun alle Hände voll zu tun. Er ließ sich schnell die Diagnosewerte der Menschen zeigen. Zwei der neun Menschen hatten Vitalwerte, die ihm nicht gefielen. Die Sauerstoffsättigung im Blut hatte bereits ein kritisches Maß erreicht und die verlangsamten Pulswerte wurden immer unregelmäßiger. Er entschied, dass diese beiden Menschen zuerst operiert werden mussten, und gab seinem medizinischen Personal die entsprechenden Anweisungen. In der REBFG gab es drei Ärzte mit einem OP-Team aus Assistenten und Mitarbeitern, die auf diese Operationen an den Menschen spezialisiert worden waren. Er selbst wollte einen dieser kritischen Fälle, Dr. Richard Sulivan, übernehmen. Den anderen kritischen Fall, Mehran, einen Ägypter

Ende vierzig, sollte Tucs Aufgabe sein und für die Ärztin Nele wollte er noch einen der Menschen auswählen, während die Assistenten bereits alles herrichteten. Er entschied sich aus den übrigen sieben Menschen für eine junge, chinesische Frau, die ihm trotz normaler Vitalwerte sehr blass vorkam, und ließ sie von einem Mitarbeiter aus Neles OP-Team mitnehmen.

Die übrigen sechs Rettungskapseln wurden in einen Nebenraum gebracht, wo sie mit dem Rechner der Krankenstation verbunden wurden. Der Rechner überwachte nun die weiteren Vitalfunktionen und gab Alarm, falls sich der Zustand eines Patienten verschlechtern sollte. Außerdem überprüfte er auch die Zugabe des Wirkstoffes, der die Menschen in dem komaähnlichen Zustand hielt und die Körperfunktionen auf ein Minimum absenkte, damit der Restsauerstoff im Blut so langsam wie möglich verbraucht wurde. Dennoch mussten sich die OP-Teams beeilen. Eine Pause zwischen den OPs würde es für sie nicht geben.

Bei den Operationen wurden die aus jeweils eigenem Zellmaterial der Menschen gezüchteten Atemfalten seitlich des Halses auf beiden Seiten eingesetzt. Durch das eigene Zellmaterial lag die Gefahr einer Abstoßung bei nahezu null Prozent. Die menschlichen Lungen sollten erhalten bleiben, falls doch eine Rückkehr auf die Erde notwendig sein würde. Damit die menschlichen Lungen nicht kollabieren und den Körper weiterhin mit Sauerstoff versorgen konnten, mussten sie von der Nasen- und Mundatmung abgetrennt und an das neue Atmungsorgan angeschlossen werden. Dieses musste aus der feuchten, schweren Luft den Feuchtigkeitsgehalt reduzieren und leichte, mit Sauerstoff angereicherte Luft an die menschlichen Lungen weitergeben. Die Atemfalten würden also davorgeschaltet werden, anders als bei Lisa, deren Lungen aufgrund ihrer schweren Verletzungen entfernt werden mussten. Bei Lisa mussten die Atemfalten damals mit der Sauerstoffversorgung des Blutkreislaufes verbunden werden. Die Operation der Siedler würde nicht einfach sein, aber doch deutlich einfacher als damals bei Lisa. Schwieriger würde es für die Menschen jedoch sein, diese neue Art der Atmung zu lernen. Zur Benutzung der

Falten am Hals mussten die Menschen erst einmal lernen, entsprechende Muskeln zu trainieren und dabei nicht aus alter Gewohnheit versuchen, durch Mund und Nase zu atmen.

Nachdem die Atemfalten eingesetzt und mit entsprechenden Nerven, Gefäßen und Muskeln versehen und verbunden worden waren, wurden kleine Geräte an den Hals angesetzt, die das Öffnen und Schließen der Falten so lange durchführen und stimulieren würden, bis die Menschen es selbst konnten. Diese Geräte funktionierten aber nur, solange sich die Menschen in den mit Flüssigkeit gefüllten Kapseln befanden. An der Luft waren sie wirkungslos. Jedoch hier in der Kapsel würden die Geräte dafür sorgen, dass die nährstoffreiche Flüssigkeit in die Körper eingezogen und wieder ausgestoßen werden konnte. Um allerdings diese Rettungskapseln zu verlassen, müssten die Menschen erst die Kontrolle über diese neue Körperfunktion erlangt haben.

Mit dem zweiten Schwung wurden Dulchina Primavera, eine leicht korpulente Spanierin mit langen lockigen schwarzen Haaren, Dr. Ellen Sulivan, die Ehefrau von Dr. Richard Sulivan, sowie Melodie McKenzie, eine bildhübsche junge Frau aus Irland operiert.

Die letzten Operationen wurden mit James Lether, einem Engländer, Piotr, einem Russen, und Armin Laforge, ein Afrikaner durchgeführt. Alle Operationen verliefen erfolgreich.

Die Rettungskapseln mit den operierten Menschen wurden ebenfalls an den Computer der Krankenstation angeschlossen. Vorerst würden sie erst einmal weiter in diesem komaähnlichen Zustand bleiben, damit sich der Körper von der Operation regenerieren konnte. Dazu wurden Nährstoffe, Sauerstoff und Vitamine in die Flüssigkeit eingeleitet, die über die neuen Atemorgane aufgenommen werden konnten. Sono entfernte die Kanülen in den Armen der Siedler. Damit kannte er sich ohnehin nicht aus und hielt diese irdische Technik zur Einleitung von Medikamenten für barbarisch. Das System der Krankenstation würde Alarm geben, wenn sich der Zustand einer der Siedler änderte, daher konnten die Ärzte und ihre Assistenten selbst in ihre Quartiere gehen und sich in ihre Schlafkapseln legen, um sich ein wenig zu erholen. Nur das medizinische Wachpersonal der Krankenstation würde die Siedler beobachten. Abhängig vom Zustand der Patienten würde Sono festlegen, wer zuerst aufgeweckt wird und wer noch eine längere Regenerationsphase benötigte. Alle neun Siedler gleichzeitig aufwecken wollte er nicht. Nach dem Aufwachen müssten sie sich intensiv um die Patienten kümmern. Sie müssten lernen zu atmen, dürften nicht in Panik verfallen, benötigten noch viel Hilfe. Deshalb müsste er sich für eine Reihenfolge entscheiden, in der diese Patienten aus dem Schlafzustand geholt werden würden. Aber das hatte Zeit bis zur nächsten Sonnen- und Mondzeit. Es war nun alles getan, was getan werden musste. Jetzt konnte er sich selbst etwas ausruhen.

Lisas Aufgabe war vorerst mit der Verteilung der Kapseln in die verschiedenen Komplexe erledigt gewesen. Nachdem sie die neun Kapseln zur Krankenstation begleitet und Sono kurz berichtet hatte, dass es unterwegs keine Vorkommnisse gegeben hatte, war es Zeit, endlich ihr Quartier aufzusuchen. Im Quartier wartete bereits Mano. Er schloss Lisa kräftig in seine Arme und hielt sie lange fest. Ihr Gehirn wurde mit einem Gefühl von Wärme, Liebe und Verlangen überflutet. Lisa hatte sich damals schwergetan, diese mentale Kommunikationsart zu lernen, aber soeben sendete sie auch ihre Gefühle auf diesem Weg an Manos Gehirn zurück. Es war die intensivste Art, jemanden seine Zuneigung spüren zu lassen. Zudem war diese mentale Kommunikation auf Asuv erforderlich, da die Asuvaner in ihrer sprachlichen Kommunikation meist eher beherrscht und ruhig waren. Die mentale Kommunikation vervollständigte Gesagtes durch das Senden von Gefühlen und verringerte so das Risiko von Missverständnissen unter den Asuvanern. Sie setzten sich auf das runde Sofa. Neben der großen muschelförmigen Doppelschlafkapsel, einer Computerkonsole, einigen quadratischen Sitzhockern, dem Nahrungsbrei-Automaten und in den Wänden eingelassenen Schränken für ihre Kleidung war es das einzige Einrichtungsstück jedes Quartiers. Arm in Arm lagen sie dort und erzählten von den Erlebnissen der letzten Monate, bevor sie müde und glücklich in die warme, weiche und leicht fluoreszierende Flüssigkeit ihrer Schlafkapsel stiegen.

Eine Sonnen- und Mondzeit später auf der Krankenstation sah Sono wieder nach seinen Patienten. Laut dem Computer gab es keine Zwischenfälle, allen Patienten ging es gut und die Körper der Menschen waren bereits wieder gut mit Sauerstoff und Nährstoffen versorgt. Alle hatten eine rosigere Gesichtsfarbe. Die anderen Krankenstationen des Planeten meldeten ebenfalls gut verlaufene Operationen, nur in vier Fällen gab es Probleme und am Ende würde es nur ein Mensch nicht geschafft haben. 99 Siedler waren kurz davor, ein neues Leben auf diesem Planeten zu beginnen.

Sono entschied in einem ersten Schritt, vier der neun Menschen aufzuwecken. Die Ärzte und einige Assistenten standen bereit, als Sono den Computer der Krankenstation anwies, die entsprechenden Wirkstoffe in die Rettungskapseln freizusetzen. Als Erstes schlug Armin Laforge, der junge Mann aus Afrika, die Augen auf und die Pupillen sprangen angstvoll hin und her.

»Es ist alles in Ordnung. Ihre Operation ist gut verlaufen. Sie müssen jetzt nur ruhig bleiben«, erklärte Sono in asuvanischer Sprache.

Armin nickte und brachte ein schwaches »Ogurr« hervor, das in asuvanischer Sprache *Danke* bedeutete.

»Ein Gerät hilft Ihnen zu atmen. Spüren Sie es?«

Armin schloss die Augen. Er spürte etwas an seinem Hals. Dort bewegte sich ein Gerät in einem langsamen Rhythmus. Im selben Rhythmus strömte eine warme, weiche Flüssigkeit in ihn ein und versorgte ihn mit wohltuendem Sauerstoff. Es fühlte sich gut an, wenn auch die Halsöffnungen an sich noch schmerzten.

Er öffnete wieder die Augen und nickte dem Arzt zu. Beim Nicken bewegte sich sein Hals zu stark und er spürte einen stechenden Schmerz.

»Haben Sie Schmerzen?«, fragte der Arzt.

Wieder nickte der junge Mann, diesmal etwas vorsichtiger. Sono gab dem Assistenten am Computer einen Befehl, der Computer erhöhte die Schmerzmittel in der Flüssigkeit und nur wenige Sekunden später vernahm Armin Erleichterung. Er lächelte ein schwaches »Ogurr«.

»Sie werden diese Sonnenzeit so liegen bleiben und sich auf Ihre Atmung konzentrieren. Dann werden wir die Geräte abnehmen und Sie müssen versuchen, die Atmung selbstständig zu steuern. Haben Sie das verstanden?«, fragte Sono.

Armin nickte und Sono dachte daran, wie schwierig damals die Kommunikation mit Lisa war, die die asuvanische Sprache nicht verstand und fürchterliche Angst hatte. Er war damals ebenfalls sehr besorgt, weil er keine Erfahrung mit menschlichen Körpern hatte. Dass Lisa überlebt hatte, war für ihn immer noch ein Wunder. Er hoffte nun sehr, dass diese Menschen hier auf der Station auch so robust sein mögen wie Lisa.

Der Computer piepte und meldete, dass Mehran das Bewusstsein erlangt hatte und gleich darauf Melodie. Inzwischen hatten die Ärzte alle Hände voll zu tun.

Ein paar Sonnen- und Mondzeiten später waren alle Menschen aus den Krankenstationen in ihre Quartiere umgezogen. Die meisten hatten sich recht schnell an die neue Atmung gewöhnt und würden nur noch nachts in ihren Schlafkapseln die Hilfsgeräte tragen, bis das Atmen durch die Atemfalten ein automatischer Prozess geworden war.

Der Einzug der Siedler in ihre Quartiere war der erste Schritt in die Selbstständigkeit dieser neuen Welt. Sie hatten eine eigene Unterkunft mit einer Tür, die sie schließen konnten und infolgedessen Privatsphäre bot. Nachdem die erste Aufregung verflogen und das eigene Quartier inspiziert war, kamen jedoch bei einigen Siedlern auch Gefühle von Schwermut oder ein wenig Heimweh auf. Zum Glück blieb dafür nicht viel Zeit, denn es gab viel zu entdecken.

Nachdem sich alle in ihren Quartieren eingelebt und sich eine Sonnen- und Mondzeit ausgeruht hatten, holte Lisa die Siedler aus ihren Quartieren ab und führte sie in einen kleinen Aufenthaltsraum, der ebenfalls aus vier matt leuchtenden Wänden, einer etwas heller leuchtenden Decke und einem grünen Boden bestand. Ohne die hohen Pflanzen mit riesigen, runden Blättern in jeder Ecke hätte der Raum sehr steril und ungemütlich gewirkt. In der Mitte standen zehn quadratische Sitzhocker in einem hellen Pastellgrün. Alle setzten sich im Schneidersitz auf einen Sitzhocker.

»Ich heiße euch auf Asuv herzlich willkommen. Heute macht ihr die ersten Schritte in ein neues Leben. In den nächsten Sonnen- und Mondzeiten werdet ihr noch viel lernen. Ihr werdet neben mir noch einen weiteren guten Lehrer haben, Dalaamo, der auch mich unterrichtet hatte. Wenn ihr so weit seid, dann werdet ihr eure neuen Aufgaben antreten. Heute möchte ich euch aber erst einmal mit diesem Komplex vertraut machen.«

Dalaamo hatte Lisa damals alles beigebracht, was sie wissen musste, um hier zu leben und zurechtzukommen. Er war ein alter, ruhiger Mann mit wachen, weisen Augen. Er hatte es ihr nicht leicht gemacht, aber sie war ihm sehr dankbar und oft, wenn sie nicht weiterwusste, holte sie sich immer noch Rat bei ihm.

Neun Augenpaare leuchteten sie an. Allen ging es gut und sie konnten es kaum erwarten, ihr neues Leben zu erkunden.

»Wir befinden uns im Quartierbereich. Hier hat jedes Mitglied dieses Komplexes sein eigenes Quartier«, erklärte Lisa.

»Stimmt nicht«, warf Ellen Sulivan lachend ein.

»Ja, mit einer Ausnahme. Wir haben Ellen und Richard ein Partnerquartier gegeben, da sie verheiratet sind. Wenn Sie das wünschen, bekommt aber jeder von Ihnen auch ein eigenes Quartier.«

»Nein, schon in Ordnung«, sagte Richard Sulivan und stieß seine Frau von der Seite an.

Melodie McKenzie hob die Hand, als sei sie in der Schule, und fragte dann: »An der Einrichtung der Quartiere, kann man daran etwas ändern?«

»Mit dem Computer könnt ihr euer Quartier nach euren Wünschen anpassen, also Wand- und Deckenfarbe, sich bewegende Bilder auf der Wand, die den Wohnbereich von dem Bereich mit der Schlafkapsel abtrennt. Mano und ich blicken meist auf sich leicht im Wind wiegende lange asuvanische Gräser. Geruch und Wärme können angepasst werden, außerdem die Klänge und Töne, die euch wecken oder im Hintergrund klingen. Was es hier nicht gibt, sind Möbelgeschäfte, bei denen ihr Schrankwände kaufen könnt. Die Quartiere sind auf persönliche Vorlieben einstellbar, aber nach irdischen Maßstäben doch eher zweckmäßig eingerichtet. Auf Dekorationsobjekte legen Asuvaner keinen Wert«, erklärte Lisa.

»Wann werden wir Kontakt mit der Erde aufnehmen können und mitteilen, dass es uns gut geht?«, fragte Dulchina, die temperamentvolle Spanierin aufgeregt.

»Wir werden gleich eine Führung durch den Komplex machen. Dann werde ich euch die Gärten zeigen, wir können dort Nüsse und Früchte sammeln und essen. Unsere Nahrung besteht nicht nur aus Nahrungsbrei. Die Natur bietet viel Abwechslung, aber diese muss man sich selbst von den Sträuchern und Büschen pflücken. Supermärkte gibt es auch nicht. Anschließend werden wir in den Kommunikationsraum gehen und eine Verbindung zur Erde aufbauen. Wir werden die Erde wissen lassen, dass es euch gut geht und jeder von euch kann noch eine Nachricht für seine Angehörigen mitsenden. Wie mit der irdischen Empfangsstation vereinbart, werden sie diese Nachrichten weiterleiten, egal in welchen Teil der Erde die Nachricht gesendet werden muss.«

Lisa führte die Gruppe durch den Komplex, zeigte die Bereiche, wo die Siedler arbeiten würden, die Krankenstation, falls jemand ärztliche Hilfe benötigt, und führte sie in den Freizeitbereich.

»Hier werdet ihr einen großen Teil eurer Freizeit verbringen«, erklärte sie und zeigte auf einen langen matt beleuchteten Gang, der aussah wie fast jeder Gang in diesem Komplex. Das Material der Wände war weder Kunststoff noch Metall. Es war etwas Unbekanntes, das es auf der Erde nicht gab – ein fluoreszierendes, glattes Material, das durch irgendetwas zum Leuchten gebracht wurde. In diesem Gang erkannte das Material, das sich Besucher näherten, und wurde augenblicklich heller. War niemand in den Gängen unterwegs, versiegte die Lichtintensität wieder.

»Hier befinden sich Meditations- und Ruheräume. Wann immer ihr das Gefühl habt, etwas Ruhe zu benötigen, über etwas nachdenken oder euren Geist weiterentwickeln wollt, findet ihr hier einen anregenden Platz.«

Lisa nahm die Hand von Melodie, die direkt neben der Tür stand, und hielt sie vor das Lichtfenster. Die Hand wurde unmittelbar von dem bläulichen Suchsensor erfasst. Nach einem kurzen Moment schwebte die Tür fast lautlos zur Seite.

»Ihr könnt die Türen hier alle öffnen. Sie gehören zu keinem Sicherheitsbereich und stehen allen Bewohnern dieses Komplexes zur Verfügung«, erläuterte sie.

Hinter der Tür lag ein Raum aus diffusem, warmem Licht und sanften Klängen. Einige Bereiche des Raumes waren heller beleuchtet, andere etwas dunkler. Die Luft wirkte etwas nebelig. Überall befanden sich Sitzhocker und Sitzkissen zwischen hohen bambusartigen Gewächsen. Die komplette hintere Wand war ein sanfter Wasserfall, der in ein schmales Becken vor der Wand fiel und durch einen geschlängelten Bach einmal durch den Raum lief, um am Ende des Raumes im Boden zu verschwinden. Es roch nach frischen Grünpflanzen und herbem Moos. Vereinzelt konnte man zwischen den Gewächsen Asuvaner erblicken, die offensichtlich in Meditation versunken auf Sitzhockern saßen.

Die Tür schloss sich wieder und die Gruppe ging den Gang weiter entlang, bis Lisa wieder anhielt und schwärmte: »Hinter dieser Tür liegt ein Tauchbecken, das sich über mehrere Etagen des Komplexes erstreckt. Das werdet ihr lieben.«

Lisa öffnete die Tür und eine schimmernde Wasseroberfläche breitete sich vor ihnen aus. In der Mitte der Wasserfläche lagen gigantisch große Blätter einer Wasserpflanze. Das Wasser glitzerte sanft und schien von unten beleuchtet. Man fragte sich sofort, wie es unter der Wasseroberfläche wohl aussah. Rund herum um das Becken an den Wänden des Raumes waren holzartige Stege mit einigen Bänken. Man konnte auf den Stegen einmal an den Wänden entlang um das Becken herumlaufen. Auf einer Bank lag ein asuvanischer Anzug, was verriet, dass im Becken gerade jemand tauchen musste. Die Neuankömmlinge traten ein, verteilten sich auf dem umlaufenden Steg und sahen gespannt auf die Wasseroberfläche, als würde gleich das Monster von Loch Ness persönlich auftauchen.

Stattdessen tauchte im nächsten Moment ein Kopf auf und Lisa erkannte Oliver.

»Oh, hey!«, begrüßte er die Gruppe, die beim Anblick eines Menschen ähnlich erstaunt blickte wie beim Anblick eines Seemonsters.

»Das ist Oliver. Er ist ebenfalls von der Erde. Er wurde bei dem Raumriss damals schwer verletzt und lebt seitdem ebenfalls bei uns hier. Er führt die Bar …«, erzählte Lisa, während Oliver aus dem Wasser stieg und pudelnackt auf die Siedler zukam.

Er hob die Hand zum Gruß und sagte: »Oliver stimmt und die Information mit der Bar war natürlich auch noch wichtig. Der Rest ist unwichtig.«

Den Siedlern war es sichtlich unangenehm, dass Oliver so nackig vor ihnen stand. Nur Dulchina schien der Anblick zu gefallen. Sie musterte ihn interessiert von oben bis unten. Melodie errötete und wusste nicht, wo sie hinschauen sollte. Lisa bemerkte die Blicke und erklärte schnell: »Auf Asuv löst Nacktheit keine Scham aus. Unsere Anzüge geben dem Körper durch das spezielle Material ein optimales Hautklima, aber beim Schwimmen und Tauchen nackt zu sein, ist hier vollkommen normal. Niemand denkt sich etwas dabei.«

»Und man gewöhnt sich schnell daran«, bestätigte Oliver, der an sich heruntersah und dem jetzt erst bewusst wurde, dass die Neuankömmlinge noch ein anderes Schamgefühl hatten. Nun fühlte er sich auch etwas unwohl. Während er sich umdrehte, um wieder ins Wasser zu springen, sagte er noch: »Ihr kommt doch heute Abend alle in die Bar, damit ich euch kennenlernen kann, richtig? Ich gebe euch eine Runde des besten Fruchtcocktails aus, den ihr hier auf Asuv bekommen könnt!«

Die Siedler lächelten, besonders Dulchina.

»Das ist nicht übertrieben«, fügte Lisa noch hinzu. »Es sind jedoch auch die einzigen Fruchtcocktails auf Asuv.«

»Das habe ich noch gehört!«, empörte sich Oliver gespielt, als sein Kopf wieder aus dem Wasser ragte. »Lisa bekommt heute Abend nur Wasser!«

Als sie weiter den Flur entlanggingen, fragte Piotr: »Gibt es auch noch andere Sportmöglichkeiten hier?«

Und James fragte: »Oder Computerspiele oder so etwas?«

»Ja, wir sind gleich am Holoraum angekommen.«

»Cool, wie das Holodeck auf Raumschiff Enterprise?«, wollte Armin wissen.

»Nein, die Asuvaner können sich nicht an einen anderen Ort beamen. Im Holoraum werden nur durch Laserwelten Sportmöglichkeiten und Spiele angeboten.«

Lisa öffnete eine weitere Tür und ein Raum so groß wie eine Sporthalle mit nüchternen grauen metallisch wirkenden Wänden zeigte sich.

»Sehr spannend!«, bemerkte James, während die Gruppe hineinging.

Lisa drehte sich um und betätigte einige Knöpfe an einer unscheinbaren Konsole in der Wand.

»Sport gefällig?«, lachte sie und plötzlich fielen Laserstrahlen aus der Decke und den Wänden. Die Siedler zuckten erschrocken zusammen. Die Laserstrahlen formten eine Sportarena mit zwei markierten Laufbahnen im Kreis und großblättrigen, fremdartigen Pflanzen in der Mitte. Auf einer der Bahnen hockte ein Fantasiewesen, ähnlich wie ein grüner Schlumpf mit langen Hasenohren in Startposition.

»Piotr? Bitte!«, forderte sie den Russen mit einer Handbewegung auf, zu der freien Startbahn in Position zu gehen. Er zögerte, wurde aber von den übrigen Siedlern ermutigt. Schließlich ging er mit einem skeptischen Blick auf das grüne Wesen neben ihm in Startposition. Der merkwürdigen Gegner überragte Piotr ohne die langen Ohren um ein ganzes Stück. Seine Füße und Hände waren doppelt so groß und breit wie Piotrs.

»Es ist nur ein Hologramm?«, fragte Piotr unsicher.

»Ja, nur ein Hologramm«, antwortete Lisa, kurz bevor der Schlumpf grinsend in Piotrs Richtung sah und ihn plötzlich zur Seite schubste. Piotr landete erschrocken auf der Seite neben der Startposition und sah verdutzt in Schlumpfrichtung.

»Ohh«, entfuhr es den Siedlern und Piotr rappelte sich auf, hielt aber etwas Abstand von seiner Startposition und sah Hilfe suchend in Lisas Richtung.

»Der hat mich geschubst! Ich dachte, er ist nur aus gebündeltem Licht«, empörte er sich, als wenn es niemand gesehen hätte.

»Gebündeltes Licht kann Stahl zerschneiden, also nicht über einen kleinen Schubser beschweren«, schlug Lisa vor.

Piotr nickte kurz, ging zurück auf die Laufbahn und schubste den Schlumpf von dessen Startposition. Piotr wusste zeitweise nicht, worüber er sich mehr wundern sollte, darüber, dass er dieses Hologramm wirklich schubsen konnte und es sich tatsächlich wie ein fester, wenn auch wabernder Körper anfühlte oder dass es ihm anerkennend zunickte und wieder die Startposition einnahm.

Als Piotr dies ebenfalls getan hatte, ertönte ein Countdown und übergroße asuvanische Ziffern vor ihnen zählten von sieben aus rückwärts. Dann rannten beide los. Piotr gab alles, aber der grüne Schlumpf war ihm dicht auf den Fersen und zog an ihm vorbei. Piotr nahm erneut alle Kraft zusammen und holte auf. Kurz vor dem Ziel sah es nach einem Sieg für Piotr aus, bis der Schlumpf einen großen, unwirklichen Hopser machte und siegte. Piotr blieb enttäuscht und ungläubig stehen.

»Es gibt noch andere Sportprogramme«, versuchte Lisa ihn aufzumuntern. Dann wandte sie sich an James und sagte: »Zudem gibt es auch noch viele verschiedene Spiele hier. Du könntest es mit einer Art Exitspiel versuchen. Gefangen in einem feindlichen Raumschiff oder einem brodelnden Vulkan muss man eine Lösung herausfinden. Aber dazu muss ich noch sagen, dass manche Programme tatsächlich nicht ganz ungefährlich sind. Ich hatte schon schmerzhaften Kontakt mit einem Säbelzahntiger …«

»Very cool«, freute sich James, um den sich Lisa nun etwas Sorgen machte.

»Lasst uns in die Gärten gehen, bevor die zweite Sonne untergeht!«, beschloss Lisa und die Siedler folgten ihr.

Um zum Eingangsbereich des Komplexes zu gelangen, musste man einen Fahrstuhl bedienen. Die Siedler hatten zwar schon die Berechtigungen dazu, aber es gelang bislang nicht jedem, die asuvanischen Sprachkommandos zu geben, um in die Eingangshalle zu kommen.

Die Fahrstühle in den Komplexen waren eher Fahrzellen, die sich nicht nur herauf- und herunterbewegten, sondern auch diagonale Strecken zurücklegen konnten und so musste man sich schon die richtigen Sprachkommandos merken und richtig aussprechen. Fahrzellensteuerung war kein Schulungsthema auf dem Schulungsschiff auf der Erde.

Die Eingangshalle jeden Komplexes war ein riesiger hoher Raum, dessen komplette Front aus einem durchsichtigen Material ähnlich wie Glas war und der dadurch mit Sonnenlicht durchflutet war, solange draußen die Sonnen am Himmel standen. Staunend ging die Gruppe durch die riesige hohe Halle, dann durch das große Eingangstor. Auch das konnten die Siedler bereits selbst öffnen. Lisa nahm aber jedem das Versprechen ab, sich erst einmal nur in den Gärten aufzuhalten und nicht außerhalb der sicheren Gärten ins wilde Waldland zu gehen.

Eine Sonne befand sich noch an einem leicht violettfarbigen Himmel. Sie wärmte und zauberte den Siedlern sofort ein Lächeln ins Gesicht. Alle sahen zur riesigen Sonne und dann geradeaus in die Gärten. Die Gärten waren für alle Mitglieder des Komplexes zur Erholung gedacht und erstreckten sich auf einer großen Fläche um den jeweiligen Komplex herum. Es gab verschiedene Zonen. Zonen mit viel Liegemoos, Zonen mit Wasserflächen, Zonen mit viel Obst- und Nusspflanzen, Zonen mit bunten Blüten und Zonen mit sehr viel Grünpflanzen, in denen man seine Ruhe und auch Abgeschiedenheit finden konnte. Die Luft war warm, feucht und süßlich. Jeder Bewohner des Komplexes sollte sich hier wohlfühlen können. Es war außerdem ein Ort der Begegnung und je länger Lisa hier lebte, kam ihr das Prinzip eines eigenen Gartens auf der Erde unsinnig vor. Hier ging man in die Gärten und traf andere Bewohner, verbrachte zusammen Zeit und wollte man doch einmal allein sein und seine Ruhe habe, dann suchte man sich einen Platz zwischen den Pflanzen. Das verstand hier jeder. Es bedurfte keines Zauns oder einer Mauer dafür.

Hinter den Gärten schloss das Waldland an. Das Waldland war keine gepflanzte Gartenlandschaft. Es war Urwald und unberührte Natur. Es gab dort jedoch auch gefährliche Pflanzen und Tiere und die Siedler mussten erst lernen, welchen Gefahren sie aus dem Weg gehen mussten. Die Gärten waren ungefährlich und an den Gesichtern der Siedler konnte man sehen, dass sie von der üppigen Natur der Gärten schon sehr beeindruckt waren. Unbekannte große Pflanzen, neue Gerüche und bunte fliegende Tiere wirkten unwirklich und beeindruckend. Selbst Lisa freute sich immer noch über den Anblick und das Gefühl, das diese Natur in ihr weckte.

»Lasst uns da drüben hingehen«, schlug Lisa vor und wandte sich einem Pfad zu, der zu hohen Büschen und üppigen Pflanzen führte. Die Gruppe folgte staunend. Sie gingen auf dem breiten Pfad durch das Gebüsch und Lisa zeigte, welche Früchte und Nüsse sie pflücken und essen konnten. Jeder nahm sich eine Handvoll mit, sie gingen zurück und legten sich auf eine grüne moosartige Liegewiese. Der Untergrund war weich und roch nach würzigem Moos. Alle probierten ihre geernteten Früchte und Nüsse.

»Das ist wunderschön hier«, bemerkte Dulchina überschwänglich, sprang auf und tanzte durchs Grün. Richard Sulivan sah als Einziger etwas nüchtern durch die Runde. Melodie hatte sich zurückgelegt und atmete tief den herrlichen Pflanzenduft ein. Die anderen standen wieder auf und sahen sich die nähere Umgebung an. Lisa ließ sie ihre eigenen Erkundungen machen und legte sich selbst zurück ins weiche Moos. Sie erinnerte sich noch sehr gut daran, wie Mano ihr diese Gärten gezeigt hatte. Es war ihr erster Ausflug und erst von dort an hatte sie wieder Mut geschöpft und den Willen, diesem neuen Leben, diesem Planeten und seinen Bewohnern eine Chance zu geben.

»Wie kann es sein, dass alles zwar einerseits so anders ist als auf der Erde, aber mehr oder weniger auch doch ähnlich? Ich meine, es gibt Pflanzen, Vögel, Nüsse und Sonne … Wie auf der Erde?«, wollte Dulchina wissen und ließ sich neben Lisa ins Moos fallen.

Lisa dachte kurz nach und musste daran denken, wie sie nach ihrer Ankunft solche Fragen mit Dalaamo diskutiert hatte und er sie über das universelle Rezept des Lebens nachdenken ließ.

»Das universelle Rezept des Lebens«, antwortete sie grinsend.

»Universelles Rezept?«

»Nun ja, solange wir uns in diesem Universum befinden, gelten überall die gleichen physikalischen Gesetze. Zwei plus zwei ist immer vier, ein bestimmter Erdkern führt zu Anziehungskraft und wenn bestimmte Stoffe und Elemente auf einem Planeten vorhanden sind, dann ist es nicht so unwahrscheinlich, dass sich Leben entwickelt. Hier wachsen andere Pflanzen als auf der Erde, Pflanzen, die für diese Luftfeuchtigkeit ideal sind, aber es sind doch Pflanzen. Es ist so, wie wenn du auf der Erde einen Samen von einem Baum aus deinem Urlaubsort mitnimmst. Pflanzt du den zu Hause in einen Blumentopf, wird er keimen, sofern er Sonne und Wasser bekommt. Es wird ein Baum, obwohl die Erde etwas anders ist und vielleicht das Wasser eine andere Härte hat und das Wetter anders ist.«

Dulchina sah Lisa nachdenklich an und erwiderte: »Bei mir geht jede Topfpflanze ein und ein Samenkorn würde wahrscheinlich gar nicht erst keimen, egal welche Erde und welches Wasser ich nehme, aber ich verstehe, was du mir sagen willst. Gibt es auf einem anderen Planeten in unserem Universum Sauerstoff und Erdanziehung und Wasser, dann kann sich Leben entwickeln und es ist eher unwahrscheinlich, dass es komplett anders ist als das Leben auf der Erde.«

»Genauso ist es!«, nickte Lisa zufrieden.

»Was bedeutet ›solange wir uns in diesem Universum befinden‹?«, wollte Dulchina noch wissen.

»In einem Paralleluniversum könnten vollkommen andere physikalischen Gesetze gelten. Das wissen wir nicht, weil man nicht einfach in ein Paralleluniversum fliegen kann, um es herauszufinden.«

»Zwei plus zwei wäre dann vielleicht fünf?«

»Keine Ahnung, aber vielleicht würde sich dort auf einem Planeten nur Leben entwickeln, wenn völlig andere Elemente und Bedingungen vorhanden sind und das Leben wäre vollkommen anders …«

»Ist es sicher, dass Paralleluniversen existieren?«, fragte Piotr, der offensichtlich das Gespräch mitbekommen hatte und sich auch zu ihnen setzte.

»Als damals die Erde durch den Raumriss bedroht wurde, haben die Asuvaner ein enormes Risiko auf sich genommen, um die Erde zu retten. Der Raumriss war im Prinzip ein Riss in der schützenden Haut um unser Universum. Bei diesem Riss wusste man nicht genau, was passieren wird. Es wurden nur möglichst wahrscheinliche Vermutungen angenommen. Durch die Wölbung im Raum wusste man, dass der

Druck hinter dem Raumriss in dem dortigen Universum höher sein musste als in unserem Universum. Wie viel höher dieser Druck dort war, war jedoch nicht klar und welche weiteren physikalischen Gesetze dort existieren. Es war auch nicht klar, welche Kräfte genau bei einer Verbindung beider Universen auf die Erde wirken würden. Man war sich sicher, dass es eine gewaltige Druckwelle geben musste, die unsere Erde aus der Umlaufbahn hätte schleudern können. Wir ließen auf Asuv eine Menge an Simulationen verschiedener Parameter durchlaufen und haben für das wahrscheinlichste Szenario Gegenmaßnahmen gesucht, die mit der größten Wahrscheinlichkeit erfolgreich sein konnten. Alles waren nur theoretischen Simulationen. Es hätten auch andere Bedingungen eintreffen können. Dann wäre die Erde völlig zerstört worden und die Asuvaner, die an der Rettung der Erde beteiligt gewesen waren, wären eventuell auch nicht zurückgekehrt. Trotz der Schäden, die es damals auf der Erde gab, war aus asuvanischer Sicht das Unternehmen mehr als ein Erfolg. Also ja, es gibt Paralleluniversen, aber besser wir werden nicht mit ihnen konfrontiert.«

Als die zweite Sonne bereits langsam unterging, kehrte Lisa mit ihrer Gruppe, die nun alle glücklich, wenn auch etwas müde aussahen, zurück ins Gebäude. Sie gingen Richtung Kommandobereich, in denen die Siedler keinen Zutritt hatten. Hier musste Lisa die Tür öffnen. Sie zeigte ihnen auch einige Sehenswürdigkeiten und erklärte, was hier gemacht wurde. Insbesondere Su Ning war sehr interessiert, denn sie würde bald ihre Arbeit hier antreten und sie freute sich schon sehr darauf.

Sie erreichten einen Kommunikationsraum und traten ein. Es war ein Raum, der ähnlich gemütlich wirkte wie der ausgeschaltete Holoraum. Die Wände waren fast dunkel. Statt der sonst überall Licht spendenden beigefarbenen Wände gaben diese glatt grauen Wände nur sehr wenig Licht an die Umgebung ab und es gab kein Fenster. Hinter den Siedlern schloss sich die Tür wieder. An einer Seite des Raumes flackerte ein Monitor auf, der fast die ganze Wand ausfüllte. Seitlich stand ein Asuvaner, der auf einem buchgroßen Gerät herumtippte und dabei immer wieder einen skeptischen Blick auf den Monitor warf.

»Grüße dich, Ratou«, begrüßte Lisa ihn.

Ratou strahlte übers ganze Gesicht, nickte ihr zu und erklärte dann: »Ich bin dabei, die Kommunikationsverbindung zu dem Satelliten bis zur Erde aufzubauen. Die Verbindung muss über viele Satelliten geleitet werden. Ein Kommunikationssatellit antwortet nicht, aber ich versuche ihn zu aktivieren und … jetzt … nein, aber … jetzt doch … oder …«

Lisa und die Siedler lächelten über den jungen Asuvaner und sein niedliches Gesicht, das zwischen Ratlosigkeit und Hoffnung hin- und hersprang. Nur Dr. Richard Sulivan wirkte etwas genervt, als erwarte er mehr Professionalität.

Solange Ratou noch mit dem Aufbau der Verbindung beschäftigt war, drehte sich Lisa zu den Siedlern um, die sich in einem Halbkreis aufgestellt hatten, und erklärte: »Der Kommunikationssatellit in der Umlaufbahn der Erde ist ein Gemeinschaftsprojekt einer neu erschaffenen Organisation, die aus verschiedenen irdischen Staaten und den Asuvanern besteht. Diese Organisation hat das Ziel, die Verbindung zwischen Asuv und der Erde zu ermöglichen. Jedes Land, das mindestens einen Siedler nach Asuv entsendet hat, erhält von der Kommunikationszentrale, die mit diesem Satelliten verbunden ist, die Nachrichten zugestellt und kann dieser Zentrale auch Nachrichten für euch senden. Wir werden nun sehen, ob ihr schon Nachrichten erhalten habt. Private Nachrichten wird Ratou euch an euren Quartiercomputer weiterleiten. Diese müsst ihr nicht hier vor den anderen lesen oder anhören.«

Melodie beobachtete Ratou und fragte dann vorsichtig: »Kann denn diese technische Verbindung zwischen der Erde und einem fremden Planeten funktionieren? Ich habe es auf der Erde nicht geschafft, mein Smartphone mit meinem Computer zu verbinden. Wie sollte jetzt die Erde sich mit vollkommen fremden Computersystemen verbinden können?«

»Smartphone?«, wiederholte Ratou ratlos und sah Lisa an.

»Es ist eigentlich nicht so unwahrscheinlich, weil …«, begann Lisa und wurde von Dulchina unterbrochen, »… weil zwei plus zwei überall in unserem Universum vier ist?«

»Ja, so ähnlich. Im Grunde gibt es auf Asuv und der Erde völlig unterschiedliche Computersysteme, die natürlich auch in vollkommen verschiedenen Computersprachen kommunizieren, aber wenn man einen Schritt tiefer geht, ist tatsächlich an einem anderen Ort wieder zwei plus zwei gleich vier. Genauer gesagt eins und null. Auf der Erde mag es in verschiedenen Ländern auch verschiedene Sprachen geben, aber wenn jemand weint oder lacht, wird es überall auf der Erde unabhängig von der Sprache verstanden. Die Computersysteme auf Asuv reden vielleicht nicht C++ oder Python, aber sie können weinen und lachen, also Nullen und Einsen, genau genommen verschiedene Zustände verstehen. Eins ist eigentlich nur der gegenteilige Zustand von null. Darauf kann man eine Kommunikation aufbauen. Die asuvanischen Computersysteme müssen viele verschiedene Systeme anderer Planeten verstehen. Mir wurde gesagt, die Systeme der Erde sind gegen die Systeme mancher anderen Planeten eher trivial.«

Ratou hatte endlich eine Verbindung hergestellt und auf dem Bildschirm waren verschiedene Ordner zu sehen, mit denen Ratou erst einmal nichts anfangen konnte.

James fragte nun belustigt: »Windows-Struktur? Echt jetzt?«

Lisa zuckte mit den Schultern und meinte: »Zwei plus zwei«, und wies Ratou an, einen der Ordner zu öffnen. Es gab Unterordner mit den Namen der Siedler.

»Kannst du diese Nachrichten bitte an die jeweiligen Computer der einzelnen Quartiere leiten?«, bat Lisa.

Dann gab es noch einen Ordner mit einem großen Symbol, den Ratou öffnete.

Hier lag ein kurzer Nachrichtenzusammenschnitt der Erde mit den wichtigsten Ereignissen für jeden Tag, seit sie die Erde verlassen hatten. Sie sahen sie sich alle an.

Der erste Zusammenschnitt zeigte den Start des Schulungsschiffes und wie es im Himmel verschwand. Die nächsten Tage deuteten die Entwicklungen auf der Erde. Es gab leider keinen plötzlichen globalen Frieden, aber so etwas wie einen abwartenden Waffenstillstand. Es herrschte weiterhin Alarmbereitschaft in den Regierungszentralen.

Alle schienen auf die erste Nachricht der Siedler zu warten. Die Situation war weiterhin angespannt.

Es gab auch einen Zusammenschnitt aus sozialen Netzwerken rund um den Globus. Hässliche Bilder mit entstellten Babys, halb Mensch, halb Außerirdischer, erstellt durch sogenannte künstliche Intelligenzen, warnten vor den außerirdischen Monstern, die zurückkommen würden. Es gab angeblich von Fachleuten bestätigte Berichte, die beweisen sollten, dass das ganze Siedlerprojekt nur ein Schwindel war und es keine Asuvaner geben könnte. Eine fremde Regierungsmacht hat sich das ausgedacht, um an Sklaven zu kommen oder die Weltordnung durcheinanderzubringen, bis zu Aufrufen, die Regierungen zu stürzen, die das alles zulassen würden. Eine andere Gruppe war überzeugt, dass sie von den Siedlern nie wieder etwas hören würden und sobald die Außerirdischen die Menschen aufgebraucht hätten, würden sie neue Menschen holen. Aber es gab auch Aufrufe, an das Siedlerprojekt zu glauben, es als Chance zu sehen und aus den Erkenntnissen der Asuvaner zu lernen und den eigenen Planeten besser zu behandeln. Die Organisation TimeChange gewann weltweit an Mitgliedern und machte durch außergewöhnliche Aktionen auf sich und die Lage des Planeten aufmerksam. Beispielsweise hatten die TimeChange-Aktivisten in nur einer Nacht in vielen Hauptstädten rund um den Globus parkende Autos mit einer Schicht Erde zugedeckt und mit Pflanzen bepflanzt. Dies gab Ärger, aber auch Beachtung für die Aktivisten.

Ein Bericht speziell für die Siedler lag ebenso vor. Die Kommunikationsorganisation auf der Erde hatte die Angehörigen der Siedler eingeladen und ein Video gedreht, welches die Siedler sich teilweise etwas wehmütig ansahen. Sogar Lisas Eltern waren dort und beglückwünschten Lisa für dieses Projekt. Sie sahen sehr stolz aus. Von den anderen waren Freunde und Verwandte zu sehen, manche waren auch nur elektronisch zugeschaltet, aber alle wünschten Glück und einen guten Start in dem neuen Leben. Alle erhofften sich ein Lebenszeichen und Informationen, wie es ihnen bisher so ergangen war.

Nachdem die eingestellten Berichte angesehen waren, stellten sich die Siedler zusammen und Ratou schaltete auf den Aufnahmemodus.

Die Siedler lächelten und grüßten in die Kamera. Jeder erzählte etwas. Ellen und Richard Sulivan ergriffen das Wort zuerst. Sie berichteten, dass sie alle wohlauf seien und sich gut an ihre neue Atmung gewöhnt hätten. Sie seien voller Tatendrang und hätten heute mit der Erkundung ihrer neuen Heimat begonnen.

Dulchina erzählte vom traumhaften Garten, in dem alles voller Blüten und Früchten und grünem weichem Moos sei und es so gut rieche. Dabei wedelte sie mit den Armen in der Luft herum und ihre Augen leuchteten.

Melodie erzählte, dass jeder ein eigenes Quartier erhalten habe, in dem er wohnte, und beschrieb, wie es darin aussah und wie man das Aussehen, Farbe, Duft und Licht verändern konnte.

Su Ning sprach etwas steif mit kleinen angedeuteten Verbeugungen und erzählte von dem Komplex und wie sie hier aufgenommen worden seien. Sie würden freundlich behandelt und sie freue sich auf ihre Aufgabe.

Piotr wollte von dem Holosportprogramm erzählen, wurde jedoch von James gleich lachend unterbrochen, der hinzufügen musste, dass Piotr von einem riesigen grünen Schlumpf mit Hasenohren umgeschubst worden sei. Piotr sah ihn zerknirscht an. Armin erzählte noch von dem Tauchbecken. Er freute sich schon darauf, in diesem riesigen Becken zu tauchen. Er berichtete von einer riesigen Wasserpflanze in dem Becken und von schimmerndem Licht. Zum Schluss war noch Mehran an der Reihe, der kurz überlegte und meinte, eigentlich sei alles gesagt und das war alles nur der erste Tag. Er überlegte kurz, sah zu den anderen und fragte dann: »Gehen wir nun noch in die Bar von diesem Oliver?«

Obwohl alle sehr müde wirkten, gab es ein zustimmendes Gemurmel und damit trat Lisa vor die Siedler und sprach in die Kamera.

»Hallo, Erde, wie Sie sehen, sind die Siedler hier gut angekommen und es geht allen gut. Wir gehen noch in die Bar und trinken bunte süße Fruchtsäfte. Wir melden uns in ein paar Sonnen- und Mondzeiten wieder.«

Lisa gab Ratou ein Zeichen, dass er die Aufnahme beenden und sie zu dem Erdsatelliten herunterladen konnte. Dann verließen sie den Kommunikationsraum in Richtung Olivers Bar.

Olivers Bar war mittlerweile auf Asuv zu großer Bekanntheit gelangt. Die hohen Pflanzen wurden durch neue Beleuchtung noch besser zur Geltung gebracht. Zwischen den Pflanzen gab es die Sitzhocker, von denen Oliver mittlerweile wegen der steigenden Besucherzahlen noch weitere anschaffen musste. Die sanften Klänge hatte der ehemalige DJ mit dem Computer etwas aufgepeppt, aber auch nur so weit, dass die Asuvaner dies nicht als zu fremdartig empfanden. Er wollte bei den musikalischen Änderungen langsam vorgehen. Zudem hat er wieder neue Fruchtsaftkompositionen kreiert. Die meisten Asuvaner waren sich einig, dass hier der Mensch bereits zu einer Bereicherung geführt hat. Olivers Offenheit und Freundlichkeit taten das Übrige dazu.

Lisa betrat mit ihrer neugierigen Gruppe Olivers Bar. Es war schon spät und viele Sitzhocker und Ecken waren gefüllt.

Oliver winkte Lisa zu und deutete auf eine noch freie Ecke mit genügend Sitzhockern. Lisa führte die Gruppe dorthin und sie ließen sich zufrieden und auch ein wenig müde nieder.

Oliver kam zu ihnen mit seinem verschmitzten Lächeln.

»Willkommen in der besten Bar dieses Planeten!«, begrüßte er die Gruppe.

»Das klingt nicht gerade bescheiden, aber er hat recht. Allerdings ist es auch die einzige Bar des Planeten«, kommentierte Lisa zu den Siedlern gewandt.

»Möchtest du unsere neuen Mitglieder kennenlernen?«, fragte sie.

»Aber natürlich!«, antwortete Oliver und sah auffordernd auf den dunkelhäutigen Mann auf dem ersten Sitzhocker.

Armin verstand erst nicht, dann zuckte er und meinte: »Ah ja, ich bin Armin Laforge, ich komme aus Afrika und ich werde hier im REGFB-Komplex an den Versorgungssystemen wie Nahrungsbrei, Wasser arbeiten.«

»Herzlich willkommen«, sagte Oliver und sah Su Ning an, die auf dem zweiten Hocker Platz genommen hatte. Su setzte sich gerade zurecht und sprach: »Mein Name ist Su Ning und ich werde Daten über Galaxien und Planeten auswerten. Ich arbeite gerne mit Daten …«

»Herzlich willkommen, Su!«, lächelte Oliver sie an.

»James Leather«, meldete sich James vom nächsten Sitzhocker, »Engländer und ich werde hier als Pilot ausgebildet.«

»Warst du auf der Erde auch Pilot?«, fragte Oliver.

»Ich hatte einen Flugschein. Es war aber nur ein Hobby. Mein Beruf auf der Erde war Käseproduzent.«

»Hast du etwas Käse mitgebracht?«, fragte Oliver hoffnungsvoll.

»Leider nein.«

»Und ihr seid das Ehepaar Pille?«, wandte sich Oliver an die nebeneinandersitzenden Sulivans.

»Äh ... Pille?«, fragte Ellen.

»Ihr seid die Docs, richtig?«

»Mein Name ist Ellen und das ist mein Mann Richard. Wir kümmern uns demnächst um das Wohl insbesondere erst einmal der menschlichen Patienten hier auf diesem Planeten.«

»Hoffentlich bald!«, fügte Richard noch ein wenig genervt hinzu.

»Ich gehe dann lieber zu Sono«, flüsterte Dulchina, die die meist herablassende Art des Dr. Richard Sulivan jetzt schon nicht leiden konnte. Oliver sah in wilde schwarze Locken und ein rundes energiegeladenes, lächelndes Gesicht.

»Und du bist?«, fragte er sie.

»Dulchina Primavera, Supernanny aus Barcelona und das werde ich auch hier sein, eine Supernanny für den Nachwuchs in diesem Komplex.«

»Willkommen, Dulchina!«, lächelte Oliver die sympathische Frau an.

»Ich bin Melodie aus Irland. Ich habe auf der Erde International Affairs studiert und werde hier das diplomatische Team unterstützen.« Oliver sah Melodie an und musste an zarte Feen in einem Zauberwald denken.

»Diplomatie – schwere Aufgabe in einer fremden Welt.«

»Ich werde eine gute Ausbildung erhalten. Mein Lehrer wird ein Dalaamo sein.«

»Dann wirst du es schaffen!«, sagte Oliver mit einem Zwinkern.

»Und du?«, fragte er den letzten Neuankömmling in der Runde, einen hageren Mann Ende vierzig.

»Mehran ist mein Name. Ich komme aus Ägypten und ich freue mich darauf, mich um diesen wunderbaren Garten kümmern zu dürfen. Ich werde ihn hegen und pflegen.«

»Ich freue mich sehr, dass ihr hier seid und vor allem, dass ihr meine Bar gefunden habt. Ich bringe euch allen meinen Willkommensdrink.« Oliver klatschte in die Hände und lief zurück zur Theke.

Die Siedler probierten neugierig die bunten Fruchtsäfte, die Oliver ihnen brachte. Es war noch merkwürdig für sie, dass man selbst in einer Bar nicht für Getränke bezahlen musste. Olivers Aufgabe war, diese Fruchtsäfte anzubieten und dafür wurde er mit allem anderen versorgt, was er benötigte. Geld gab es nicht, da jeder Bewohner dieses Planeten denselben Anspruch auf Unterkunft, Nahrung und Nutzung von Einrichtungen hatte, war eine Bezahlung tatsächlich überflüssig. Im Handel mit anderen Planeten wäre eine asuvanische Währung auch unbrauchbar gewesen. Für andere Planeten wäre asuvanisches Geld schließlich ebenfalls ohne Wert gewesen. Handel mit anderen Planeten funktionierte, indem man sein Gegenüber mit etwas versorgte, was deren Bevölkerung benötigte, und dafür bekam man etwas, was dem eigenen Planeten nützlich war. In den meisten Fällen ging es um den Handel mit Rohstoffen und Technologien, aber manchmal auch Schutzbündnisse.

Der Abend ging nicht mehr lang. Es war für alle ein aufregender Tag gewesen. Die Siedler benötigten nun definitiv etwas Ruhe. Lisa wusste, dass sie am nächsten Tag auch nicht ausschlafen durften. Dalaamo würde sie früh abholen und mit seinen Schulungen beginnen. Lisa erinnerte sich noch genau, wie Dalaamo und sie über viele Dinge des Universums sprachen, wie sie dadurch Gedanken entwickelte und Dinge plötzlich mit anderen Augen sah. Bis hin zur mentalen Kommunikation, die hier auf diesem Planeten wichtig war. Die Asuvaner waren eher ein wortkarges Volk, aber ein nüchterner Satz wurde oft mit entsprechendem mentalen Gedankenaustausch begleitet. Ohne die Fähigkeit, diese Gefühle und Gedanken zu empfangen und zu verstehen, konnte es im Gespräch mit Asuvanern leicht zu Missverständnissen kommen. Daher sollten auch die Siedler darin unterrichtet werden. Ob jeder von ihnen diese Fähigkeit erwerben würde, war jedoch bisher nicht klar.

Nachdem Lisa die Siedler zurück in ihre Quartiere gebracht und ihnen allen die Abholzeit für den nächsten Tag mitgeteilt hatte, ging sie selbst zurück in ihr Quartier. Mano schlief bereits in ihrer Nachtkapsel. Sie zog ihren Anzug aus und stieg vorsichtig in die weiche, warme Flüssigkeit, die sie sofort eine entspannte Müdigkeit fühlen ließ. Mano würde am nächsten Morgen früh die Schlafkapsel verlassen und auf eine Mission gehen müssen, die eine Weile dauern würde. Lisa würde nicht viel Gelegenheit haben, ihn zu vermissen, denn sie würde zusammen mit Dalaamo mit den Siedlern beschäftigt sein. Eng an Mano geschmiegt, sank sie in einen angenehmen, tiefen Schlaf.

Lisa betreute die nächsten Sonnen- und Mondzeiten die gemischt bunte Gruppe, die unterschiedlicher nicht hätte sein können. Da war der hagere Engländer James, dessen asuvanischer Overall gar nicht zu seinen langen Koteletten im Gesicht passten und er wirkte, als suche er ständig nach dem nächsten Abenteuer. Piotr war dagegen ein ruhiger, bescheidener und auch eher unscheinbarer, aber stets freundlicher Charakter. Su Ning, die Chinesin, war überkorrekt und machte einen fast unterwürfigen Eindruck, allerdings wirkte sie auch etwas fern von dieser Welt oder von jeder Welt. Lisa beschlich das Gefühl, dass Su vielleicht Probleme mit den vielen Freiheiten, die man auf Asuv hatte, bekommen könnte. Su wollte immer wissen, was sie zu tun hatte, und war es auf der Erde offensichtlich gewohnt, Kommandos zu erhalten und auszuführen. Hier würde sie eigenständiges Denken lernen müssen. Am sympathischsten war Lisa die temperamentvolle Spanierin. Sie war eine kleine Person, die ständig in Bewegung und immer gut gelaunt war. Sie strahlte so viel Lebensfreude aus und nahm Lisa bei jeder Begegnung herzlich zur Begrüßung in den Arm. Lisa fühlte sich in ihrer Gegenwart immer gleich ein wenig lebendiger. Armin zog überall die Blicke der Asuvaner auf sich. Er war der dunkelhäutigste Afrikaner, den Lisa je gesehen hatte, der jedoch immer ein Grinsen im Gesicht trug und ein überaus positiver Mensch war. Melodie aus

Irland war zierlich, blass, bewegte sich vornehm, stolz und etwas distanziert. Dann war da noch das Ehepaar Sulivan. Richard interessierte das meiste, was Lisa sagte, nicht, so vermittelte er den Eindruck. Bei Ellen war es anfangs auch ein wenig so, aber sie schien sich mehr und mehr in ihrer neuen Umgebung einzufinden und zu öffnen. Sie war Mitte vierzig, ihr schulterlanges leicht gewelltes braunes Haar trug sie größtenteils offen und in dem eng anliegenden Anzug kam ihre vergrößerte Brust überdeutlich zur Geltung. Richard Sulivan war Anfang fünfzig und damit einer der ältesten Siedler der Erde. Er hatte diese »Gott-in-Weiß-Ausstrahlung« und es fiel ihm schwer, sich etwas von Lisa erzählen zu lassen. Sein asuvanischer Anzug ließ einen leichten Bauchansatz erkennen. Seine Haare waren pechschwarz und stets ordentlich frisiert. Falls er erste graue Haare hatte, waren sie gefärbt, würden aber wahrscheinlich in den nächsten Wochen sichtbar werden. Er strahlte stets eine Ausstrahlung aus, die zeigte, dass er sich überlegen fühlte und alles nur mit großer Geduld über sich ergehen ließ. Lisa war sehr gespannt, wie er sich mit Sono, dem leitenden Arzt der Krankenstation, vertragen würde. Würde Richard sich Sono unterordnen können?

Zuvor hätten sie jedoch noch eine Ausbildung zu durchlaufen und abzuschließen. Diesen Morgen saßen sich die Siedler in einem Schulungsraum in einem Kreis gegenüber, mit vielen Pflanzen und indirekter, diffuser Beleuchtung. Dalaamo hatte Meditationsübungen mit den Siedlern gemacht. Es waren vorbereitende Übungen, um die mentale Kommunikation zu üben. Bisher hatte nur Melodie es geschafft, erste Farben zu empfangen, mit denen ihr Gehirn geflutet worden ist. Das ledrige, faltige, aber sympathische Gesicht des alten, weisen Asuvaners Dalaamo freute sich über den ersten Fortschritt.

Im zweiten Teil der heutigen Lerneinheit sprachen sie über das politische System von Asuv.

»Es gibt keine Länder mit unterschiedlichen Systemen wie auf der Erde«, meinte Armin.

»Nur ein politisches System und eigentlich nur ein Land, also der ganze Planet ist ein einziges Land«, fügte Dulchina hinzu.

»Welche Vorteile und welche Nachteile vermutet ihr in diesen politischen Bedingungen?«, wollte Dalaamo wissen.

»Wenn man eine Entscheidung mit einem ganzen Planeten abstimmen muss, wird es sicher länger dauern«, vermutete Richard.

»Aber man kann sich nicht mit anderen politischen Systemen streiten. Es gibt keinen Krieg zwischen verschiedenen Ländern, wenn es keine anderen Länder gibt«, sprach Melodie und Dalaamo und einige der Siedler nickten.

»Vielleicht könnte das auch auf der Erde eingeführt werden«, überlegte Dulchina.

»Ich denke nicht. Wie sollte das gehen?«, meinte Piotr vorsichtig. »Welche Länder auf der Erde sollten ihre Staatsform aufgeben, um in eine andere eingegliedert zu werden?«

»Vielleicht müsste die neue, einzige Staatsform eine Mischung aus allen bestehenden Staaten sein, ein Kompromiss?«, schlug Mehran vor.

Alle dachten einen Moment nach, den Dalaamo auch nicht störte.

»Nein, die Menschen sind zu … verbohrt. Es wird nichts werden!«, meinte dann Melodie frustriert.

Alle nickten nachdenklich.

»Gab es auf Asuv denn immer dieses eine System?«, fragte Dulchina an Dalaamo gerichtet.

»Nein, auch hier auf diesem Planeten gab es eine Zeit mit Krieg und Zerstörung, Kämpfen und Ausbeutung des Planeten. Nur sehr wenige Planeten schaffen die Entwicklung zu einer Spezies, die im Einklang mit der Natur und in Frieden leben kann.«

»Kennt ihr Planeten, die es nicht geschafft haben und zugrunde gegangen sind?«, wollte Melodie wissen.

»Viele Planeten wurden zerstört. Bei manchen hat sich die Natur erholt, nachdem die Spezies sich selbst vernichtet hat, aber auf vielen Planeten wurden das komplette Lebenssystem und die Natur zerstört.«

»Welche Planeten? Ist einer dabei, den wir kennen?«, fragte Melodie weiter.

»Der Mars«, sagte Lisa, während sie auf die Gruppe zuging und sich zwischen Melodie und Piotr setzte.

»Der Mars?«, raunten die Siedler.

»Lisa hatte vor vielen Sonnen- und Mondzeiten auch Unterricht bei mir«, nickte Dalaamo ein wenig stolz.

»Der Mars war einst ein bewohnter Planet. Aber die dortige Spezies hat es verbockt. Die andauernde Ausbeutung des Planeten kippte das Ökosystem und führte so zum Aussterben der Bewohner, aber auch des Planeten. Die Natur konnte sich nicht mehr erholen.

»Muss es für ein Ökosystem nicht Wasser auf einem Planeten geben?«, wollte nun Piotr wissen.

»Ja, das ist hilfreich. Es gab Wasser auf dem Mars, aber die Umweltzerstörung hat ebenfalls einen Schutzfilm um den Planeten zerstört. Der Mars trocknete aus und ohne Wasser kein Leben.«

»Wird die Erde eines Tages dasselbe Schicksal erleiden?«, überlegte Dulchina.

»Blödsinn!«, mischte sich Richard ein und als sich alle Augen auf ihn richteten, fuhr er fort: »Biosysteme regeln auch viel selbst, um fortzubestehen. So schwarz muss man auch nicht immer malen. Gibt es Überbevölkerung, werden Kriege geführt oder brechen Krankheiten aus, die Bevölkerung sinkt wieder und globale Erwärmungen und Eiszeiten hat es immer schon auf der Erde gegeben.«

Einige der Siedler zogen die Augenbrauen hoch und Dalaamo fragte: »Könnte es diese Einstellung gewesen sein, die verhindert hat, dass die Bevölkerung solcher Planeten wie des Mars sich der Probleme ernsthaft angenommen hat?«

»Die Erde nimmt sich dieser Probleme an. Es gibt Klimakonferenzen und immer mehr Elektroautos«, unterstützte Ellen ihren Mann.

»Was ist ein Elektroauto?«, fragte Dalaamo ernsthaft interessiert.

»Ein Auto, das eine große Batterie in sich trägt und mit Strom geladen werden kann, der zum Beispiel auch aus Solarenergie erzeugt worden ist«, erklärte Ellen.

»Und wie viel Ressourcen des Planeten benötigt die Produktion dieser Autos, diese großen Batterien und dieser Solarelemente?«, fragte Dalaamo freundlich nach.

»Aber hier gibt es doch auch Transportsysteme, die Energie verbrauchen!«, sagte Ellen ein wenig bockig.

»Ja, es gibt ein planetares Transportsystem, welches unter der Oberfläche den Transport von Bewohnern und Waren ermöglicht. Ein Transportsystem, das für alle Bewohner nutzbar ist.«

»Und die Industrie, die die Raumschiffe produziert?«, fragte Richard nun.

»Diese Produktion ist für die Asuvaner tatsächlich wichtig«, hakte Lisa ein und führte aus: »Sie reisen im Weltraum, das stimmt. Aber sie sorgen für eine ausgeglichene Planetenbilanz. Während die Erde dem Planeten mehr Ressourcen nimmt, als dieser mittlerweile erzeugen kann, wird dem asuvanischen Planeten dies nicht zugemutet. Das Wohlbefinden des Planeten ist hier oberste Direktive und das habt ihr vielleicht schon alle mitbekommen. Technik, die das Leben angenehm macht, gibt es, aber immer im Einklang mit der Natur.«

»Aber Energie benötigen diese Komplexe und Raumschiffe und das alles auch!«, wollte Richard noch festhalten.

»Ja, aber wir haben hier keine Industrien, die eine Menge überflüssiger Luxusgüter erzeugen und auch nicht in jedem Bezirk Kraftwerke für unnützen Energiehunger. Auf Asuv gibt es einen Komplex zur Energieerzeugung, der eine unendliche Energiequelle anzapft und diese Energie unterirdisch allen Komplexen zur Verfügung stellt. Damit wird alles auf diesem Planeten angetrieben«, erklärte Lisa und Dalaamo lächelte kurz, als sie »wir haben« gesagt hatte. Er hatte damals viel Hoffnung in Lisa gelegt und sie immer unterstützt. Das Ehepaar Sulivan war ihm nicht sympathisch. Er spürte besonders bei Richard dunkle Energie und Ablehnung. Er traute aber Lisa auch zu, dass sie diese Erdmenschen mit dem asuvanischen Einstellungen vertraut machte.

»Wie funktioniert diese Energiequelle?«, fragte nun Su.

Dalaamo mochte die kleine, blasse Su dagegen sehr gerne. Ihre zurückhaltende Art täuschte über ihre Intelligenz ein wenig hinweg, aber er spürte, dass sie für diesen Planeten noch wichtig werden könnte.

»Im Erdinneren dieses Planeten gibt es eine flüssige Metallkugel, die ständig ihre magnetische Ausrichtung ändert. Im Prinzip erzeugt der Komplex für Energiegewinnung aus diesem Planetenkern eine Mischung aus thermischer und magnetischer Energie. Beides ist absolut saubere Energie und in ausreichendem Maß vorhanden. Das Anzapfen des Energiekomplexes schwächt unseren Planeten nicht«, erklärte Dalaamo ihr.

»Könnte man solch eine Energiegewinnung nicht auch auf der Erde nutzen?«, fragte Ellen.

»Obwohl die Asuvaner mit Raumschiffen fremde Planeten bereisen und in den Komplexen in Sicherheit und Wohlstand leben, ist der Energiehunger der Erde nicht mit den Asuvanern vergleichbar, fürchte ich«, sagte Lisa nachdenklich.

»Genug für heute!«, bestimmte Dalaamo und erhob sich mit einer Eleganz und Kraft aus seinem Schneidersitz, der Lisa immer wieder imponierte.

»Aber wie könnte man die Erde dazu bringen, auch den Planeten mehr zu schonen?«, fragte Dulchina.

Dalaamo überlegte kurz, setzte sich wieder elegant auf seinen Sitzhocker und sah Dulchina einen Moment an, als ob er überlegte, ob sie eine unangenehme Wahrheit vertragen könne. Dann schloss er kurz die Augen, öffnete sie wieder und sprach: »Gar nicht, Dulchina, gar nicht. Nachdem, was wir an Daten und Informationen über die Erde haben, können wir gar nichts tun. Die Menschen sind mit Krieg um Länder, Güter und sogar um Religionen beschäftigt und denken zu kurzfristig. Im Prinzip wissen sie, dass ihr Planet leidet und zugrunde geht, aber dafür wollen sie in ihrer Lebenszeit nicht auf ihre geliebten Güter verzichten, sie wollen nicht zusammenarbeiten und ihre Erkenntnisse mit anderen Staaten teilen, zumindest nicht, ohne auch daraus Profit schlagen zu können. Nach unseren Berechnungen wird es die Menschheit auf der Erde nur noch hundert bis maximal hundertfünfzig Jahre geben. In ungefähr siebzig Jahren ist ein Punkt erreicht, an dem der Planet endgültig stirbt. Gase, die der Planet bis dahin gebunden hat, werden in eure Luft entweichen. Dazu kommen die vielen schädlichen Gase, die ihr selbst produziert, um viele unwichtige Güter herzustellen. Dadurch kippt das Klima eures Planeten. Wälder werden sterben, die ebenfalls keine ungünstigen Gase mehr binden können. Warme Bereiche auf der Erde werden zu heiß, um dort zu leben und es gibt in weiten Bereichen kein Wasser mehr. Die

Menschen wandern in die Bereiche der Erde, in denen noch ein Leben für einen begrenzten Zeitraum möglich ist, schaffen damit jedoch neue Kriege. In dieser Situation werden die Menschen nicht vernünftiger werden. Sie werden die letzten Ressourcen noch ausschlachten, um noch eine Weile zu überleben. Die Temperaturen steigen immer schneller, es wird heißer, trockener und in spätestens 150 Jahren gleicht die Erde dem Mars.«

Die Siedler sahen Dalaamo geschockt an, nur Richard fand nach dieser apokalyptischen Vorausschau schnell wieder Worte.

»Oder es passiert gar nichts und es regelt sich von selbst!«, meinte er leicht gereizt.

»Ja, das kann natürlich auch passieren, allerdings ist es nicht sehr wahrscheinlich«, antwortete Dalaamo.

»Wenn die Erde wüsste, was die Asuvaner wissen, vielleicht würden sie …«, versuchte es Melodie, wurde jedoch von Dalaamo unterbrochen: »Was müssten wir den Menschen auf der Erde sagen, damit sie als eine Planetenbevölkerung handeln und das Wohle des Planeten über Nationalitäten, Luxusgüter, Besitz, Religionen und vieles andere, was zu dieser Misere geführt hat, stellen? Und die Einschnitte, die jeder hinnehmen müsste, wären radikal und müssen in den nächsten sechzig bis siebzig Jahren vollzogen sein. Die Asuvaner haben mit Bedacht alle Bewohner in Komplexe organisiert. Allein die dezentrale Situation in den Quartieren auf der Erde …«

»Er meint Häuser«, half Lisa.

»Ja, allein die Häuser verbrauchen viel mehr Energie und Planetenressourcen als ein Quartier in einem Komplex, die Erstellung vieler Produkte und die dezentralen Transportmittel, die sich auch noch oberhalb der Planetenoberfläche bewegen und für die weitere Natur versiegelt werden muss. Die Luft wird verschmutzt und Rohstoffe werden zur Erstellung benötigt, das ist ineffektiv.«

»Würde man dem Menschen das Auto wegnehmen, würde dies zu Aufständen führen!«, bemerkte James.

»Das größte Problem ist die Ungleichheit auf der Erde, die von den Begünstigten gepflegt wird«, erklärte Dalaamo nun weiter. »Alles auf der Erde wird bewertet und muss bezahlt werden. Nahrung hat ihren

Preis und manche haben weder Geld noch Nahrung. Das ist nicht gerecht und führt zu Unzufriedenheit und Unzufriedenheit führt zu Krieg und Zerstörung. Es gibt Menschen, die Zahlungsmittel zur Genüge besitzen, und meinen, dass ihnen ein Stück vom Planeten gehört, aber aus Sicht des Planeten ist das nicht logisch. Und im Prinzip wissen die Menschen, dass es so nicht weitergehen wird. Sauberes Wasser, Luft zum Atmen und Lebensraum werden bald zerstört sein.«

»Wir müssen doch etwas tun!«, forderte Melodie.

»Aber was?«, flüsterte Dulchina resigniert.

»Vielleicht haben wir die Pflicht, dieses Wissen ... vielleicht hört man auf uns, weil wir aus der Ferne ...« Melodie dachte laut nach, aber irgendwie führte es zu nichts.

»Lasst uns morgen weitermachen und den Unterricht für heute beenden«, schlug Lisa mit Blick auf Dalaamo vor, der gutmütig nickte.

Eigentlich fügten sich alle Siedler problemlos ein. Der Übergang in das Arbeitsleben wurde von allen Siedlern freudig erwartet. Ein wenig Anpassungsschwierigkeiten bemerkte Lisa bei Su. Auf Asuv hatte jeder einen Aufgabenbereich, für den er verantwortlich war. Es gab jedoch keine vordefinierten Arbeitszeiten, keine geregelten Pausen und auch keine feste Zahl an Urlaubstagen. Manche Aufgaben gaben zeitliche Einhaltungen vor, aber prinzipiell war es so, dass jeder seine Arbeit erledigte, wie sie anfiel. Manchmal hatte Lisa auf Asuv schon Tages- und Mondzeiten durchgearbeitet, aber war eine Aufgabe erledigt, kamen auch wieder ruhigere Zeiten. Benötigte man eine Pause, setzte man sich in eine ruhige Ecke oder ging in die Gärten des Komplexes. Benötigte man etwas Abstand von seiner Arbeit, dann sorgte man dafür, dass seine Aufgaben weiterhin erledigt wurden, und zog sich für eine Zeit zurück. Man hatte auch die Aufgabe, auf seinen eigenen Körper zu hören und die eigenen Kräfte klug einzuteilen, denn auch dies bedeutete, die Natur zu respektieren. Su fehlten die festen Vorgaben, sie arbeitete sehr viel, aber Lisa hoffte, dass sie sich eingewöhnen und ein gutes Maß finden würde.

Fortwährend entwickelten sich Freundschaften zwischen den Siedlern und Asuvanern. Lisa hatte sich ein wenig mit Dulchina, James und

Armin angefreundet. Die drei begleiteten Lisa immer öfter in Olivers Bar und Mano, O-Ur, Lihn und Ralloh akzeptierten die drei bald genauso selbstverständlich, wie sie Lisa und Oliver in ihrer Runde akzeptierten. Öfters nahm Lisa auch Su mit. Die Gruppe ergänzte sich in vielerlei Hinsicht. Oliver war völlig begeistert von Dulchinas Temperament und verbrachte immer möglichst viel Zeit in ihrer Nähe, sofern die Situation in der Bar dies zuließ. Ralloh und Dulchina lieferten sich manchmal Wortgefechte, sodass der Rest der Gruppe nicht wusste, ob dies noch Spaß war oder sich die beiden in Wirklichkeit hassten. James punktete oft mit seinem britischen Humor, zumindest bei den Erdmenschen, und Armin entpuppte sich, nachdem er erst einmal aufgetaut war, ebenfalls als spaßiger Typus. Su war eher ein stiller Typ. Gelegentlich kamen auch Melodie oder Mehran mit. Jedenfalls brauchte sich Lisa keine Sorgen um die Siedler zu machen. Alle hatten mittlerweile soziale Strukturen aufgebaut und die freien Abende in Olivers Bar herumzuhängen, war nicht jedermanns Sache, besonders bei dem großen Freizeitangebot, was auf Asuv geboten wurde. Piotr verbrachte viel Zeit mit Arbeitskollegen in virtuellen Computerspielen in den Holoräumen. Lisa konnte diesen Spielen nicht viel abgewinnen. Sie hatte es einmal probiert und war dabei von einem riesigen Säbelzahntiger umgehauen worden. Sie empfand dabei richtige, reale Schmerzen und hatte Todesangst. Natürlich würde der Computer es nicht zulassen, dass ein Spieler lebensgefährlich verletzt wurde, aber diese virtuellen Realitäten waren schon ziemlich real und Verletzungen waren möglich.

Des Weiteren gab es Meditationsräume, die mit hohen Pflanzen, kleinen Wasserflächen und ruhigen Klängen zum Entspannen einluden. Hier traf man Su oft in ihrer Freizeit. Sie war sehr bemüht, sich in der mentalen Kommunikation zu schulen. Sie versuchte alle Konzentrationsübungen immer und immer wieder durchzugehen, aber es wollte bisher nicht gelingen.

Lisa hatte hier auch Mehran schon des Öfteren in eine Meditation vertieft gesehen, wenn er sich nicht mit viel Hingabe um die Gärten kümmerte. Melodie verbrachte einen Großteil ihrer Zeit ebenfalls in den Gärten. Sie liebte die üppigen Blumen und das saftige Grün. Sie traf sich mit Asuvanerinnen und hatte ebenfalls bereits Freunde gefunden. James war ein sportlicher Typ mit einem durchtrainierten Körper. Ihn konnte man fast täglich im Tauchbecken treffen.

Die letzte Zeit hatte sie nur Mano nicht oft gesehen und vermisste ihn. Sie war viel mit der Betreuung der Siedler beschäftigt gewesen und Mano hatte auch viel Arbeit mit einem Planeten, der von Asuv aus lange beobachtet worden war und zu dem jetzt Kontakt aufgenommen werden sollte.

Da die Siedler immer weniger ihre Betreuung benötigten und zeitnah in ihre Aufgaben entlassen würden, hoffte sie auch wieder mehr Zeit für Mano zu haben.

An diesem Abend ging Lisa früh aus Olivers Bar zurück in ihr Quartier. Mano war auf einem Flug zu diesem neuen Planeten unterwegs und sie würde auch allein schlafen gehen müssen. Sie hatte Mano nachts lieber bei sich. Auch wenn sie beide tagsüber viel Arbeit hatten, abends wollte sie gerne in Manos Armen liegen. Sie brauchte das. Bei ihm fühlte sie sich sicher und geborgen. War Mano auf Forschungsreisen, fehlte er ihr sehr.

Im Gang zu den Quartieren schlich Michael vor ihr her.

»Hallo, Michael, wie geht es dir? Ich habe dich lange nicht gesehen«, grüßte Lisa ihn.

»Mir fehlt nichts«, grummelte Michael vor sich hin.

Michael war damals bei dem Raumriss auf der Erde zusammen mit einem Freund und mit Mano in einem Haus verschüttet worden. Als man Mano fand, wurden auch Michael und sein Freund gefunden. Die beiden Menschen waren so schwer verletzt, dass sie auf der Erde keine Überlebenschance gehabt hätten und genau wie Oliver wurden sie von den Asuvanern mitgenommen. Michael hatte überlebt, aber sein Freund erlag auf dem Flug seinen Verletzungen. Für Michael war dies jedoch kein Leben mehr, er hasste die Asuvaner dafür, dass sie ihn verschleppt hatten. Er konnte sich nicht anpassen und zog sich in sich zurück. Er kam immer weniger mit sich selbst zurecht. Die meisten hielten ihn einfach für einen Freak und ihm war es recht.

»Wo gehst du hin?«, wollte Lisa das Gespräch am Laufen halten.

»An einen Ort, an dem ich meine Ruhe habe«, antwortete Michael mit gesenktem Kopf und schlich von dannen.

Lisa informierte sich am nächsten Tag über die Siedler in den übrigen Komplexen. Bis auf zwei hatten alle Menschen die Operationen gut überstanden und waren dabei, sich in ihren Komplexen und ihren Aufgaben zu integrieren. Aus einigen Komplexen wurde Lisa berichtet, dass die Menschen frischen Wind in langjährige Strukturen und Prozesse gebracht hatten. Erst wurden solche Entwicklungen misstrauisch beäugt, aber dann als positiv begrüßt. Nur ganz wenige Menschen hatten Probleme, sich in das neue Leben einzufügen, was Lisa als großen Erfolg des Schulungsprojektes ansah. Das zwölfmonatige Auswahl- und Schulungsverfahren schien zu funktionieren und könnte bei einer zweiten Runde genauso bestehen bleiben. Die Menschen hatten gelernt, was sie hier zu erwarten hatten, und Zeit genug, sich dafür oder dagegen zu entscheiden. Die Menschen, die nun hier waren, boten keinem Asuvaner Grund zu Befürchtungen, dass die menschliche Spezies aggressiv und rückständig war.

DISSONANZEN

Weit vom REGFB-Komplex entfernt, füllte sich wieder der Besprechungsraum inmitten der asuvanischen Wildnis mit bereits fast doppelt so vielen Asuvanern wie beim letzten Treffen. In ihren Komplexen hielten sie sich alle bedeckt. Keiner von ihnen würde etwas gegen die Menschen sagen. Sie alle kannten mittlerweile einige der Siedler persönlich, hatten sich sogar um persönlichen Kontakt bemüht, um nach außen hin keinen Verdacht über eine Abneigung gegen die menschliche Spezies aufkommen zu lassen, aber auch um sie genau studieren zu können. Nur so konnten sie Schwächen erkennen und drohende Gefahren, die von den Menschen ausgingen.

Nil trat vor das Rednerpult.

»Ich grüße euch alle und bin erfreut zu sehen, dass unsere Zahl ständig steigt. In sämtlichen Informationen und Mitteilungen ist immer nur zu hören, wie gut sich die Menschen bei uns eingliedern und was für eine Bereicherung sie für unseren Planeten sind. Da fragt man sich fast, ob man der Einzige ist, der daran denkt, was der Mensch von seiner Natur aus für eine Spezies ist. Hat er hier seine kriegerischen und aggressiven Wurzeln auf wundersame Weise abgelegt? Das ist es wohl, was wir glauben sollen, aber ich bin skeptisch und egal wie gut sich der Mensch hier einfügt, ich werde nie verstehen, warum wir unser asuvanisches Blut mit dieser Spezies vermischen sollen. Bevor ich Nachwuchs mit diesen Erdmenschen zeuge, sterbe ich lieber aus. Nachwuchs mit diesen Genen sind eine Gefahr für unseren Planeten.«

Nil besaß ein Talent mit ihren Worten und ihrem Ausdruck die Asuvaner in kürzester Zeit in ihren Bann zu ziehen und auf ein gemeinsames Ziel einzuschwören. Durch den Raum ging ein zustimmendes Nicken.

»Jeder von uns hat die Aufgabe, unseren Planeten zu beschützen. Dies ist unsere höchste Direktive und als Teil dieser Aufgabe gilt es jetzt, die menschlichen Siedler zu beobachten und Gefahren frühzeitig zu entdecken. Wem von euch ist bereits etwas aufgefallen? Wer konnte bereits gefährliche Tendenzen erkennen? Gibt es Menschen, die wir für unseren Plan nutzen könnten, den Plan zu beweisen, dass der Mensch gefährlich ist und unseren Frieden auf diesem Planeten gefährdet? Ich bitte um die Berichte aus den Komplexen. Beginnen wir mit dem Nahrungsmittelkomplex.«

Laku, ein älterer Asuvaner, trat ans Rednerpult und löste Nil ab, die zur Seite trat, aber sich nicht weit entfernte, als wolle sie die Fäden in der Hand behalten.

»Bei uns im Nahrungsmittelkomplex sind glücklicherweise nur vier der menschlichen Siedler eingegliedert worden. Diese vier Menschen verhalten sich sehr unauffällig und geben keinen Anlass zur Sorge, außer dass sie natürlich nicht unter sich bleiben, sondern immer mehr soziale Verbindungen zu Asuvanern aufbauen. Einer dieser Menschen scheint sogar eine tiefere, widerwärtige Beziehung zu einer Asuvanerin zu knüpfen«, erläuterte der Redner trocken und emotionslos.

»Was ist das für ein Mensch?«, fragte Nil dazwischen.

»Es ist ein unansehnliches Individuum mit einer fürchterlichen Art, unsere Sprache zu betonen, der sich an eine Asuvanerin herangemacht hat, die unverständlicherweise seine Gefühle zu erwidern scheint.«

Die Rede war hier von Bernie Braun, dem pfundigen Bayern mit dem Pfannkuchengesicht und dem sanften Charakter eines Plüschbären. Noli, eine eher schüchterne Asuvanerin, fühlte sich sofort von seiner herzlichen, gemütlichen Art angezogen und kicherte ständig über seinen bayrischen Akzent, der die asuvanische Sprache auch herzlich komisch klingen ließ. Die beiden waren mittlerweile ein Paar.

»Jede solcher Beziehungen können und sollten wir für unsere Zwecke nutzen«, verkündete Nil nun und sah in einige fragende Gesichter.

»Ist jemand aus unserem Kreis mit dieser Asuvanerin befreundet?«, fragte Nil.

Der Asuvaner, der es offensichtlich aufgegeben hatte, seinen Bericht zu Ende zu führen, zuckte mit den Schultern.

»Es schaudert mich, wenn ich daran denke, dass in Zukunft vielleicht tatsächlich Wesen auf diesem Planeten geboren werden, die zur Hälfte die menschlichen Charaktereigenschaften in sich tragen. Wir müssen dies verhindern. Wir müssen Asuvaner, die im Begriff sind, solche Beziehungen mit Menschen einzugehen, vor diesem Fehler bewahren. Aber geht in solchen Fällen diplomatisch vor, nicht zu offensichtlich. Warnt eure Freunde nicht offen vor dieser Gefahr, sondern wartet, bis sich eine Gelegenheit ergibt. Und wenn sich diese nicht ergibt, dann müssen wir daran arbeiten und einen Keil zwischen sie treiben!«, sprach Nil.

Ein Asuvaner aus der Menge meldete sich zu Wort.

»Du selbst hast dies aber nicht geschafft bei deinem eigenen Partner. Du hast deinen Partner an einen Menschen verloren.«

Nil fühlte sich getroffen und dachte an Mano und Lisa. Sie bemühte sich um Haltung und antwortete:

»Ja und dies werde ich mir zur Aufgabe nehmen. Mein Partner Mano wird von Lisa ebenfalls bald enttäuscht sein und dann werde ich da sein, um ihm seinen Fehler deutlich zu machen.« Nil wünschte sich nichts mehr, als dass sich diese Worte erfüllen würden.

»Der nächste Bericht vom Energiekomplex bitte«, bestimmte Nil und der Asuvaner aus dem Nahrungsmittelkomplex, der seinen Bericht bislang nicht beendet hatte, zuckte noch einmal mit den Schultern und überließ dem nächsten Redner das Pult.

Enoi war ein junger, energischer Asuvaner, der es gewohnt war, dass sich die Augen auf ihn richteten, wenn er einen Raum betrat. Selbstbewusst trat er ans Rednerpult.

»Der Energiekomplex ist einer unserer wichtigsten Komplexe. Wir haben die Verantwortung für die komplette Energieversorgung. Demzufolge ist es ganz besonders erschreckend, einem Menschen eine Verantwortung zu übertragen, an dieser wichtigen Aufgabe mitzuarbeiten.« Enoi machte eine Pause und sah bedeutungsschwanger in die Menge, um seine Worte wirken zu lassen. Erst dann fuhr er fort.

»Aber genau das ist bereits geschehen! Einem Menschen wurde entschieden zu viel Verantwortung im zentralen Bereich unseres Komplexes übertragen.«

Insbesondere für Enoi war es zu viel, denn er hatte selbst auf diese Aufgabe gehofft und wurde diesem Menschen erst einmal unterstellt.

Dieser Mensch, Vito Serafino, war auf der Erde ein Ingenieur der Energiewirtschaft gewesen und vom Leiter des Energiekomplexes als sehr fähig angesehen worden. Enoi mochte diese Tatsache nicht und noch viel weniger seinen italienischen Charakter. Vito war ein vor Vitalität strotzender Charakter mit leicht machohaften Anflügen. Bei den asuvanischen Frauen in seinem Komplex weckte er bereits Interesse, ein Interesse, das Enoi für sich beanspruchte.

»Er ist furchtbar und er ist viel zu laut und ... menschlich! Ich werde ihn stoppen«, führte Enoi weiter aus.

Nil hatte bereits eine Idee und nahm sich vor, im Anschluss mit Enoi zu sprechen. Sie spürte die Konkurrenzgefühle in Enoi und konnte dies nutzen.

»In dem Komplex für die Naturpflege haben wir sieben Menschen integriert, ein achter ist bei der Operation gestorben. Diese sieben Menschen haben sich schnell eingelebt und leisten gute Arbeit.« Kriter war bewusst, dass diese Worte nicht das waren, was Nil hören wollte, aber es war nun mal so. Ganz sicher, dass die Menschen wirklich aggressiv und kriegerisch waren, war er sich mittlerweile auch gar nicht mehr. Diese sieben Menschen, die in seinem Komplex angekommen waren, schienen jedenfalls weder das eine noch das andere zu sein. Sie arbeiteten hart und liebten die asuvanische Natur. Er hatte alle sieben von Anfang an betreut und sich mit einem von ihnen sogar angefreundet. Dies würde er hier nicht erwähnen. Julian McCain war ein großer, starker Mensch, der aus einem amerikanischen Staat namens Texas kam. Er war klug und natürlich, aber keinesfalls kriegerisch. Er übernahm die schweren Arbeiten und führte sie mit einer Kraft und Motivation durch, die Kriter beeindruckte. Dabei war er offen und extrovertiert. Er hatte innerhalb kürzester Zeit viele Freunde unter den Asuvanern gefunden und auch Kriter mochte ihn.

»Sind gefährliche Tendenzen zu erkennen oder entwickeln sich tiefere Beziehungen?«, fragte Nil.

»Nein, die Menschen verhalten sich kooperativ, sie bilden ein soziales Netzwerk aus, aber Liebesbeziehungen konnte ich bisher nicht beobachten.«

»Dann kommen wir zur REBFG«, bestimmte Nil.

Zahr, eine Freundin von Nil und Mitarbeiterin in Zins Team, trat vor das Rednerpult.

»In der REBFG wurden neun Erdbewohner aufgenommen. Mit den dreien, die wir vorher schon hatten, sind wir jetzt der Komplex mit den meisten Menschen und somit der gefährdetste Komplex.«

Nil lächelte, während Zahr fortfuhr. Auf ihre Freundin konnte sich Nil verlassen.

»Diese neun Menschen werden von unserem Erstmenschen, dieser Lisa, betreut. Es haben sich Gruppen gebildet, die allerdings auch soziale Kontakte zu Asuvanern pflegen. Begünstigt wird diese Entwicklung noch durch unseren Sozialraum im REBFG, der ebenfalls durch einen Erdmenschen geführt wird. Dieser Mensch hat bereits das komplette Erscheinungsbild unseres Sozialraumes geändert hat und er nennt es jetzt Bar. Hier beginnt bereits der Untergang unserer eigenen Kultur. Was Liebesbeziehungen angeht, weiß jeder von euch, dass bereits unser Erstmensch Lisa mit einem Asuvaner liiert ist, und weitere Liebesbeziehungen scheinen sich zu entwickeln. Der für uns erschreckende Teil meines Berichtes ist aber, dass zumindest bei uns erste kriegerische Impulse zu erkennen sind. Vielleicht haben die anderen Komplexe nur nicht genügend Aufmerksamkeit auf die Aktivitäten der Menschen gerichtet, aber ich kann mir nicht vorstellen, dass die Menschen im REBFG so viel anders sind als in anderen Komplexen. Habt ein besseres Augenmerk auf eure Siedler!«

»Was für kriegerische Aktivitäten sind vorgefallen?«, fragte nun jemand interessiert nach.

»Es ist bisher nur ein kleiner Hinweis, aber so beginnen große Kriegsaktionen. Ich habe mich auf Systemrecherchen gestürzt und alle von den Siedlerquartieren ausgehenden Recherchen analysiert. Wenn ich noch einmal darauf hinweisen darf, dass die REBFG ein Kommando zur Erforschung und Beobachtung fremder Galaxien ist, warum interessiert sich dann einer der Menschen für giftige Stoffe. Er fand Informationen über in unserer Natur vorkommende Giftstoffe und suchte nach Verfahren, wie man daraus eine Substanz herstellen kann, die für einen lebenden Körper tödlich sein kann. Was soll das? Klingt das für euch nach freundschaftlichen Gesten, nach dem Handeln einer Spezies, die wir als Gäste aufgenommen haben, die wir in unsere Gesellschaft integriert haben und mit denen wir unser Fortbestehen sichern wollen? Ich kann für die Menschen in unserem Komplex nur sagen, dass ich mir sicher bin, dass sie gefährlich sind, dass sie unser Untergang sein werden, wenn wir nichts gegen sie unternehmen und wir sie dahin zurückschicken sollten, wo sie herkommen, bevor es zu spät ist!«

Die übrigen Berichte waren eher wie die ersten beiden. Es gab keine Auffälligkeiten, aber gelegentlich sich anbandelnde Beziehungen zwischen Asuvanern und Menschen.

»Wir müssen genauer hinsehen! Wir müssen diese menschlichen Siedler studieren! Wie können wir sie beeinflussen? Wie können wir sie kontrollieren? Davon hängt das Wohl dieses Planeten ab«, rief Nil noch in den Raum.

Während sich in diesem Raum die Asuvaner einig in ihrer Sorge um ihren Planeten und ihre Spezies waren, waren sich zwei Menschen im REGFB-Komplex alles andere als einig. Ellen und Richard stritten sich in letzter Zeit immer öfter.

»Ich fühle mich hier wohl und möchte, dass es so bleibt, wie es ist«, schimpfte Ellen.

»Hast du unseren Plan vergessen? Auf diesem Planeten sind wir nur Fremde und werden es immer sein. Wir sind die Bittsteller, die hier leben dürfen, solange wir die Regeln der Asuvaner einhalten. So wird es niemals unser Planet sein. Wir machen diesen Planeten zu einem Paradies für die Menschheit. Wir werden nicht nur die unterwürfigen Fremden sein, sondern wir werden Präsident und du meine First Lady auf diesem Planeten. Wir werden in Reichtum und Überfluss leben. Ich möchte dir so viel mehr bieten, als die Asuvaner uns hier geben. Schaue dir doch dieses sogenannte Quartier an!«

»Die Asuvaner sind freundlich und gutmütig. Ganz anders als gedacht. Ich will das nicht mehr machen. Ich bin zufrieden mit dem, was wir hier haben. Ich bin glücklich!«

»Wir müssen es tun! Das hier könnte die Erde zwei Punkt null werden und deshalb tragen wir eine Verantwortung für die Menschheit. Denk an die vielen Bekannten und Freunde, denen wir hier ein Paradies bieten könnten und wir könnten diejenigen sein, die die nächsten Siedler auswählen. Wir holen die Menschen hierher, die uns nutzen«, gab Richard zu bedenken.

»Wir sind gar nicht in der Lage, die asuvanischen Schiffe zu fliegen«, gab Ellen zurück.

»Das hatten wir schon besprochen. Wir müssen uns erst einmal eines Großteils der asuvanischen Eingeborenen entledigen und dann kommen wir auch an die asuvanische Technik. Es gibt schon menschliche Piloten hier und es werden weitere ausgebildet. Es werden auch nicht alle Asuvaner sterben. Die Sterberate wird nach meinen Berechnungen um die sechzig, vielleicht siebzig Prozent liegen. Wir müssen dies hier nur alles übernehmen. Die Asuvaner sind ohnehin eine sterbende Spezies. Der Mensch braucht dagegen dringend mehr Platz und wir beschleunigen diesen Prozess nur.«

»Der Mensch lässt seinen Planeten sterben. Er zerstört …«

»Wir sind Menschen! Rede nicht von den Menschen, als gehören wir nicht mehr dazu. Wir sind Menschen und werden niemals zu Asuvanern!«, schrie Richard seine Frau an und fügte noch hinzu:

»Und jetzt will ich nichts mehr davon hören! Wir werden den Plan durchziehen!«

»Nein, werden wir nicht!«, schrie Ellen zurück.

Richard atmete tief durch und hatte sich nun wieder unter Kontrolle.

»Lass uns das morgen weiter besprechen. Wir sind beide müde«, schlug er vor.

Ellen nickte und nahm sich vor, am nächsten Tag noch einmal ganz in Ruhe mit Richard zu sprechen.

Beim nächsten Aufgang der ersten Sonne saß Michael in einer Ecke des Gartens und aß einige Früchte. Der Komplex ging ihm manchmal furchtbar auf die Nerven. Dieses matte Licht überall, der Geruch, die Klänge, in manchen Bereichen das leise, monotone Summen der Systeme. Er hasste es.

Zahr schlenderte ebenfalls durch den Garten, was eher untypisch für sie war.

»Bist du einer der Siedler?«, fragte Zahr den in sich gekehrten jungen Mann vor einem Busch.

»Nein«, antwortete Michael kurz, ohne aufzublicken.

»Du bist nicht von hier«, stellte Zahr dann unnötigerweise fest und versuchte, interessiert zu klingen.

»Woran hast du das erkannt?«, fragte Michael genervt.

»Du bist ein Mensch, aber kein Siedler?«

»Ich wurde von der Erde entführt und bin jetzt hier. Ein Fremder. Ich wäre lieber tot.« Michael hatte heute wieder einen ziemlichen Frusttag. Es wurde jedoch besser. Er hatte nicht mehr die Absicht, sich selbst zu töten. Er dachte zumindest seltener daran.

»Der Tod ist besser, als hier zu leben?«, fragte Zahr.

»Es ist nicht mein Planet. Ich bin hier ein Fremder.«

Gut erkannt, dachte Zahr, sprach es aber nicht aus.

»Warum fliegst du nicht woanders hin?«, fragte Zahr.

»Habe ich Flügel?«

»Hast du eine Aufgabe hier auf dem Planeten?«

»Nein.«

»Dann werde doch Pilot, dann kannst du hinfliegen, wohin du willst.«

»Ich kann kein Pilot werden.«

»Warum nicht?«

»Ich bin ein Mensch und …«

»Wir drehen uns im Kreis!« Zahr wurde ungeduldig.

»Bitte?«

»Diese Lisa betreut euch Menschen doch, oder?«

»Ohne diese Lisa wäre ich nicht hier! Ich hasse sie!« Bei diesen Worten drehte sich Michael doch um und sah Zahr in die braunen Augen mit den schiffchenförmigen dunklen Pupillen.

Wie schön, dachte Zahr. Das sollte man doch nutzen können.

Michael drehte sich wieder um, biss in eine Frucht und starrte in die Ferne.

»Wenn du diese Lisa so hasst und nichts Besseres zu tun hast, dann schick sie doch nach Simir«, witzelte Zahr und beobachtete, wie Michael darauf reagierte.

»Was ist Simir?«

»Das ist ein Strafplanet. Wer sich hier nicht an unsere Regeln hält, wird des Planeten verwiesen und nach Simir gebracht.«

»Ein Gefängnis?«, fragte Michael.

»Ein Planet, der eigentlich alles bietet, was man zum Leben benötigt. Es gibt Luft zum Atmen, die Natur bietet Nahrung, es gibt Wasser und man kann dort leben. Aber es ist nicht Asuv. Es gibt keine Komplexe. Die Ausgegliederten bauen sich Hütten und manchmal müssen sie diese Hütten gegen andere Ausgegliederte verteidigen. Es ist kein Leben wie hier. Jeder muss dort versuchen zu überleben«, erklärte Zahr.

»Praktisch, man spart hier die Gefängnisse«, stellte Michael nüchtern und nur halb interessiert fest.

»Wäre dies nicht ein Ort, an dem du deine Lisa sehen wolltest?«, fragte Zahr etwas vorsichtig.

»Ist mir egal, wo sie wohnt. Mir ist nur nicht egal, dass ich hier wohne!«

»Aber du sagtest, dass sie schuld daran ist. Vielleicht fühlst du dich wohler, wenn du sie dafür bestrafen könntest«, versuchte Zahr es nun noch einmal.

Michael dachte sichtlich nach, drehte sich ungläubig um und fragte: »Wer bist du nochmal?«

»Oh, entschuldige, ich bin Zahr. Ich arbeite hier im Komplex.«

Michael nickte und drehte sich wieder um.

Zahr wendete sich um und ging zurück Richtung Komplexeingang. Als sie zwei Schritte gegangen waren, fragte Michael, ohne sich umzudrehen: »Wie wird man hier denn eigentlich Pilot?«

Im Nahrungsmittelkomplex summte Bernie ein Lied vor sich her, während er die Maschinen bediente, die den Nahrungsmittelbrei herstellten. Nachdem er alle Einstellungen kontrolliert hatte, wendete er sich seinem eigenen Projekt zu. Der Nahrungsmittelbrei war unpraktisch mitzunehmen, wenn man unterwegs war. Er hatte sich selbst aus einer ausgesonderten Maschine eine eigene Konstruktion gebastelt, mit der er dem Nahrungsbrei die Flüssigkeit entziehen wollte, um so feste Nahrungsriegel herstellen zu können. Diese konnte man in die Tasche stecken und mitnehmen. Hier wollte er auch mit anderen Geschmacksrichtungen experimentieren. Sein Kollege Laku ermutigte ihn dabei und probierte die verschiedenen Versuche von Bernie und lobte ihn für seine Kompositionen.

»Wir könnten auch den Nahrungsmittelbrei etwas verändern«, schlug Bernie vor.

»Was hast du dir vorgestellt?«, fragte Laku.

»Der Geschmack ist eher langweilig. Könnte man nicht vielleicht mit frischen Kräutern aus dem Waldland hier etwas mehr Frische hineinbekommen?«, überlegte Bernie.

»Ja, eine hervorragende Idee. Wir gehen morgen in das Waldland und ich zeige dir einige Pflanzen, die wir verwenden könnten.«

Bernie nickte und freute sich auf den nächsten Tag.

Im Naturpflegekomplex sah Julian McCain unschlüssig auf die Pflanzen im Garten, die er vor einigen Tagen mit einem Pflegemittel besprüht hatte. Die Pflanzen sahen gar nicht gut aus, hatten deutlich an Farbe verloren und schienen zu verkümmern. Kriter, sein Kollege, hatte ihm das Rezept für das Pflegemittel in der Datenbank gezeigt und er hatte es sorgsam zusammengestellt. Offensichtlich hatte er etwas falsch gemacht. Ungefähr ein Drittel des Gartens seines Komplexes hatte er damit besprüht und das komplette behandelte Stück schien zu verenden. Er ging zurück in das Labor und rief auf der Kontrollkonsole noch einmal das Rezept seines Kollegen auf. Er ging alle Bestandteile durch und plötzlich stockte er. Von einer der Komponenten hatte er entschieden zu viel in das Pflegemittel gemischt. Er hätte schwören können, dass dort ein anderer Wert gestanden hatte. Julian haute mit seiner Faust neben die Konsole an die Wand. Kriter und eine Asuvanerin im Labor schreckten zusammen und sahen Julian an. Kriter gab der Asuvanerin die Anweisung zu gehen und versuchte dabei erschrocken auszusehen. Die Asuvanerin verließ eilig das Labor.

»Ganz ruhig«, sagte Kriter, während er übertrieben vorsichtig auf Julian zuging.

»Lass den Scheiß!«, befahl Julian und fuhr fort: »Schau dir das hier an. Hier stand vor einigen Sonnen- und Mondzeiten noch ein anderer Wert.«

»Das kann nicht sein. Das Rezept ist schon lange in dieser Datenbank. Vielleicht hast du es nicht richtig gelesen«, sagte Kriter.

Julian kratzte sich den stoppeligen Bart und gab ein unschlüssiges Brummen von sich.

Im Energiekomplex stürzte Vito auf die Kontrollkonsole zu und tippte hektisch darauf herum.

»Managgia, managgia …«, fluchte Vito in seiner irdischen Muttersprache.

Er hatte viel über die asuvanische Energieversorgung gelernt und war beeindruckt, dass eine saubere Energie einen ganzen Planeten, alle zweiundfünfzig Komplexe versorgen konnte. Er hatte die Einstellungen, bevor er in die Pause ging, zweimal überprüft, weil dies nun schon das dritte Mal war, dass er aus der Pause kam und seine Konsole verstellt war. Eine der Maschinen hatte bereits Überdruck und das war nicht gut. Er sah sich um, als wenn er eine Erklärung dafür im Raum finden könnte, aber es war niemand außer ihm hier. Sein Kollege war vor ihm gegangen und bislang nicht wiedergekehrt. Vielleicht hatte er etwas an diesem Computersystem nicht verstanden und die Einstellung änderte sich durch irgendwas. Er nahm sich vor, dass er morgen keine Pause machen würde. Er würde hier sitzen bleiben und sehen, wann genau was passieren wird.

Lisa hatte heute frei und verbrachte den Tag mit Mano im Waldland. Sie waren lange nicht hier gewesen. Es war wenig Zeit für Zweisamkeit. Sie lagen beide im hohen Grasland, beschienen von den Sonnen. Lisas Kopf lag auf Manos starker Schulter und er streichelte Lisas Arm. Ihre Gedanken waren miteinander verschmolzen. Ein Gefühl, das so intensiv war, wie nichts anderes sein konnte. Wie dies hier auf der Lichtung im hohen Gras enden würde, wusste Lisa, aber sie hatte es heute nicht eilig. Einige Meter von ihnen entfernt hüpfte eine Gruppe kleiner hamsterähnlicher Lebewesen an ihnen vorbei und bunte Insekten flatterten um sie herum. Die Sonne, die auf sie herunterschien, wirkte warm und weckte gute Laune in ihnen. Es duftete nach Moos und Gräsern und auch ein wenig nach den bunten, süßen Blüten.

»Wir sollten das öfter machen«, schlug sie vor.

»Wäre schön«, antwortete Mano kurz.

»Musst du wirklich morgen auf diese Mission?«, wollte Lisa nun wissen.

»Nein, ich kann auch hierbleiben. Dann müssen die Handelsbeziehungen mit Osana eben warten.«

»Ach, Mano!« Lisa kuschelte sich fest an Manos Körper.

»Wenn ich zurück bin von Osana, zeige ich dir noch eine viel schönere Stelle. Dort gibt es riesige bunte Vögel und Blüten in allen Farben. Es ist allerdings weiter weg und wir brauchen mehr Zeit. Wir könnten im Waldland übernachten …«

»Oh ja, das machen wir! Wie lange wirst du weg sein?«

»Die Reise nach Osana und die Gespräche werden mindestens zwanzig Sonnen- und Mondzeiten dauern. Danach werden wir uns jedoch etwas Zeit für uns nehmen. Die Siedler werden immer selbstständiger, sodass du doch dann auch etwas Zeit mit mir verbringen kannst.«

Lisa antwortete nicht, sondern überflutete sein Gehirn nur mit Wärme und Liebe und begann ihn zu liebkosen.

DER ANSCHLAG

Am nächsten Morgen verabschiedete sich Mano von Lisa und ging zum Weltraumhafen, der mehrere Etagen im REGFB-Komplex einnahm. Für die Reise nach Osana sollten ihn einige Mitglieder aus Zins Team begleiten. Lir und Nono würden die Verhandlungen unterstützen. Sie hatten in der Vergangenheit alle verfügbaren Daten über Osana ausgewertet und daraus eine möglichst vielversprechende Verhandlungsstrategie erstellt. Meffri und O-Ur nahmen ebenfalls teil. Mit O-Ur hatte Mano bereits viele Reisen unternommen. Sie konnten sich blind vertrauen und hatten zudem Spaß bei ihren Missionen, während Meffri eher zurückhaltender war und damit die notwendige Ruhe ins Team brachte. Agida, eine Vertreterin des Regierungskomplexes, sollte noch mitgenommen werden und die Verhandlungen als offizielle Regierungsvertreterin unterstützen. Mano und seinem Team gefiel dies nicht sonderlich. Während sie über einen langen Zeitraum die Daten ausgewertet und auch viel Erfahrung in Verhandlungen hatten, kam bei manchen Missionen ein Regierungsmitglied dazu und oftmals erschwerte dies die Verhandlungen eher. Mano nahm sich vor, Agida auf dem Flug zu erklären, wie mit den eher scheuen Osanern umgegangen werden muss. Direkte Forderungen und zu offensichtliche Angebote würden sie nur erschrecken.

Kaum am Transportschiff angekommen, das noch mit einigen Vorräten und Geräten sowie Tauschware beladen wurde, entdeckte Mano O-Ur, der ein wenig unglücklich aussah. Mano klopfte ihm auf die Schulter und sagte lächelnd: »Ich muss Lisa auch hierlassen. Du und Lihn, ihr seht euch bald wieder …«

»Das ist es nicht«, sagte O-Ur vorsichtig. Mano blieb stehen und sah O-Ur auffordernd an.

»Agida ist ausgefallen und kann uns nicht begleiten.«

»Ach, wir bekommen das auch ohne Regierungsmitglied hin«, freute sich Mano und wollte gerade weitergehen, als er in der Tür Nil sah. Er blieb stehen und blickte von Nil zu O-Ur.

»Wollte ich dir gerade sagen«, meinte O-Ur.

Sie stiegen nach einer kurzen, kühlen Begrüßung ein und Mano flog das Forschungsschiff langsam aus dem Weltraumhafen. Manos Stimmung hatte sich deutlich verschlechtert. Eigentlich liebte er solche Missionen, er fühlte sich jedoch in Anwesenheit seiner Ex-Partnerin von Mal zu Mal unwohler. Die Stimmung im Shuttle war gedrückter als sonst.

Auch Richard verabschiedete sich diesen Morgen von Ellen, die allerdings nichts davon mitbekam. Sie lag in ihrer Schlafkapsel. Richard nahm ihren Arm und fühlte ihren Puls. Anschließend setzte er ihr eine weitere Spritze in die Armvene. Damit würde Ellen weitere sechs oder sogar sieben Stunden schlafen. Er fühlte sich nicht gut dabei. Er liebte sie, aber Ellen hatte sich verändert, seit sie hier angekommen waren. Sie hatten einen gemeinsamen Plan gehabt, aber Ellen schien immer mehr daran zu zweifeln. Er müsste diesen Plan also allein in die Tat umsetzen. Er hatte eine Verantwortung gegenüber der Menschheit auf der Erde und würde das, was notwendig war, erledigen.

Ellens Handgelenk-ID-Com legte er auf das große, nierenförmige Sofa in der Mitte des Raumes. Es sollte keine Vitalwerte aufzeichnen und an die Krankenstation übermitteln.

Er ging zur Krankenstation, auf der er und Ellen normalerweise gemeinsam arbeiteten. Sono, der leitende Arzt, untersuchte einen älteren Asuvaner, der angab, dass er immer schlechter sehen könnte. Richard ging an ihnen vorbei und begann, einen der in der Wand versenkten Materialschränke aufzuräumen. Er steckte sich zwei kleine Gläschen mit Deckel in seine Tasche, die ihm noch fehlten. Als Sono seinen Patienten verabschiedet hatte, fragte er: »Wo ist Ellen heute?«

Richard setzte einen ernsten Ausdruck auf und meinte: »Es geht ihr nicht gut. Sie muss sich etwas ausruhen.«

»Soll ich gleich mal nach ihr sehen? Sie war gestern noch munter«, bot Sono an.

»Nein, bitte nicht. Seit wir hier sind, ist sie munter und voller Energie. Sie gibt immer alles, aber gestern Abend war sie plötzlich sehr erschöpft. Sie weinte und meinte, dass ihr alles zu viel wird und sie erst einmal das neue Leben verarbeiten muss. So sind die Frauen«, sagte er zwinkernd.

Sono sah ihn besorgt an und so fuhr Richard fort: »Das hatten wir auf der Erde auch schon einmal. Sie wird sich ein paar Sonnen- und Mondzeiten ausruhen und dann ist sie wieder ganz die Alte. Sie bat mich, etwas Zeit mit ihr zu verbringen. Könnte ich die nächsten Sonnen- und Mondzeiten auch etwas freie Zeit haben? Momentan ist es ruhig hier auf der Krankenstation.«

»Das erscheint mir eine gute Idee. Du solltest zu ihr gehen. Ich werde vorsichtshalber morgen nach ihr sehen«, beschloss Sono und wollte sich gerade wieder seiner Arbeit zuwenden.

»Nein, das brauchst du nicht. Ich kümmere mich schon um sie!«

Richard ging zügig zurück in das gemeinsame Quartier und machte sich an die Arbeit. Er musste die Lösung auf 52 Fläschchen aufteilen. In jedem Komplex würde er eines der Gefäße positionieren. Er selbst musste keine Angst vor dem Inhalt haben. Er hatte sich bereits auf der Erde das Gegenmittel in Form einer Impfung verabreicht. Ebenso allen Siedlern, die er im Rahmen des Siedlerprojektes auf dem Schulungsschiff betreut hatte. Es war einfach gewesen, jedem von ihnen unter einem Vorwand eine zusätzliche Impfung zu verabreichen.

Nachdem er die Lösung aufgeteilt hatte, war die erste Sonne bereits untergegangen und er wollte die restliche Zeit des Tages noch nutzen. Er nahm sich die ersten fünf Fläschchen, umwickelte sie jeweils sorgsam mit Verbandsmaterial und steckte sie in eine der einfachen Umhängetaschen, die auf Asuv für das Sammeln von Obst oder Nüssen in den Gärten üblich waren. Dann schaute er nach Ellen. Sie war noch betäubt und sah sehr blass aus. Dennoch musste er das Betäubungsmittel noch einmal auffrischen. Er konnte nicht riskieren, dass sie während seiner Abwesenheit aufwachte.

Bevor er das Quartier verließ, nahm er noch sein ID-Com vom Handgelenk ab und positionierte es neben Ellens Gerät auf dem Sofa. Dann ging er los. Mit dem unterirdischen Transportsystem konnte er wie mit einer rasanten U-Bahn zu jedem der 52 Komplexe auf dem asuvanischen Planeten gelangen. Man wurde in einer Transportkapsel regelrecht durch den Planetenuntergrund geschossen. Es würde mehrere Sonnen- und Mondzeiten dauern, bis er jeden Komplex besucht hatte. Für heute hatte er sich die vier naheliegendsten Komplexe vorgenommen.

Zu dieser Zeit war es still im Transportsystem. Nur wenige gingen auf freie Röhren zu oder kamen von ihnen. Richard hielt sich möglichst weit von ihnen fern und wartete sogar, bis eine kleine Gruppe in den Röhren verschwunden und abgefahren war. Erst dann bestieg er eine der Kapseln und wählte als Ziel den Komplex für Wasseraufbereitung. Er wurde schroff in den Sitz gedrückt, als sich die Kapsel in der Röhre beschleunigte. Im Inneren der Kapsel leuchtete ein mattes, schwaches Licht. Richard spürte ein unangenehmes Gefühl in seiner Magengegend und in seinem Kopf leichten Schwindel. Er atmete tief durch, wie sie es von Lisa beim »Transporttraining« gelernt hatten. Endlich ertönte ein leiser Gong und er spürte das Abbremsen der Kapsel. Erleichtert kletterte er heraus. Er sah sich um und stellte zufrieden fest, dass er hier allein war. Um den Komplex zu betreten, wäre sein Handgelenk-ID-Com nötig gewesen. Mit den ID-Coms konnten die Türen zu den Transportbereichen der Komplexe geöffnet werden. Der Zugang wäre jedoch auch registriert worden. Das konnte er nicht riskieren. Er hatte seinen ID-Com aus diesem Grund im Quartier gelassen, damit seine Reise nicht nachverfolgt werden konnte. Er nahm schnell eine der eingewickelten Fläschchen, wickelte sie aus und verteilte den Inhalt vor dem Eingangsbereich. Der Inhalt würde bei diesen Bedingungen hier unten ungefähr ein bis zwei Sonnen- und Mondzeiten überstehen. Als er bemerkte, dass sich Stimmen näherten, drängte er sich schnell in eine dunkle Ecke und beobachtete die Ankunft eines jungen asuvanischen Pärchens.

Enima und Effilo waren gerade erst zusammen in ein gemeinsames Quartier gezogen. Effilo hatte schon seit langer Zeit gewusst, dass Enima die Asuvanerin war, mit der er den Rest seines Lebens verbringen wollte. Er war sich nur nicht sicher, ob sie das Gleiche für ihn fühlte, und er traute sich nicht, sie anzusprechen. Vor Kurzem hatten

Freunde der beiden nachgeholfen, für die schon seit Langem klar war, dass die beiden füreinander bestimmt sein mussten.

Effilo stieg als Erster in eine wartende Transportkapsel und reichte Enima seine Hände, um ihr zu helfen. Sie ergriff diese und sofort wurde ihm heiß vor Glück, Stolz und Vorfreude. Ihre Hände in seinen und die Gedanken, mit denen sie liebevoll und erregend sein Gehirn flutete, machten ihn fast verrückt. Er gab schnell das Ziel im Waldland an und spürte wieder die erotisierende Vorfreude. Sie würden ein wenig spazieren gehen und noch die letzten Sonnenstrahlen der zweiten Sonne genießen. Dann würden sie sich ein gemütliches Plätzchen suchen und in weiches Moos sinken. Es würde spät werden, bevor sie glücklich zurückkehren würden.

Richard hatte die Abfahrt der beiden noch beobachtet, bevor er selbst wieder in eine Kapsel stieg und seinem nächsten Ziel entgegenfuhr. Er wusste auch schon, wie ihre Geschichte weitergehen würde. Sie würden noch einige Sonnen- und Mondzeiten nichts spüren und dann einfach immer schwächer werden. Er fühlte sich nicht wie ein Monster, denn er hatte ein Virus geschaffen, das seinen Opfern einfach die Kraft nahm. Sie würden keine Schmerzen haben und nicht lange leiden müssen. Sie würden einfach einschlafen und nicht mehr aufwachen. Die beiden sahen beim Einsteigen in die Transportkapsel glücklich aus. Sie würden glücklich sterben. Warum sollte sich Richard deswegen schlecht fühlen? Jeder, der in den nächsten Tagen noch Kontakt zu ihnen haben, und jeder, der durch diesen Transportbereich gehen würde, käme mit dem Virus in Berührung und würde wiederum bei der Verteilung helfen. Die beiden jungen Asuvaner werden jedoch die Ersten sein, die die Infektion bemerken werden. Bevor das Virus sie jedoch schwächen wird, sollten fünf bis zehn Sonnen- und Mondzeiten vergangen sein. Richard hoffte, dass er es schaffen würde, das Virus bis zum Ausbruch der ersten Krankheitssymptome in allen Komplexen verstreut zu haben. Er würde vorher seine Arbeit wieder aufnehmen und niemand würde einen Krankheitsausbruch mit ihm in Verbindung bringen. Er hoffte, dass Ellen bis dahin wieder bei Vernunft sein würde. Sie würde sich schon wieder beruhigen.

Er lächelte, als er die Transportkapsel wieder betrat und den nächsten Komplex auf den Tasten auswählte. Dieser Teil seines Planes war offensichtlich der einfachste. Die Erschaffung des Virus mit den von ihm gewünschten Eigenschaften war dagegen nicht so leicht. Er hatte Hilfe in Anspruch nehmen müssen, für die er noch die Verbindlichkeit mit sich trug. Er musste versprechen, dass diese Menschen beim nächsten Transport mit nach Asuv kommen könnten und auch einen bedeutenden Posten auf diesem Planeten erhalten würden. Sollte er dies nicht bewerkstelligen können, würden seine beiden Kinder aus erster Ehe sowie seine pflegebedürftigen Eltern für sein Versagen büßen müssen. Aber bisher lief alles nach Plan. Er hatte schon für schwierigere Probleme eine Lösung gefunden, Probleme wie der Transport des entwickelten Virus. Wie schafft man ein Virus auf einen anderen Planeten? Er selbst würde in einer Transportkapsel ruhen. Auf Krankheitserreger würde er vorher kontrolliert worden sein und jeder Siedler konnte nur eine kleine Kiste mit persönlichen Dingen mitnehmen. Diese Kiste wurde jedoch ebenfalls auf Krankheitserreger und auch Waffen und Ähnliches vor Mitnahme auf das Schulungsschiff überprüft. Seine Lösung war genial. Leider machte Ellen zum Schluss Probleme, aber sobald der Plan umgesetzt war, würde sie sich schon wieder beruhigen. Sie könnte auch ihre Freundinnen nachholen und sie würde ein schönes Leben an seiner Seite haben, und zwar nicht nur als akzeptierte Flüchtlinge.

Er hatte gerade die zweite Flasche im Transportbahnhof des Komplexes für die Produktion von Einrichtungsgegenständen wie die Schlafkapseln und Sitzmöbel geleert, als eine Gruppe von Asuvanern in den Bahnhof eintraf, er stellte sich in einen Wartebereich und tat so, als würde er auf jemanden warten. Die Gruppe bediente die Monitore des Röhrensystems und dabei konnte Richard ihrem Gespräch entnehmen, dass sie in den Komplex für die Bekleidungsproduktion zurückkehren wollten. Dieser Komplex lag weit entfernt und diese Gruppe war Richards Gelegenheit, sich eine Reise zu sparen. Er ging unauffällig vorbei und hatte die Flasche Nummer drei in der Hand. Er simulierte einen Stolperer und fiel auf die Knie, wobei er zwei der Asuvaner anrempelte. Unauffällig warf er das Fläschchen in den Transporttunnel direkt neben der Gruppe. Er hörte, wie es zerschellte. Der Gruppe fiel dieses Geräusch nicht auf, da sie sich um Richard kümmerten, der sich nun mehrere Male entschuldigte und dann zügig verschwand.

Für Lisa begann eine ruhigere Zeit. Die Siedler wurden tatsächlich immer selbstständiger, ein Teil ihrer Freunde, O-Ur, Lir und Nono, war mit Mano auf Verhandlungsreise und ein weiteres Siedlerprojekt konnte sie nicht vorbereiten, da es noch keine Entscheidung vom Regierungskomplex gab. Sie hatte einen entsprechenden Antrag bereits gestellt und über jeden Komplex einen kurzen Bericht geschickt, aus dem hervorging, wie gut sich die Siedler in ihrem neuen Leben eingefunden haben. Auch einen Bericht über die Erde hatte sie hinzugefügt. Seitdem die Siedler auf Asuv angekommen waren und sich regelmäßig auf der Erde meldeten und berichteten, wie das Leben auf Asuv war, waren echte Bemühungen auf der Erde zu bemerken. Regierungen nahmen in ihre Regierungsprogramme die Forschung nach sauberen Energiequellen, Friedensbemühungen und den Schutz der Erde auf. In vielen Ländern waren dies erst einmal Worte, denen noch Taten folgen mussten, aber es war ein Anfang. Bis der Regierungsrat dem nächsten Siedlerprojekt zustimmen würde, nahm Lisa wieder ihre Arbeit im Analysezentrum der REGFB auf. Sie analysierte Daten anderer Planeten und wertete diese aus. Besonders die Daten der Erde vervollständigte sie immer wieder mit aktuellen Informationen.

Diesen Morgen ging es Lisa nicht besonders gut. Sie fühlte sich müde und erschöpft und hatte sehr unruhig geschlafen. Sie setzte sich an einen Computerterminal neben Su Ning. Sie war die Siedlerin, bei der Lisa sich anfangs Sorgen gemacht hatte, dass sie sich hier nicht gut einleben würde, aber diese Sorgen waren unbegründet. Su lernte schnell und arbeitete hart. Anfangs war sie zwar sehr verschlossen, aber in der letzten Zeit schien sie sich zu öffnen.

»Grüße dich, Su«, sagte Lisa und setzte sich im Schneidersitz auf einen quadratischen Sitzhocker vor der Computerkonsole. Zwischen den Konsolen ragten hohe bambusähnliche Gewächse hoch und die Wände leuchteten matt. Das sorgte für eine angenehme Arbeitsatmosphäre.

»Grüße dich, Lisa«, freute sich Su lächelnd.

»Was gibt es heute?«, frage Lisa.

»Erste Daten von einem neuen Planeten mit dem Namen Eriturasan. Er könnte Leben enthalten.«

Lisa stand auf und trat hinter Su. Gemeinsam sahen sie sich die Daten an.

»Hm, weiß nicht ...«, meinte Lisa.

»Weißt du, was mit Ellen ist?«, fragte Su nun.

»Ellen?«

»Ich hatte vor drei Sonnen- und Mondzeiten einen Termin bei ihr. Sie wollte mich untersuchen, nur ein normaler Check, aber sie war abwesend. Ihr Mann auch. Sono sagte, sie haben etwas freie Zeit genommen.«

»Dann wird es wohl so sein«, meinte Lisa.

»Den Termin hatte Ellen mit mir einen Tag vorher ausgemacht. Ich halte es für merkwürdig, dass sie einen Tag vorher nicht wusste, dass sie etwas freie Zeit braucht. Deshalb habe ich gedacht, sie wäre krank.«

Lisa dachte nach. Es war auch schon einige Zeit her, dass sie Ellen gesehen hatte. Richard war vorgestern an ihr vorbeigerauscht. Er war in Eile gewesen und hatte Lisa nicht einmal bemerkt. Su sah Lisa von der Seite an und meinte: »... und dann dachte ich, dass man vielleicht in die Gärten gehen würde, wenn man freie Zeit hat oder in den Freizeitbereich ...«

Lisa sah sie fragend an. Su schaute sich kurz um und nachdem sie sich vergewissert hatte, dass sie niemand beobachtete, klickte sie auf ihrer Konsole herum, bis eine Reihe von Daten erschien.

»Was ist das?«, fragte Lisa.

»Die Logs von Ellens ID-Com. Er bewegt sich nicht. Befindet sich nur in ihrem Quartier.«

»Wie kommst du an diese Daten?«, war die Frage, die Lisa viel mehr interessierte.

»Die sind nicht sonderlich gut geschützt und Ellen ist meine Ärztin. Ich habe ein komisches Gefühl.«

»Vielleicht will sie einfach etwas ungestört sein und hat den ID-Com abgelegt, vielleicht hat sie vergessen ihn anzulegen oder … Irgendwas in der Art, Sherlock.«

Su sah sie entschuldigend an und widmete sich sofort wieder den Daten von Eriturasan.

»Ich werde später mal nach ihr sehen«, sagte Lisa noch und Su nickte.

Sie arbeiteten eine ganze Weile still an den Daten, als Lisa über ihren ID-Com gerufen wurde.

»Grüße dich, Lisa, hier ist Aska. Kann ich dich sprechen?«

»Grüße dich, Aska, ich komme.«

Lisa ging zu Aska, der in einem Arbeitsraum des Weltraumhafens saß. Lisa ließ sich im Schneidersitz auf einen Sitzhocker in unmittelbarer Entfernung nieder. Der kräftige, muskulöse Körper ließ sich ebenfalls nieder und sah Lisa kurz an.

»Was gibt es?«, wollte sie wissen.

»Einer deiner Menschen will Pilot werden und Zin meint, ich solle ihm einige Flugstunden geben, um herauszufinden, ob er sich eignet.«

»Wer ist es?«

»Dieser Mensch, der bei dem Raumriss aus den Trümmern gezogen worden ist, aber nicht der von der Bar …«

»Michael?«, wunderte sich Lisa laut.

»Ja, genau. Das Problem ist, der ist nicht ganz sicher in der asuvanischen Sprache. Unglaublich, dass ich ihm dennoch Flugstunden geben soll.«

»Vielleicht motiviert ihn die Aussicht auf eine Arbeit auch die Sprache zu lernen. Zudem habe ich das Gefühl, dass er sich relativ gut verständigen kann.«

»Ich möchte, dass du uns begleitest. Wenn der mich nicht versteht, dann kannst du übersetzen. Beim Fliegen kann ich es mir nicht erlauben, dass er vielleicht etwas missversteht.«

»Ja, das verstehe ich. Wann wollt ihr fliegen?«

»In einer Sonnen- und Mondzeit. Danach bin ich leider ziemlich ausgebucht.«

»Okay, ich bin dabei.«

Sie hatte den Besprechungsraum kaum verlassen, als Zin, der Leiter des Komplexes, Lisa um ein dringendes Gespräch bat. Lisa seufzte. Die letzten Tage, seit Mano weg war, hatte sie sich etwas mehr Unterhaltung gewünscht und heute, wo sie aus unerklärlichen Gründen furchtbar müde und erschöpft war, da reihte sich ein Termin an den nächsten.

»Grüße dich, Zin«, sagte Lisa, als sie den Raum des Komplexleiters betrat. Zin war ein rundlicher, aber gutmütig aussehender Asuvaner mit einem seriösen Blick in den Augen, die von einigen ledrigen Fältchen umgeben waren.

»Lisa, Grüße dich«, erwiderte Zin und Lisa bemerkte sofort einen etwas sorgenvollen Blick.

»Was ist der Grund für dieses Treffen?«, kam sie sofort auf den Punkt.

»Der Regierungskomplex hat einen Sonderratstermin bezüglich des Siedlerprojektes einberufen.«

»Das ist prima. Ich hatte einen Bericht hingeschickt und gebeten …«, freute sich Lisa, wurde jedoch schroff von Zin unterbrochen. Lisa sendete sofort per mentaler Kommunikation das Gefühl von Respekt, was einem Komplexleiter gebührte.

»Nein, das ist es nicht. Es geht um die ersten Siedler, nicht um neue Siedler. Es hat eine Reihe von Vorfällen gegeben, die der Rat offensichtlich sehr ernst bewertet«, führte Zin aus.

»Was bedeutet das? Welche Vorfälle?«

»Genaueres weiß ich leider nicht. Wir beide sollen direkt nach der nächsten Mondzeit an der Sitzung des Regierungsrates teilnehmen. Dort werden uns die Einzelheiten dargelegt.«

Lisa war verwirrt. Was sollten das für Vorfälle sein, die der Regierungsrat so ernst nimmt? Ganz unbeabsichtigt kam ihr der Gedanke, dass Nil wieder etwas damit zu tun haben musste.

Eigentlich wollte Lisa noch auf der Krankenstation vorbeigehen und sich nach dem Wohlbefinden der irdischen Ärzte, insbesondere dem von Ellen, erkundigen. Das verschob sie jedoch auf die nächste Sonnenzeit. Sie war schrecklich müde und würde am nächsten Tag früh aufstehen, um mit Zin zum Regierungskomplex zu reisen. Sie hoffte, dass sie rechtzeitig vor dem Übungsflug für Michael zurück sein würde.

Osana war ein trockener, staubiger Planet. Für die asuvanischen Atemorgane war dieses Klima anstrengend und ermüdend. Nach ein paar Stunden mussten sich Asuvaner in ihre Regenerationskapseln legen und ihre trockenen Atemfalten wieder befeuchten. Sand und Staub mussten ausgespült werden. Verhandlungen dauerten so entsprechend länger und die Asuvaner galten als Schwächlinge auf diesem Planeten. Dennoch waren die Asuvaner gern gesehene Besucher. Sie waren weiterentwickelt und sollten Osana den Fortschritt bringen. Osana war arm und träumte vom Wohlstand und Technologien, die das Leben erleichtern konnten. Diesen Wohlstand und diese Technik sollten die Asuvaner ihnen bringen. Die Bewohner von Osana, kleine, unförmige, jedoch sehr lebendige Wesen, waren vorsichtig und misstrauisch. Diesem Charakterzug verdankten sie ihre Freiheit und Unabhängigkeit, aber auch ihre Rückständigkeit und Armut. Die Asuvaner hatten viel Zeit investiert, um eine zerbrechliche Basis von Vertrauen und Freundschaft zu schaffen.

Für die Asuvaner bot Osana große Mengen an Rohstoffen, die zur Energiegewinnung für Raumfahrzeuge dienen konnten. Es war ein sauberer, sehr ergiebiger und vor allem ungefährlicher Rohstoff, der in einem neu entwickelten Verfahren direkt in den Raumfahrzeugen zu Energie umgewandelt werden konnte. Ideal war ebenfalls für die Asuvaner, dass die Bewohner von Osana einen hohen Entwicklungsbedarf hatten. Es gab viel, das sie als Tausch für den Energierohstoff anbieten konnten. Beide Seiten würden von der Beziehung profitieren.

Die erste Verhandlungsrunde war gerade beendet und die Asuvaner wollten sich zur Regeneration in ihre mobilen Schlafkapseln zurückziehen. Nil hatte sich bisher mit persönlichen Gesprächen über ihre beendete Beziehung oder Manos Beziehung zu Lisa zurückgehalten. Vielleicht hatte sie mit ihrer Beziehung endlich abgeschlossen. Nil war eine schöne, kluge Asuvanerin. Mano war sich sicher, dass es genügend

Asuvaner gab, die gern ihr Partner wären. Sie waren auf dem Weg zurück zu ihrem Forschungsschiff. Nil ging neben Mano und so fragte er: »Geht es dir gut, Nil?«

»Meine Atemfalten schmerzen und sind ziemlich ausgetrocknet.« Sie wusste, dass er dies nicht meinte.

»Ja, das geht uns allen so.« Mano wollte es lieber dabei belassen.

»Ansonsten geht es mir jedoch auch gut. Es gibt momentan viel Arbeit im Regierungsrat.«

»Das freut mich.«

»Und, wie geht es dir?«

»Auch ausgezeichnet.«

»Bist du noch mit dieser Lisa zusammen?«, fragte Nil, als wenn sie es nicht wüsste.

»Natürlich.«

»Wenn es mal nicht so sein sollte, dann werde ich für dich da sein«, sagte Nil nun mit einem ernsten Blick.

»Das musst du nicht. Du solltest dein Leben mit einem anderen Asuvaner oder Menschen teilen. Ich rechne nicht mit einer Enttäuschung, bei der ich deine Hilfe benötige.«

Beim Wort Menschen verzog Nil kurz ihr Gesicht.

»Menschen sind Menschen und eines Tages wirst du enttäuscht – ich denke sogar, dass es früher sein wird«, sagte Nil.

Mano schüttelte den Kopf und ging zügig an ihr vorbei in Richtung Forschungsschiff.

SIMIR

Das Licht an der Decke der Schlafkapsel dimmte hoch und eine sanfte, aber auffordernde Melodie erklang. Lisa fühlte sich nicht erholt. Sie war immer noch müde und erschöpft und ihr Kopf dröhnte etwas. Unwillig stieg sie aus der Schlafkapsel, ging in den kleinen Sanitärraum, trocknete ihre Haare und versuchte diese in eine dem Regierungskomplex angemessene Frisur zu verwandeln. Sie bemerkte, dass sie blasser war als sonst. Sie musste unbedingt wieder in die Gärten gehen, sich ins weiche Moos legen und das Licht der beiden Sonnen genießen. Daran war aber momentan nicht zu denken. Sie zog sich einen Anzug an, der mattblau am Oberkörper und beige unterhalb der Gürtellinie war. Er schmiegte sich schützend um sie. Die Gürtellinie wurde durch einen umlaufenden asymmetrischen rötlichen Streifen betont. Dann aß sie etwas Nahrungsbrei. Seit Bernie im Nahrungsmittelkomplex seine Arbeit aufgenommen hatte, gab es weitere Geschmacksrichtungen. Für sie war das Siedlerprojekt auf jeden Fall ein Erfolg. Sie fühlte sich heute nicht gut und musste diesen Tag überstehen. Morgen würde sie einen Aus-Tag nehmen und sich ausruhen.

Sie traf Zin in der Eingangsebene des Komplexes und sie gingen gemeinsam nach einer mentalen, respektvollen Begrüßung in Richtung Transportbereich. Im unterirdischen Transportbereich war es wie immer kühler und es roch leicht metallisch. Der Regierungskomplex war nicht weit entfernt. Die Reise würde nicht lange dauern. Auch Zin stieg heute etwas behäbig in die Transportkapsel ein. Er wirkte ebenfalls etwas erschöpft. Sobald die Tür der Transportkapsel geschlossen war, erklang ein sich steigerndes Summen. Lisa kannte es mittlerweile gut und wusste genau, bei welcher Intensität des Summ-Tons die Transportkapsel losgeschossen wurde. Zin und Lisa wurden in den Sitz gedrückt. Lisa mochte diese Transportshuttles immer noch nicht besonders und war jedes Mal froh, wenn sie den Bremsvorgang spürte, der sie leicht nach vorn zog. Erleichtert kletterte sie aus der Transportröhre und ging neben Zin zum unterirdischen Eingang des

Regierungskomplexes. Mit seinem ID-Com öffnete Zin die Tür und sie gingen schweigend zum Sitzungssaal. Der Regierungskomplex war nicht anders eingerichtet als jeder andere Komplex. Es gab keinen Luxusbonus für Mitglieder der asuvanischen Regierung. Jeder Komplex war wichtig. Es gab jedoch viele Sitzungssäle und Besprechungsräume. Die Räume und Säle, in denen die Regierungsmitglieder kluge Entscheidungen treffen sollten, waren hell, freundlich und offen gestaltet. Bambus und ähnliche Pflanzen verdeckten Besprechungsecken und Informationsräume, in denen sich Mitglieder dieses Komplexes über die wichtigen Themen immer aktuell informieren konnten.

Mit Ehrfurcht betrat Lisa hinter Zin den bereits gut gefüllten Saal im Regierungskomplex. Wie in einem runden Hörsaal gelangten sie durch die Tür auf den Grund eines konisch nach oben anlaufenden Raums. Hinter mit flachen Monitoren ausgestatteten, runden Tischen saßen die Ratsmitglieder des Planeten. Lisa war nicht zum ersten Mal hier, aber allein durch die Architektur des Raumes fühlte sie sich jedes Mal klein und unbedeutend. Als Besucher war man hier gezwungen, nach oben zu sprechen und die Regierungsmitglieder sahen auf die Besucher hinab. Dieses Mal schienen weniger Ratsmitglieder anwesend zu sein als bei ihrem letzten Besuch. Die anwesenden Regierungsmitglieder sahen jedoch streng und abweisend auf sie herunter. Bei ihrem letzten Besuch empfand sie die Atmosphäre nicht so kühl und bedrückend. Lisa fröstelte. Sie hatte keine guten Vorahnungen.

»Grüße euch, Zin und Lisa«, sprach der Vorsitzende mit einem strengen Blick.

»Grüße euch«, antworteten Zin und Lisa gleichzeitig.

»Wir haben euch heute hier eingeladen, um eine ernste Angelegenheit zu besprechen. Es hat eine Reihe von Vorfällen gegeben, die uns zu einer schwerwiegenden Entscheidung zwingen«, sprach der Vorsitzende mit besorgter Miene.

Während Zin ruhig stand, spürte Lisa, wie sich Schweiß in ihrem Nacken und ihrer Stirn bildete.

Mit ernster Stimme fuhr der Vorsitzende fort.

»Diese Vorfälle wurden von dem Ratsmitglied Nil zusammengetragen ...«

Aha, wusste ich es doch!, schoss es Lisa durch den Kopf, während der Vorsitzende fortfuhr.

»... da Nil jedoch zurzeit auf einer Forschungsreise ist, werde ich ihren Bericht hier vortragen ...«

Lisa zuckte zusammen. Eine Forschungsreise? Aber doch nicht mit Mano, oder doch? Mano hätte ihr das erzählt. Es gab natürlich momentan noch andere Forschungsreisen. Das konnte nur ein Zufall sein. Sie ermahnte sich selbst und konzentrierte sich wieder auf die Worte des Vorsitzenden.

»Neben Nil lassen sich heute auch einige Ratsmitglieder entschuldigen, die erkrankt sind. Die Ernsthaftigkeit dieser Situation erlaubt es jedoch nicht, auf die Genesung aller Ratsmitglieder zu warten. Es hat in allen Komplexen Vorfälle gegeben, die uns an dem Siedlerprojekt zweifeln lassen. Die Menschen sind laut diesem neu vorgelegten Bericht keine Spezies, der wir vertrauen können. Es gab einige Vorfälle, die nur aus Nachlässigkeit begangen wurden, aber auch einige, die tatsächlich die Sicherheit des Planeten und der Asuvaner gefährden. Nil stellt mit diesem Bericht den Antrag, keine weiteren Siedler von der Erde nach Asuv zu holen sowie das erste Siedlerprojekt für gescheitert zu erklären und rückgängig zu machen. Dies bedeutet, dass alle Siedler wieder zurück zur Erde geschickt werden«, erklärte der Vorsitzende.

Lisa wurde es plötzlich heiß und kalt gleichzeitig. Das Siedlerprojekt sollte rückgängig gemacht werden? Warum auf einmal? Was sollte Schlimmes passiert sein, dass man den Menschen, die alles hinter sich gelassen hatten, um sich hier in ein neues Leben zu integrieren, wieder herausreißen zu wollen und wegzuschicken?

»Wie bitte?«, entfuhr es Lisa, die nicht fassen konnte, wie Nil es geschafft hatte, diesen Antrag zu begründen.

»Ich war mit meinen Ausführungen bisher nicht am Ende«, tadelte der Vorsitzende Lisa.

»Ich bitte um die Details und Einzelheiten, die zu dieser Schlussfolgerung in diesem Bericht führen«, forderte Lisa, die sich durch den Tadel nicht einschüchtern ließ.

»In jedem Komplex gab es Vorfälle, was bedeutet, dass die Mehrheit der menschlichen Siedler nicht in der Lage ist, unsere Regeln zu befolgen, Verantwortung zu übernehmen und unsere Sicherheit nicht zu beeinträchtigen.«

Lisa spürte Hitze in sich aufsteigen, wurde jedoch von Zin angestoßen, der sie zudem noch mental dazu aufforderte, Ruhe zu bewahren.

»Beginnen wir beim Nahrungsmittelkomplex. Dort hat ein Mensch die Verantwortung für einige Prozesse erhalten und ist an der Produktion unseres Nahrungsmittelbreis beteiligt.«

»Bernie«, flüsterte Lisa Zin zu, der nur nickte.

»Dieser Mensch hat sich anfangs einigermaßen gut eingearbeitet und sogar einige erfreuliche, geschmackliche Veränderungen am Nahrungsbrei begünstigt. Dann aber besorgte er sich im Waldland giftige Pflanzen, die er dem Nahrungsmittelbrei beimischen wollte. Sein asuvanischer Kollege hat es glücklicherweise rechtzeitig bemerkt und ihn gestoppt. Bis zur Entscheidung, was mit den Siedlern geschieht, befindet er sich unter Arrest in seinem Quartier.«

»Hat man ihm die Chance einer Erklärung gegeben?«, wollte Lisa nun wissen.

»Das hat man sehr wohl. Er behauptete, dass sein Kollege ihm diese Pflanzen gezeigt und ihm diese als ungefährlich erklärt hat. Bei diesem Kollegen handelt es sich um Laku, einen zuverlässigen und verantwortungsbewussten Asuvaner. Warum sollte er diesem Menschen diese falsche Auskunft geben?«

»Kann er sich geirrt und die Pflanze einfach nur verwechselt haben?«, fragte Lisa.

»Das ist irrelevant. Jemand, der an der Produktion unseres Nahrungsmittelbreis beteiligt ist, darf keine Giftpflanzen verwechseln. Er hätte seinen Kollegen fragen müssen, bevor er die Gesundheit unserer Bevölkerung aufs Spiel setzt. Aber dies ist nicht der einzige Fall. Ich fahre fort«, beschloss der Vorsitzende und tippte auf dem Monitor vor sich. Er überflog die Informationen, bevor er weiterredete.

»Im Naturpflegekomplex war ein Mensch mit der Produktion von Düngemitteln für die Gärten beauftragt. Er hatte klare Anweisungen und das Rezept erhalten. Er mischte die Düngung dermaßen falsch, dass ein Teil des dortigen Gartens zerstört worden ist. Glücklicherweise hat er diese Düngeflüssigkeit bisher nicht im kompletten Gartenbereich ausgebracht. In diesem Bericht wird jedoch davon ausgegangen, dass es sich bei der ersten Ausbringung eventuell um einen Test seines Gemisches handelte. Vielleicht wollte er erst einmal testen, ob die Mischung schon genügend Kraft für eine Zerstörung bot. Im Energiekomplex sind mehrere Manipulationen unserer Energiesysteme zu beobachten. Anfangs arbeitete der dort eingesetzte Mensch zuverlässig, aber plötzlich verstellte er ständig die Einstellungen, womit die Funktion und auch die Unversehrtheit unserer Energiesysteme gefährdet wurden. Sein Kollege Enoi, ebenfalls ein zuverlässiger Asuvaner, konnte in einem Fall gerade noch verhindern, dass es einen Systemcrash gab. Er berichtete, dass sich diese Vorkommnisse in der letzten Zeit häuften. Auch dieser Mensch wurde bis zur Klärung in sein Quartier unter Arrest gestellt. Im REBFB-Komplex recherchierte man ebenfalls zum Thema Giftpflanzen. Wozu diese benutzt werden sollten, ist noch unklar …«

Der Vorsitzende redete und redete. Nil hatte tatsächlich in jedem Komplex Vorkommnisse aufgeführt. Was Lisa sofort auffiel, war, dass den betroffenen Menschen keine Gelegenheit zur Verteidigung oder Erklärung gegeben worden war. Und falls doch, dann wurde immer den Asuvanern geglaubt, die die Sachlage vollkommen anders darstellten.

»… aus diesem Grund müssen wir eine Entscheidung treffen, wie wir mit den Menschen auf diesem Planeten verfahren. Sie sind eine Gefahr für unsere Prozesse und für die Gesundheit der Asuvaner. Nil hat den Antrag gestellt, die Menschen zurück zur Erde zu bringen, um unsere eigene Bevölkerung zu schützen«, schloss der Vorsitzende seine Ausführungen. Lisa meldete sich brav und sprach erst, nachdem der Vorsitzende ihr zunickte.

»Ich bin überrascht und bestürzt und kann mir diese Vorkommnisse nicht erklären. Ich möchte gerne Licht in diese Dunkelheit bringen und dem Rat erklären, wie es zu diesen Vorfällen gekommen ist. Ich beantrage, dass ich Zeit erhalte, um den Hinweisen aus Nils Bericht nachzugehen. Ich benötige hierzu fünfzehn Sonnen- und Mondzeiten und Zugriff auf Nils Bericht.«

Der Vorsitzende überlegte und sah in die Runde der übrigen Regierungsvertreter.

Zin meldete sich und nachdem der Vorsitzende ihm zugenickt hatte, sagte er: »Nicht nur Lisa, sondern auch viele Asuvaner haben eine Menge Zeit und Anstrengung in dieses Siedlerprojekt gesteckt. Es würde auch ihnen gegenüber ein Zeichen der Fairness sein, wenn ihnen eine Erklärung für das Scheitern des Projektes präsentiert werden könnte. Ich als Leiter des REGFBs befürworte die Idee meines Komplexmitgliedes Lisa, diese Erklärungen zu finden. Ich werde Lisa bei diesen Ermittlungen unterstützen und ihr die notwendigen Kapazitäten zur Verfügung stellen, damit sie brauchbare Ergebnisse vorstellen kann.«

Der Vorsitzende und einige der anwesenden Ratsmitglieder nickten leicht. Die Ergebnisse schienen die meisten der Anwesenden zu interessieren.

»Lisa wird zehn Sonnen- und Mondzeiten erhalten, um ihre Ermittlungen durchzuführen. Zin, du wirst dafür sorgen, dass sie brauchbare Ergebnisse ermittelt und in zehn Sonnen- und Mondzeiten erwarten wir hier ihren Bericht«, beschloss der Vorsitzende.

»Zehn Sonnen- und Mondzeiten ist nicht viel Zeit«, gab Lisa zu bedenken.

»Es ist die Zeit, die dir zur Verfügung steht«, blieb der Vorsitzende hart.

»Darf ich noch um einige Dinge bitten, die für die Ermittlungen notwendig sind?«, fragte Lisa.

»Was sollte das sein?«

»Ich benötige Nils Bericht.«

»Natürlich, er wird dir zugestellt«, sagte der Vorsitzende.

»Und ich brauche Su«, sagte Lisa soeben an Zin gewandt, der sofort nickte.

»Und Su benötigt Zugriff auf Daten aller Komplexe. Außerdem brauche ich die Erlaubnis zur Kommunikation mit den angeklagten Siedlern. Ich muss einige Fragen stellen. Wir werden daraus einen umfassenden Bericht für den Rat erstellen«, sagte Lisa wieder an den Vorsitzenden gewandt.

»Wir gewähren diese Bitten, aber in zehn Sonnen- und Mondzeiten erwarten wir deinen Bericht. Wir können uns momentan nicht vorstellen, wie dieser Bericht die Vorkommnisse und Verfehlungen der Siedler rechtfertigen sollte, aber wir würden mit einer Rückführung der Siedler bis zu diesem Bericht warten. Der Antrag von Nil fordert jedoch, dass alle Siedler zurück zur Erde gebracht werden. Also auch die Siedler, die bisher nicht auffällig geworden sind. Der Rat würde diesem Antrag zustimmen, sofern dein Bericht keine vollkommen anderslautenden Erkenntnisse hervorbringt.«

»Alle Siedler, auch die, die sich vorbildlich in die asuvanische Gesellschaft eingefügt haben?«

»Alle Mitglieder der menschlichen Spezies, da wir das Gefährdungspotenzial bewerten«, erklärte der Vorsitzende nach einem Blick auf seinen Tischbildschirm.

»Michael und ich haben keine menschlichen Lungen mehr, die reaktiviert werden können. Wir könnten auf der Erde nicht lange überleben«, fügte Lisa noch ungläubig und den Tränen nahe hinzu. Was hier geschah, war unwirklich. Mano würde es sicher nicht zulassen, dass sie weggeschickt werden würde. Oder konnte er nichts dagegen tun? War er vielleicht doch mit Nil gemeinsam auf einer Forschungsreise? Nein, Mano würde sich für sie einsetzen. Aber was war mit den anderen Siedlern? Sie war so glücklich, dass auch Menschen auf Asuv lebten, dass es eine Verbindung zur Erde gab. Das konnte alles nicht wahr sein.

»Nein, Michael ist ebenfalls unter den Gefährdern aufgeführt. Er wird auch des Planeten verwiesen«, sagte der Vorsitzende.

Der introvertierte Michael? Was sollte er Schlimmes gemacht haben? Lisa konnte sich nichts dergleichen vorstellen.

»Er hat ebenfalls wie ich keine menschliche Lunge mehr und würde auf der Erde nicht überleben. Bei den Siedlern kann man die Atemwegsoperationen rückgängig machen, aber nicht bei Michael.«

»Wir können ihn nach Simir bringen, auf dem eine ähnliche Luftfeuchtigkeit wie hier auf Asuv ist. Dort kann er problemlos leben. Du wirst vorerst hierbleiben dürfen. In deinem Fall hat der Rat gegen den Antrag von Nil entschieden, obwohl Nil in dir den Anfang dieser bösen Entwicklungen sieht. Zin muss jedoch garantieren, dass er sicherstellt, dass von dir kein Risiko für die asuvanische Gemeinschaft ausgeht.«

Lisa konnte es nicht glauben. Sie fühlte sich schon so lange als Mitglied dieser Gesellschaft. Wie konnte sie so plötzlich eine Ausgestoßene oder gerade noch Geduldete sein?

»Wir erwarten deinen Bericht in zehn Sonnen- und Mondzeiten!«, beendete der Vorsitzende die Diskussion.

Auf dem Rückweg war Lisa still, aber auch Zin war sichtlich erschöpft und nicht sehr redselig.

»Ich werde alles veranlassen«, versprach Zin.

Lisa hatte keine Zeit, sich auszuruhen. Sie ging sofort in den Analysebereich der REGFB, wo sie Su vermutete. Sie fand sie vor ihrem Monitor.

»Su, ich brauche dich. Es sind merkwürdige Dinge geschehen, die ganz furchtbar enden können.«

»Lisa, hier ebenfalls«, unterbrach Su.

»Wie bitte?« Lisas wollte keine weiteren schlechten Nachrichten hören.

»Richard ist mir heute über den Weg gelaufen. Ich habe ihn gefragt, wie es Ellen geht. Er sagte, dass es ihr schon viel besser geht. Er meinte, sie sei heute im Garten, er wolle gerade zu ihr.«

»Wunderbar, ich hatte schon befürchtet, es gäbe hier noch weitere Probleme. Die können wir jetzt nicht gebrauchen.«

»Also habe ich einige Nachforschungen angestellt.« Su sah Lisa vielsagend von der Seite an. Lisa seufzte leicht, als sie verstand, dass Su nicht aufhören würde, in Ellens Auszeit eine Verschwörung zu sehen.

»Und was ist dabei herausgekommen?«

»Ellens ID-Com liegt immer noch in ihrem Quartier und sie hat auch schon lange nicht mehr die Tür des Komplexes geöffnet.«

»Dann hat sie den ID-Com im Quartier liegen lassen und den Komplex verlassen, ohne die Tür selbst zu öffnen. Jemand anderes, der gerade in den Garten wollte, hat sie geöffnet und Ellen ist mit herausgegangen«, schlug Lisa ungeduldig vor.

»Deshalb habe ich mir die Energiedaten ihres Quartiers angesehen ...«

»Su, jetzt reicht es aber!«

»An den Energiedaten kann man viel ablesen, Lisa. Je nachdem, ob jemand darin liegt oder nicht, weist die Energiekonzentration in der Schlafkapsel einen unterschiedlichen Wert auf. Das hat damit zu tun, dass die Flüssigkeit erwärmt wird, das Licht ...«

»Su, spul bitte vor! Ich habe auch einige wichtige Dinge zu besprechen!«

»Nach dem Wert der Energiekonzentration zu urteilen, liegt seit dem Verschwinden von Ellen ein Körper in der Schlafkapsel der Sulivans und hat diese nicht mehr verlassen. Ich kann keine Gesundheitsdaten sehen. Dafür bräuchte ich die Sicherheitsfreigabe der Krankenstation, aber wenn Ellen wirklich im Garten ist, wer liegt dann in Sulivans Schlafkapsel?«

Die beiden Frauen sahen sich an.

Lisa stand widerwillig von dem Sitzhocker auf, auf den sie sich niedergelassen hatte, und zog Su ebenfalls von ihrem Sitz.

»Okay, das ist gruselig, wir sprechen mit Sono. Auf dem Weg zur Krankenstation erkläre ich dir, um was wir uns in den nächsten Sonnen- und Mondzeiten kümmern müssen. Ich brauche deine Hilfe und Analysekenntnisse.«

Auf dem Weg zur Krankenstation ratterte Lisa die Vorfälle in den Komplexen kurz und knapp herunter, außerdem die Anforderungen an den Bericht, den sie erstellen musste, und was es bedeutete, wenn sie keine richtig gute Erklärung für das alles finden würden.

»Das bedeutet, dass ich zurück zur Erde geschickt werde?«, fragte Su geschockt.

»Das bedeutet erst einmal, dass wir viel Arbeit vor uns haben! So schnell wird hier niemand weggeschickt.« Lisa klang jedoch nicht überzeugt.

An der Krankenstation angekommen, stürmten die beiden Frauen sofort auf Sono los und nach nur kurzer Erklärung nahm er sich den Notfallschlüssel, mit dem man jedes Quartier im Falle eines medizinischen Notfalles öffnen konnte, und sie rannten los.

Das Quartier der Sulivans war unordentlich. Mehrere asuvanische Anzüge, die offensichtlich Richard gehörten, lagen achtlos auf dem Boden und auf dem Sofa. Auf dem Tisch fanden sie einige Glasfläschchen und zwei Glaspipetten vor. Mehrere Schüsseln, aus denen jemand Nahrungsbrei gegessen hatte, standen ebenfalls im Quartier verteilt. Niemand hatte hier aufgeräumt. Von Richard und Ellen keine Spur.

Sono nahm sich eine der Pipetten, die von seiner Krankenstation stammten, und betrachtete sie kritisch, die Glasfläschchen ebenfalls. Unterdessen hatten Lisa und Su die Schlafkapsel erreicht und öffneten sie gerade. Langsam schwang der Deckel zur Seite und gab direkt einen Blick auf einen bleichen Arm frei. Bei ihrem Schrei ließ Sono das Glasfläschchen fallen und stürzte zu ihnen.

Vor ihnen lag Ellen. Sie war blass wie eine Leiche, ihr Gesicht fast grau und ihre sonst so üppige Brust schwamm nun schlaff rechts und links neben ihrem Körper. Sono zog kleine Diagnosegeräte aus seiner Notfalltasche und drückte sie auf Ellens Schläfen und Brustkorb. Sie saugten sich augenblicklich fest und begannen zu blinken. Auf einer Konsole beobachtete Sono die Werte.

»Sie lebt, aber muss sofort auf die Krankenstation«, entschied er und drückte einige Knöpfe auf seinem ID-Com. Tuc, sein Mitarbeiter auf der Krankenstation, erhielt in diesem Moment einen Notruf mit weiteren Anweisungen. Sofort koppelte Tuc nun eine Notfalltransportkapsel von der Wand ab und rollte sie zur Tür. So schnell das Ding rollen konnte, schob er es zum Sulivan-Quartier.

Währenddessen sah sich Sono Ellen genauer an. Er nahm ihren Arm aus der Flüssigkeit und drehte ihn etwas ins Licht.

»Was hat sie?«, fragte Su.

Sono zeigte ihr den Arm.

»Sie wurde betäubt, mehrfach.«

Lisa sah auf die schlaff herabhängenden Brüste und fragte: »Was ist mit ihrer Brust?«

Sono griff eine der Brüste, drehte sie etwas und zeigte auf eine vermeintlich frische Narbe.

»Sie wurde vor Kurzem aufgeschnitten. Vielleicht etwas herausgeholt und dann mit einem Hautgerät verschweißt. Die Hautgeräte sind auf asuvanische Haut ausgelegt, die härter und fester als menschliche Haut ist. Auf menschlicher Haut führt das zu diesen narbigen Verbrennungen. Aber der Schnitt wurde offensichtlich damit verschlossen.«

Tuc kam hereingehetzt. Sono und Tuc hoben Ellen aus der Schlafkapsel und hievten sie in die Rettungskapsel. Ihr Körper wirkte viel zu blass, aufgedunsen und schlaff. Sie hatte definitiv viel zu lange bewusstlos in der Schlafkapsel gelegen.

»Wird sie es schaffen?«, fragte Lisa.

»Wir versuchen sie zu stabilisieren und dann aufzuwecken. Sie hat im Moment nicht viel Lebensenergie« antwortete Tuc mit Blick auf den Monitor an der Rettungskapsel.

»Warum hat jemand ihre Brüste aufgeschnitten?«, fragte Su schaudernd.

»Und wer?«, fügte Lisa hinzu.

»Richard?«, mutmaßte Sono.

»Ihr eigener Mann?«, fragte Lisa ungläubig.

»Es muss ein Arzt gewesen sein, da sonst niemand an das Hautgerät gekommen wäre, mit dem die Schnitte wieder verschweißt wurden. Er muss es anschließend zurückgebracht haben, da mir keines dieser Geräte fehlt. Es war also jemand mit regelmäßigem Zugang zur Krankenstation.«

»Und warum tut er das?«, fragte Su erneut.

»Vielleicht ist die wichtigere Frage, was darin war?«, überlegte Lisa.

»Silikon? Vielleicht wollte sie, dass er es entfernt. Gefiel ihr nicht mehr«, schloss sich Su mit ihren Überlegungen an, während Tuc und Sono weitere Geräte an Ellen anschlossen. Lisa bemerkte, dass Sono zwischendurch nachdenklich zu dem Tisch mit den Glasfläschchen schaute. Sie waren alle leer. Dann schoben Tuc und Sono die Rettungskapsel mit Ellen in Richtung Krankenstation.

Lisa und Su setzten sich auf das Sofa, um einen Moment zu verschnaufen. Es dauerte jedoch nicht lange, da wurde Lisa durch einen Ruf über ihren ID-Com unterbrochen.

»Hier ist Aska, wir warten auf dich, Lisa.«

»Oh nein, ich habe den Trainingsflug mit Michael und Aska vergessen«, erinnerte sich Lisa.

»Das geht jetzt nicht! Wir haben viel Arbeit«, forderte Su.

»Michael taucht in dem Bericht über die Vorfälle von Nil ebenfalls auf. Ich muss mit ihm reden und der Trainingsflug wird nicht so lange dauern.« Wie falsch Lisa mit dieser Annahme lag, wusste sie nicht.

Dann schaltete Lisa den ID-Com auf Empfang, sprang auf und rief über den ID-Com Aska zu: »Ich bin gleich da.«

Als sie an der Quartiertür der Sulivans angekommen war, rief sie Su noch zu: »Fang mit der Analyse der Daten an. Du erhältst eine Sicherheitsberechtigung für alle Komplexe. Wenn jemand die Antworten auf die Vorkommnisse findet, dann du!«

Lisas Beine schmerzten, als sie auf Station fünf des asuvanischen Weltraumbahnhofs eintraf. Sie blieb kurz am Eingang des Hangars stehen und schnaufte durch. Irgendetwas stimmte nicht mit ihr. Sie fühlte sich schwach und erschöpft.

»Lisa, komm schon«, rief Aska vom Eingang eines kleinen Shuttles ein wenig zu schroff für ihren Geschmack.

Lisa ging auf das Shuttle zu. Es war ein kleines Schiff, das maximal Platz für vier Reisende bot. Es hatte hinten einen kleinen Frachtraum. Diese Shuttle-Art war schnell und wendig, aber verfügte nur über minimale Abwehrsysteme. Die silberblaue Lackierung war jedoch im Weltraum zumindest für bloße Augen fast unsichtbar und die minimale Größe war auf den meisten Radarsystemen kaum auszumachen.

Lisa stieg einige Stufen hinauf. Der Innenraum war eng und verfügte über zwei Sitze direkt hinter der Frontscheibe und zwei Sitze in der Reihe dahinter. Auf dem Copilotensitz saß schon Michael. Er sah nicht glücklich aus. Ob er Angst hatte? Lisa erinnerte sich an ihren ersten Übungsflug, den Mano mit ihr unternommen hatte. Sie glühte vor Aufregung und Spannung. Michael teilte diese Gefühle offensichtlich nicht.

»Michael, ich grüße dich«, sagte Lisa.

»Hi, Lisa«, antwortete Michael.

Lisa nahm erschöpft auf einem der hinteren Sitze Platz, während Aska die Tür schloss und sich auf dem Pilotensitz niederließ.

»So, du willst also fliegen lernen. Dann fangen wir mal an. Als Erstes starten wir das System des Shuttles.«

Aska drückte einen Knopf und sofort fuhren flexible Bügel um die Sitze und drückten die Passagiere sanft in die Sitze. Ein großer Monitor in der Mitte der beiden vorderen Sitze meldete Betriebsbereitschaft und zeigte einige Tasten und Schieberegler.

»Für das erste Mal guckst du erst einmal zu. Der Start ist schwierig. Wir müssen aus dem Weltraumhafen heraus, ohne irgendetwas zu beschädigen. Wenn wir unterwegs sind, kannst du auch einmal die Steuerung übernehmen«, bestimmte Aska.

Michael nickte.

Aska startete die Motoren und ein dröhnendes Geräusch war immer lauter wahrzunehmen. Vorsichtig schob er einen digitalen Regler und tippte noch auf weiteren Buttons auf dem Bildschirm herum. Lisa war schon öfter in solch einem Shuttle geflogen. Sie ließ sich tief in den Sitz sinken und schloss kurz die Augen. Sie war so müde.

Das Shuttle bewegte sich langsam vorwärts und nahm dann an Fahrt auf. Das Tor am Ende der Startbahn schwebte zügig zur Seite und Aska gab nun Vollgas, um genug Beschleunigung zu erhalten. Sie schossen aus dem Weltraumhafen, flogen über die Gärten des Komplexes und stiegen auf.

Lisa überlegte, wie sie Michael nach dem von Nil dokumentierten Vorfall ansprechen konnte. Sie stellte fest, dass der Flug nicht die beste Möglichkeit bot. Aska sollte dies nicht hören. Nach der Landung würde sie ihn um ein kurzes Gespräch bitten. So lange konnte sie sich die Worte zurechtlegen. Ihre Augen waren schwer und fühlten sich etwas fiebrig an. Was war das nur für ein Tag? Die Versammlung des Rates mit diesen schlechten Nachrichten über diese Vorfälle und die drohende Gefahr, dass alle Menschen zurück auf die Erde sollten. Lisa hatte noch keine Idee, wie sie genau vorgehen sollte. Sie wollte gleich morgen damit beginnen, die Siedler zu befragen. Und dann war da noch der Schreck im Quartier der Sulivans. Was war mit Ellen passiert und warum sagte ihr Mann Richard niemandem etwas? Man hätte ihnen doch geholfen. Was war der Grund? Lisa wurde schwindelig. Irgendwann wachte sie wieder auf. Sie musste kurz überlegen, wo sie sich befand, und stellte fest, dass sie immer noch im Shuttle unterwegs waren. Aska erklärte Michael etwas über Fluggeschwindigkeiten. Er kam ihr jedoch heute etwas kühl und genervt vor.

»Wann fliegen wir zurück?«, fragte Lisa. Sie hatte so viele Probleme zu lösen und musste so viele Antworten finden.

»Wir sind bald da«, antwortete Aska.

Lisa lehnte sich kurz vor. Nach allem, was sie von Mano gelernt hatte, zeigte der Navigator auf dem Bildschirm eine Position an, die sehr weit von Asuv entfernt war.

»Wo sind wir denn?«, fragte Lisa und Michael zuckte nur mit den Schultern.

»Wir sind gleich da« wiederholte Aska nur kühl.

»Und wo sind wir gleich?«, fragte Lisa erneut.

»Ich will euch etwas zeigen«, erklärte Aska.

»Ich muss zurück!«

»Wir sind gleich da!«

Lisa sah vor ihnen einen Planeten mit einer grünen Atmosphäre. Er war kleiner als Asuv.

»Welcher Planet ist das?«, wollte Lisa wissen.

»Wir landen dort kurz. Ich muss etwas erledigen. Danach fliege ich zurück.«

Aska leitete den Landeanflug ein. Er hatte jedoch die Erklärungen für Michael eingestellt und schwieg. Der Weltraumantrieb wurde gedrosselt und sie schwebten langsam auf eine grüne große Lichtung zu. Um die Lichtung herum war dichter Wald. Aska landete das Shuttle, stand auf und öffnete die Tür. Frische Luft wehte ins Shuttle und es roch nach Wiese und etwas leicht erdig.

»Kommt mit«, befahl er.

»Geht ihr nur, ich warte hier auf euch«, sagte Lisa und wollte einfach etwas die Augen schließen.

»Aussteigen!«, befahl Aska in einem Ton, der Lisa aufhorchen ließ.

»Wie bitte?«

»Für euch ist hier Endstation!«

»Was soll das, Aska?«

Aska packte Michael am Nacken und unter einem Arm, zog ihn aus dem Sitz und schubste ihn unsanft die Stufen des Shuttles hinunter. Er kam auf der Seite auf und stöhnte schmerzerfüllt. Lisa war plötzlich überflutet mit Adrenalin. Wie konnte ein einziger Tag so viele Katastrophen enthalten? Aska wollte Lisa ebenfalls am Arm packen, aber Lisa schlug seine Hand weg. Das machte Aska offensichtlich ärgerlich. Er holte aus und schlug Lisa die Hand ins Gesicht. Sie stieß gegen die Wand des Shuttles und sank zurück auf ihren Sitz. Sie wollte sofort wieder aufspringen, aber ihre Beine gehorchten nicht schnell genug. Aska griff in ihre Haare und schleifte sie vom Sitz. Lisa spürte die Kraft des Hasses, mit der Aska sie zog. Sie konnte dem nichts entgegensetzen. Mit einem heftigen Schub landete auch sie unten vor der Treppe des Shuttles. Sie fiel auf ihre Schulter und rollte dann noch über einen harten Stein. Dies war sehr schmerzhaft. Lisa schrie kurz auf.

»Was soll das, Aska?«, fragte Lisa hilflos und völlig überrascht.

»Michael und du, ihr seid gemeinsam geflohen. Ihr habt offensichtlich kein Interesse mehr an Asuv und wolltet hierbleiben«, sprach er gespielt belustigt mit kalten, harten Augen.

»Mano wird mich holen«, sagte Lisa schwach.

»Mano wird nicht wissen, auf welchem Planeten ihr seid. Ich werde noch auf einem anderen Planeten landen und dort wird er vielleicht eure ID-Coms finden.« Während er das sagte, sprang er die Treppe herunter, schnappte sich Lisas Arm und nahm ihr ihren ID-Com ab. Sie hatte keine Kraft mehr, sich zu wehren. Danach ging er zu Michael und nahm auch seinen ID-Com, der es geschockt über sich ergehen ließ.

»Aber warum tust du das?«

»Wir brauchen keine Menschen auf Asuv.«

»Wir?«, fragte Lisa nach.

»Wir Asuvaner.«

Damit sprang er zurück ins Shuttle und schloss die Tür. Michael versuchte sich aufzurappeln und die Treppe zu erreichen, aber schon fuhr sie ein. Das Shuttle startete und zwang Michael und Lisa sich schützend in das Gras zu werfen. Nachdem das Shuttle an Höhe gewonnen hatte, drehten sie sich wieder um und sahen ihm ungläubig nach.

»Das darf nicht wahr sein«, jammerte Michael ungläubig. »Was machen wir jetzt?«

Lisa hatte keine Idee und auch keine Kraft mehr.

Sie saßen eine Weile einfach da. Nachdenken fiel auch immer schwerer.

»Ich fasse zusammen«, sagte Lisa, »wir wissen nicht, wo wir sind, und niemand auf Asuv weiß, wo wir sind. Auf Asuv passieren merkwürdige Dinge, für dessen Aufklärung mir nur zehn Sonnen- und Mondzeiten gegeben wurden, bewusstlose Ärztinnen liegen in Schlafkapseln …«

»Lisa, du fantasierst, du hast Fieber …«

Michael sah Lisa an. Sie war verletzlich, schwach und wirkte krank. Er hatte sie gehasst, weil er ihr die Schuld für sein Leben auf einem fremden Planeten gegeben hatte. Er sah sie an. Sie hockte im Gras und sah kraftlos aus. Eine blonde Locke klebte auf ihrer Stirn, die fiebrig aussah. Er hasste sie nicht mehr.

»Wir sollten uns vielleicht eine Unterkunft für die Nacht suchen«, schlug Michael vor.

»Guter Plan. Rufst du uns ein Taxi?«

»Haha, nun komm, ich helfe dir auf.«

Michael stand auf und versuchte Lisa auf die Beine zu ziehen.

»Du musst schon etwas mithelfen!«

Lisa nahm alle Kraft zusammen und schaffte es, wackelig auf ihre Beine zu kommen. Sie sahen sich um und überlegten, in welche Richtung sie gehen sollten. Um sie herum war überall Wald und die Sonne am Himmel ging langsam unter. Es wurde bereits kälter. Die Lichtung, auf der sie standen, war groß und nicht bewaldet, so als wenn sie öfter von Shuttles als Landeplatz genutzt wurde. Sie konnten allerdings auch nicht hierbleiben. Hier waren sie schutzlos und für jedes Tier oder jeden Bewohner, den es hier vielleicht gab, gut sichtbar.

Plötzlich bemerkten sie am Waldrand einige Gestalten. Sie sahen wie Asuvaner aus, allerdings furchtbar ungepflegt. Sie kamen langsam näher, sie waren zu sechst. Sie trugen abgewetzte Anzüge. Es waren tatsächlich Asuvaner. Ihre echsenähnliche Haut, die braungelben Augen und die festen Haare. Die Haare dieser Asuvaner waren jedoch nicht glatt gekämmt, sondern wild verfilzt.

»Wer seid ihr?«, rief Michael unsicher herüber.

»Wir sind Asuvaner, wir leben hier.«

Michael und Lisa waren unschlüssig zwischen Erleichterung und Furcht. Es konnten nur verbannte Asuvaner sein, die Asuv wegen eines schlimmen Verbrechens oder einer groben Verfehlung verlassen mussten. Nach ihrem Aussehen zu urteilen war dies auch schon einige Zeit her. Das würde bedeuten, dass sie auf dem Strafplaneten Simir sein mussten.

»Wo sind wir hier?«, fragte Lisa.

Die Gruppe lachte hässlich und entblößte ungepflegte Zähne.

»Ihr wisst nicht, wo ihr seid? Ihr seid auf Simir. Was habt ihr angestellt?«

»Simir? Der Strafplanet?«, fragte Lisa ungläubig.

Wieder lachte die Gruppe sehr hässlich.

»Ihr seid keine Asuvaner!«, stellte einer von ihnen fest.

»Nein, sind wir nicht, aber wir kommen von Asuv«, erklärte Lisa in der Hoffnung, dass ihr Gegenüber darin eine Gemeinsamkeit erkannte und vielleicht nicht feindlich gesinnt sein würde.

»Nehmen wir sie mit?«, fragte einer der Männer.

»Wäre schade, wenn wir es nicht tun«, lachte ein anderer der Asuvaner.

»Das ist nett von euch«, sagte Michael unsicher.

Wieder hässliches Lachen.

»Wir bieten euch eine Unterkunft, dafür bedient ihr die Ranghöheren unter uns. Da ihr neu seid, sind momentan noch alle ranghöher als ihr. Wenn ihr das brav erledigt, könnt ihr vielleicht irgendwann auch aufsteigen, aber erst einmal müsst ihr für den Schutz und die Unterkunft arbeiten.«

»Wovor benötigen wir hier euren Schutz?«, fragte Lisa, die sich nicht wohlfühlte bei dem Gedanken, mit diesen Gestalten mitzugehen. Sie hatte jedoch nicht das Gefühl, dass sie eine Wahl hatten.

»Vor anderen Strafgruppen und den wilden Urbewohnern dieses Planeten – furchtbare Wesen.«

»Wir wollen nicht mit euch gehen«, verkündete Lisa.

»Wollen wir nicht? Aber wir benötigen Schutz«, gab Michael zu bedenken.

Die Gruppe lachte wieder sehr hässlich und kam auf die beiden zu. Lisa fühlte sich zu schwach zum Fliehen, schlug jedoch schwach nach den Armen, die sie grob ergriffen. Die Gruppe schleifte Michael, der sich nicht wehrte, und Lisa, die es kraftlos aufgegeben hatte, in Richtung des Waldrandes, aus dem die Gruppe gekommen war.

Nach einiger Zeit kamen sie an einem hohen Holzzaun an, der von weiteren ungepflegten und gefährlich aussehenden Exil-Asuvanern bewacht wurde. Die Gruppe ließ sie grölend passieren. Dabei fielen Ausdrücke wie »Frischfleisch« und »guter Fang«.

Hinter dem hohen Holzzaun waren notdürftige Hütten errichtet. Das Lager machte einen ungepflegten Eindruck und es roch nach Schweiß, Rauch und Fäkalien.

Michael und Lisa wurden in eine Hütte geschleift, hineingeschubst und hinter ihnen wurde die Tür verschlossen. Lisa sah sich um. Unter ihnen war festgetretener Lehmboden und in der Ecke Heu auf dem Boden, das offensichtlich als Schlaflager dienen sollte, jedoch schon sehr dreckig aussah und bestimmt voller Ungeziefer war. In der nächsten Ecke stand ein aus Holz geschnitzter Eimer, der offensichtlich als Toilette dienen sollte, da er bereits einen unangenehmen Geruch verbreitete. Ansonsten gab es nichts in der Hütte. Die Fenster bestanden auch nur aus handbreiten Aussparungen im Holz und boten keine Fluchtmöglichkeit.

Michael saß zusammengesackt neben ihr und starrte an die Wand.

Es dauerte nicht lange, da wurde die Tür aufgesperrt, die offensichtlich von außen mit einem großen Hebel verschlossen gewesen war. Eine junge Frau kam herein. Sie trug nur ein Tuch um den Körper gewickelt, wirkte zwar ungewaschen, aber hatte eine jugendliche Figur und schöne Brüste. Ihr Gesicht war ebenfalls jung und schön. Sie trug ein Gefäß mit Wasser.

»Hier ist etwas Wasser zum Trinken. Ihr solltet euch ausruhen. Morgen will euch der Oberste begutachten. Wenn ihr ihm gefallt, dann dürft ihr hierbleiben«, sprach sie schüchtern.

»Und wenn wir ihm nicht gefallen, dann dürfen wir wieder gehen?«, fragte Lisa.

»Nein, niemand geht hier einfach wieder weg«, sagte sie schulterzuckend.

»Wer bist du?«, fragte Lisa schnell, bevor die schüchterne Frau wieder verschwinden konnte.

»Leana.«

»Kommst du auch von Asuv?«

»Nein, ich wurde hier geboren.«

»Was? Du bist Asuvanerin, die nicht verbannt wurde. Du könntest auf Asuv leben«, vermutete Lisa, um das Gespräch am Laufen zu halten.

»Ich kenne Asuv nicht.«

Die Tür wurde aufgeschmissen und eine raue Wächterstimme befahl: »Leana, komm!«

Leana folgte sofort und verließ die Hütte.

Bald wurde es dunkel und Lisa rollte sich in einer Ecke der Hütte auf dem nackten Lehmboden zusammen und schloss die Augen. Michael saß immer noch schweigend in der Mitte des Raumes.

Der nächste Morgen begann früh für Lisa und Michael. Es war noch dunkel draußen, da wurde die Tür wieder unsanft aufgeschmissen und ein grober Kerl griff Michael, der sich wortlos rausschleifen ließ. Lisa fühlte sich fiebrig, aber sie rappelte sich auf und rief: »Was macht ihr mit ihm?«

»Er soll für seine Unterkunft arbeiten«, bellte der Kerl zurück.

Lisa wollte hinterher, doch ihr wurde die Tür vor der Nase zugeknallt. Sie setzte sich wieder in die Ecke, in der sie die Nacht verbracht hatte, und musste nicht lange warten bis Leana wiederkam.

»Ich soll dich zu dem Obersten bringen«, sagte sie mitfühlend.

»Was soll ich dort?«

»Er wird dich testen wollen«, sagte Leana in einem unheilvollen Ton, der in Lisa Alarmglocken klingen ließ.

»Was will er testen?«

»Er ist der Oberste hier. Wenn er eine Frau will, kann er sie haben«, erklärte Leana jetzt unmissverständlich.

»Niemand darf das!«

»Du bist hier auf Simir. Das sind hier die Regeln. Dafür erhältst du den Schutz dieser Gruppe.«

»Und wenn ich den nicht will?«

Leana sah unglücklich aus, stand nur da und sagte nichts.

»Lass uns weggehen, Leana! Wir gehen zusammen und finden einen anderen Ort. Es kann nicht schlimmer sein als hier.« Lisa war aufgestanden und sah Leana flehend an.

»Wie soll das gehen?«

In dem Moment flog die Tür auf und jemand bellte wieder nach Leana.

»Komm jetzt!«, sagte Leana plötzlich in einem kalten Ton, der Lisa erschreckte.

Sie gingen über einen staubigen Platz, der von kleinen hässlichen, ungepflegten Hütten umstellt war. In der Mitte des Platzes hatten einige Frauen ein qualmendes Feuer in einer großen steinumrandeten Feuerstelle entfacht. Die Hütte des Oberen war auf den ersten Blick zu erkennen. Zwei Wachen standen vor der Tür und die Hütte war die größte im Lager. Sie schien als einzige Hütte über einen zweiten Raum zu verfügen.

Leana führte Lisa auf die große Hütte zu und beide wurden von dem groben Kerl begleitet. Plötzlich flog die Tür der großen Hütte auf und ein fettleibiger, schmutziger und langhaariger Brocken stand freudig in der Tür. Er sah Lisa von oben bis unten an und freute sich sichtlich.

»Komm näher, mein Engelchen«, krächzte er und weitete seine fleischigen Arme aus.

Lisa blieb angewidert stehen.

»Das ist der Oberste«, flüsterte Leana.

»Los weiter, du Schwächling!«, brüllte jemand vom anderen Ende des Lagerplatzes und peitschte auf Michael ein, der versuchte einen großen Karren mit Holz und Heu auf die Mitte des Lagerplatzes zu ziehen. Michael schmiss sich in die Leinen, aber der Wagen kam nur langsam voran.

»Das Holz muss ins Feuer und das Heu in die Hütten verteilt werden!«, befahl die Stimme, bevor die Peitsche in Michaels Richtung zischte.

»Ihr seid Asuvaner!«, sagte Lisa ungläubig in Richtung des Oberen. »Eine zivilisierte und gerechte Spezies. Was ist hier aus euch geworden?«

Der Obere hielt sich den wabernden, schuppigen Bauch und lachte hässlich. Die beiden Wachen neben seiner Hütte lachten gehorsam mit.

»Wir sind Verstoßene, wir können uns jetzt benehmen, wie wir wollen. Und wir wollen uns nicht wie Asuvaner benehmen. Deswegen sind wir hier! Und jetzt komm in meine Hütte und du Schwächling, bring uns Heu für ein frisches Schlaflager!«, schrie er noch in Michaels Richtung.

Die Wachen schubsten Lisa in die Hütte, die über eine große Schlafecke mit einer dicken Heumatratze sowie einem zusammengeschusterten Sitzmöbel daneben verfügte. Der Boden war aus Holzdielen, wirkte aber dennoch schmutzig, da eine dünne Sandschicht darüber lag. An einer Wand hing eine brennende Fackel in einer Halterung und tauchte die Hütte in flackerndes Licht und verbreitete angenehme Wärme, obwohl es auf Simir nicht kalt war. Es gab einen zweiten Raum an dieser Hütte, aber davor hing ein Vorhang und so konnte Lisa nicht ausmachen, was sich dahinter verbarg.

Der Obere schlurfte selbstbewusst Richtung Schlaflager und ließ dabei seine Kleidung fallen, wodurch ein unansehnlicher Körper enthüllt wurde, der offensichtlich nicht viel Bewegung und auch nicht viel Tageslicht zu sehen bekam.

»Leg dich da ins Heu!«, befahl er schroff.

Lisa erschauderte. Sie fühlte sich krank und schlapp, aber dieser wabernde Fleischklops ließ nochmal Panik und damit adrenalinbedingte Energie in ihr aufsteigen. Sie schnappte sich die Fackel aus der Halterung und schmiss sie auf das Heulager, das sofort lichterloh brannte.

Dann stürmte sie zur Tür und schrie: »Feuer!« Ehe der Oberste sie erreichen konnte, hatten die Wachen die Tür aufgeschmissen und stürmten hinein, um dem Oberen zu helfen. Lisa rannte heraus und sah sich kurz um. Wo war Michael?

In der Lagermitte kochten die Frauen auf dem offenen Feuer in einem riesigen Bottich. Zwischen den Hütten sah Lisa einen Nutzgarten, in dem Arbeiter beschäftigt waren. Zwei weitere Männer schleppten einen Baumstamm über den Lagerplatz.

An einer Hütte wurde mit Holz etwas repariert und da erblickte sie auch Michael.

Die Frauen und einige Arbeiter hatten das Feuer bemerkt und sahen in ihre Richtung.

»Miiiichael!«, schrie sie. »Looos!«, und sie rannte Richtung Ausgang dieses Lagers.

Mittlerweile hatte der Oberste es bis zur Tür geschafft und stand völlig entblößt dort. Seine beiden Wachen führten ihn aus der Gefahrenzone, denn mittlerweile stand die halbe Hütte schon in Flammen.

»Lasst die Mistfliege nicht entkommen!«, brüllte er in Richtung der Eingangswachen. Diese positionierten sich sofort vor dem Ausgang und blickten ihr finster entgegen. Weitere Wachen unterstützten sie und verstellten den Ausgang.

Michael bremste hinter ihr und beide sahen sieben finsteren Wachen entgegen.

»Toller Plan!«, bemerkte Michael kraftlos. Lisa wollte nur noch zusammenbrechen, aber das durfte sie nicht.

»Warum lasst ihr euch das alles gefallen?«, schrie sie mit letzter Kraft den Frauen an der Feuerstelle entgegen. »Ihr werdet behandelt wie Dreck! Niemand sollte so leben!«

Alle sahen zu Lisa und Michael. Auch die Arbeiter im Nutzgarten stoppten ihre Arbeit und sahen herüber. Die Frauen an der Feuerstelle schauten sich unschlüssig an. Eine von ihnen war Leana, die sich kurz in der Gruppe umsah und sagte: »Ich gehe mit den Fremden mit!« Sie bewegte sich langsam von der Gruppe Frauen an der Feuerstelle weg und auf Lisa und Michael zu. Dabei warf sie einen hölzernen Löffel weg und richtete sich stolz auf. Einige andere Frauen entledigten sich ebenfalls ihrer Töpfe und Krüge und folgten ihr langsam. Die Arbeiter im Nutzgarten packten entschlossen die Haken und Schaufeln und bewegten sich auch auf Lisa zu.

»Werden Sie uns töten?«, fragte Michael mit bebender Stimme.

»Wir werden es gleich wissen«, antwortete Lisa.

Als sich ein Großteil des Dorfes vor den Wachen versammelt hatte, drängten die jungen Männer der Gruppe vor Lisa und Michael und schoben die Wachen einfach beiseite. Gegen die Masse hatten sie keine Chance. Die Wachen blieben zurück und ein tobender, schimpfender Oberster. Offensichtlich hatten seine Untertanen seine Behandlung reichlich satt.

Der Tross versprühte Aufbruchstimmung und bewegte sich plappernd durch den Wald.

»Wo sollen wir denn nun hin?«

»Hauptsache weg!«

»Wir brauchen Schutz.«

»Wir sind eine große Gemeinschaft, wir schützen uns schon!«

»Wir brauchen eine Unterkunft …«

»Wir bauen uns ein neues Lager!«

Lisa spürte, dass sie nicht mehr lange gehen konnte. Ihre Kräfte waren aufgebraucht und ihr Vertrauen zu diesen Exil-Asuvanern hielt sich zudem auch in Grenzen. Sie fiel in dem Tross immer weiter zurück. Michael ging neben ihr.

»Du hast Fieber, Lisa. Du musst dich ausruhen«, bemerkte er.

»Gute Idee, lass uns verschwinden. Wenn der Oberste seine Bevölkerung suchen sollte, will ich nicht von ihm gefunden werden.«

Sie ließen sich weiter zurückfallen und bogen ungesehen hinter einem großen Gebüsch ab und änderten mehrfach die Richtung. Es zog sie ins tiefere Waldland, das guten Schutz bieten konnte. Lisa wankte neben Michael durch das Gestrüpp. Eine Weile gingen sie ruhig nebeneinander.

»Ich muss dich etwas fragen, Michael.«

»Ja, frag!«

»Ich habe einen Bericht erhalten, in dem einige Vorfälle beschrieben worden sind, welche den Asuvanern Sorgen bereiten. Dein Name taucht in diesem Bericht auch auf.«

»Ich? Was habe ich getan?«

»Du hast dich über deinen Quartiercomputer über asuvanische Giftpflanzen informiert. Die Asuvaner haben die Befürchtung, dass du damit etwas Dummes vorhast.«

»Ich hatte damit etwas Dummes vor, aber es hat nicht funktioniert und ich habe es aufgegeben.«

Sie hatten dichten Farn und Büsche erreicht und Lisas Kraft ging zu Ende. Vor ihnen ging es einen Felsenvorsprung hinunter. Lisa wäre fast ins Rutschen gekommen, aber Michael konnte sie gerade noch halten.

»Darunter könnte es etwas geschützt sein. Weiter schaffe ich heute nicht mehr«, meinte Lisa.

Sie kletterten den Abhang hinunter und tatsächlich befand sich dort ein Felsenvorsprung, der Schutz von drei Seiten und ein Dach über dem Kopf bot. Lisa ließ sich erschöpft fallen.

»Was wolltest du mit dem Gift?«, fragte sie Michael, der sich gerade neben ihr niederließ.

»Ich wollte nicht mehr leben«, nuschelte Michael. Er schämte sich dafür.

»Das Gift war für dich?«

»Ja, für wen den sonst?«, fragte Michael nun empört.

»Gut, dass du es nicht genommen hast«, lächelte Lisa ihn schwach an.

»Ich habe es genommen, aber wahrscheinlich nicht genug. Ich habe furchtbaren Durchfall und Halluzinationen davon bekommen. Kein schöner Trip.«

Sie lächelten sich beide an. Lisas Lächeln verschwand jedoch und sie spürte Dunkelheit und Schwindel in sich aufsteigen. Ihr wurde schwarz vor Augen.

»LISA«, rief Michael und berührte vorsichtig ihre glühend heiße Wange. Als das keine Wirkung zeigte, rief er noch einmal ihren Namen und patschte ihr sanft auf die Wange, dann stärker.

»Was ist los, Lisa? Oh Gott, du glühst, bitte nicht sterben! Ich werde etwas Wasser holen, bitte nicht sterben …«

Michael rappelte sich auf und torkelte an ihr vorbei. Er sah sich um, wo würde er Wasser finden und wie sollte er es transportieren? Erst einmal musste er Wasser finden.

»Lisa, ich komme gleich wieder!«, rief er ihr zu und ging unsicher los.

Er war eine Weile gegangen, bevor er überlegte, ob er den Weg zurückfinden würde. Sollte er den Weg markieren? Aber dann würde er vielleicht auch die Exil-Asuvaner oder sogar deren Wächter zu ihrem Versteck führen. Er musste sich den Weg merken. Der Wald war dicht und wurde immer dunkler. Der Boden war weich und mit grünem Moos überzogen. Es gab jedoch keinen Bach. Er ging weiter und lauschte. Er hörte Vogelschreie und er meinte auch einen Brunftschrei eines größeren Tieres gehört zu haben. Aber weit und breit kein Wasser. Irgendwann hatte er Angst, den Weg nicht mehr zurückzufinden und Lisa zu lange allein zu lassen. Er ging zurück und verlief sich natürlich. Es dauerte eine ganze Weile, bis er in der Ferne den Felsen sah. Er beeilte sich und hoffte, dass Lisa noch lebte. Panik und Verzweiflung schlugen auf ihn ein, als er die Stelle erreichte, wo Lisa gelegen hatte. Sie war verschwunden. Er wollte sie rufen, hielt sich aber zurück. Er konnte nicht glauben, dass sie allein im Wald unterwegs war. Sie war viel zu schwach. Jemand muss sie geholt haben. Was sollte er nur tun. Michael hatte furchtbare Angst. Er atmete tief durch und versuchte einen klaren Kopf zu bekommen. Er hätte bei ihr bleiben müssen. Der Himmel wurde immer dunkler. Er würde versuchen, sich auszuruhen, und morgen nach Lisa suchen. In der Dunkelheit konnte er nichts ausrichten. Ängstlich drückte er sich tief in den Felsschutz und lauschte auf die Geräusche des Waldes, bis er völlig erschöpft einschlief, um kurze Zeit später wieder zu erwachen.

Das Forschungsschiff wurde ruhig von Mano in den Weltraumhafen geflogen. Er stoppte auf der vorgesehenen Parkposition und O-Ur öffnete die Tür und ließ die Treppe ausfahren.

»Heute Abend in Olivers Bar?«, fragte O-Ur an die Gruppe hinter ihm gerichtet. Nil versuchte er dabei zu übersehen. Die anderen nickten zustimmend.

Als sie gerade das Schiff verlassen hatten, kam Su angelaufen. Sie sah aufgeregt aus.

»Ich muss mit euch sprechen«, prustete sie.

»Ist was passiert?«, fragte Mano gut gelaunt.

Su bemerkte Nil und wollte nicht vor ihr mit den anderen reden. Für Diplomatie war jedoch keine Zeit.

»Ich muss mit dem Team reden, ohne Mitglieder anderer Komplexe. Interne Angelegenheit, du verstehst sicher ...«, versuchte Su es.

»Aber sicher!«, sagte Nil und ging selbstbewusst Richtung Ausgang. Zu aller Überraschung schien Nil nicht beleidigt über die schroffe Abfuhr zu sein. Sie schien sich sogar zu freuen.

»Was ist los?«, fragte nun Mano, während er die Tür des Schiffes wieder schloss. Die anderen sahen Su interessiert an. Su holte tief Luft.

»Wo fange ich an? Also es sind merkwürdige Vorfälle überall auf Asuv geschehen, das Siedlerprojekt soll abgebrochen werden, alle Siedler zurück zur Erde geschickt werden, Ellen, die Ärztin, haben wir bewusstlos in ihrem Quartier gefunden, wahrscheinlich von ihrem Ehemann betäubt und der ist nun verschwunden und irgendwie werden immer mehr Asuvaner krank, eine Epidemie vielleicht und Lisa ist verschwunden mit Michael ...« Sie holte noch einmal tief Luft.

Die Gruppe sah Su verwundert an.

»Was?«, fragte Mano nochmal ungläubig.

»Es sind merkwürdige Vorfälle überall auf Asuv geschehen, das Siedlerprojekt soll abgebrochen werden, alle Siedler zurück zur Erde geschickt werden, Ellen, die Ärztin, haben wir bewusstlos in ihrem Quartier gefunden, wahrscheinlich von ihrem Ehemann betäubt und der ist nun verschwunden und irgendwie werden immer mehr Asuvaner krank und Lisa ist verschwunden mit Michael ...«

»Wo ist Zin?«, fragte Mano.

»Krankenstation«

»Okay, da gehen wir jetzt hin!«

An der Tür des Weltraumbahnhofs kam ihnen Tuc entgegen. Er hatte weiße Loop-Schals dabei und gab jedem einen davon.

»Ich musste Nil hinterherlaufen. Sie wusste noch nichts …«, murmelte er.

»Was ist das?«, frage O-Ur und sah, dass Tuc und auch Su solch einen Loop-Schal über ihre Atemfalten seitlich am Hals trugen.

»Wir haben offensichtlich eine Epidemie und kennen die Übertragungswege noch nicht, aber die größte Gefahr werden unsere Atemorgane sein. Es ist etwas unangenehmer zu atmen, aber es geht«, erklärte Tuc und zupfte die Loops bei der Gruppe noch zurecht.

»Wir waren nur einige Sonnen- und Mondzeiten weg … oder?« Mano war verwirrt.

»Viel passiert!«, nickte Su.

»Ihr sollt zu Zin kommen. Er befindet sich auf der Krankenstation«, sagte Tuc.

»Und ich muss euch … ach, ich komme einfach mit«, sagte Su.

Die Gruppe ging Richtung Krankenstation. Es waren nur wenige Asuvaner in den Gängen unterwegs und alle trugen Schutz-Loops. Auf der Krankenstation war reges Treiben. Es waren zusätzliche Notfallkapseln hereingeschoben worden. Alle blinkten, was eine aktive Belegung anzeigte. An den Monitoren der Krankenstation leuchteten viele Lichter, mehr als Notfallkapseln vorhanden waren.

Sono sah blass aus. Er hatte offensichtlich keine Zeit, sich auszuruhen.

»Mano, Lir, Nono, Meffri, O-Ur, Su …«, sagte er und es sah aus, als freute er sich, die Gruppe zu sehen. Gleich danach machten sich jedoch wieder Sorgen in seinem Gesicht breit.

»Was ist hier los?«, fragte Mano ernst.

»Eine Katastrophe, eine Epidemie. Immer mehr Asuvaner erkranken. Merkwürdigerweise scheinen die Siedler gegen diese Krankheit immun zu sein. Ich habe keine Menschen mit dieser Krankheit. Wir versuchen Unterschiede zu finden im Organismus der Siedler zu uns Asuvanern. Es muss jedoch schnell gehen.« Nono und Meffri sahen zu den blinkenden Lichtern auf den Monitoren. Einige piepsten.

»Wir können gar nicht alle Kranken hier auf der Station behandeln. Die meisten liegen in ihren Quartieren in den Schlafkapseln und wir haben die Diagnosegeräte an ihren Körpern mit unseren Systemen verbunden. Einige werden bereits sehr schwach.«

»Nur im REGFB?«, fragte O-Ur.

»Nein, in allen Komplexen!«

Nele, eine Mitarbeiterin von Sono, kam auf die Gruppe zu und sagte: »Ellen wacht gerade auf.«

»Ellen? Du sagtest, die Siedler sind immun.«

»Ellen haben wir bewusstlos gefunden, wahrscheinlich ihr Mann ...«, wollte Su gerade nochmal erklären, als Mano die Hand hob.

»Ja, ich erinnere mich. Und was ist mit Lisa?«, fragte er nun.

Sono wandte sich um, kümmerte sich um einen Patienten und überließ Su das Reden.

»Sie ist mit Michael verschwunden.«

»Mehr Details!«, verlangte Mano von ihr.

»Michael wollte Pilot werden und sollte einen ersten Übungsflug mit Aska machen. Michael spricht aber noch nicht so richtig gut die asuvanische Sprache und deshalb wollte Aska ...«

»Komm zu dem Teil, wo Lisa drin vorkommt!«, verlangte Mano kühl.

»Ja, das kommt jetzt. Lisa begleitete die beiden. Sie sind auf Rijaka gelandet und da sind Michael und Lisa wohl gemeinsam geflohen. Sie hätten schon die ganze Zeit Liebkosungen während des Fluges ausgetauscht. Aska fand das sehr merkwürdig. Er wollte sie noch zurückholen, aber sie sind gemeinsam verschwunden«, erklärte Su.

»Das kann ich nicht glauben!«, sagte Mano gefährlich ruhig.

»Ich nämlich auch nicht!«, sagte Su sofort. »Lisa gab mir eine Aufgabe und wollte nicht lange wegbleiben. Wenn wir diese Aufgabe nicht erledigen, dann müssen alle Siedler zurück ... Mano?«

Mano drehte sich bereits herum und verließ die Krankenstation. O-Ur folgte ihm. Der Rest seines Teams machte sich bereits auf der

Krankenstation nützlich und half dort, wo das völlig überlastete Krankenpersonal sie einteilte. Su sah Mano und O-Ur kurz nach und lief dann eilig hinterher.

Sono, Tuc und Meffri halfen Ellen dabei, sich aufzusetzen. Sie sah sich unsicher um.

»Wo bin ich?«

»Auf der Krankenstation«, antwortete Sono.

»Richard?«

»Er ist nicht hier. Wir wissen nicht, wo er ist.«

Sie sah an sich herunter. Sie saß nackt in einer Rettungskapsel und ihre Brust hing schlaff herunter. Sie berührte sie vorsichtig und begann zu schluchzen.

»Was ist passiert?«, wollte Sono nun wissen.

»Er hat es getan!« Ellens Schluchzen wurde lauter.

Sono legte ihr beruhigend seine Hand auf die Schulter und versuchte es noch einmal.

»Was ist passiert?«

»In meinen Brüsten waren Kissen mit einem Virus. Ich wollte das nicht, aber Richard hat sie entfernt und er will sie auf Asuv verteilen. Ich will das nicht«, schluchzte Ellen.

»Dafür ist es zu spät!«, bemerkte Sono, dem nun schlagartig klar wurde, was es mit der Epidemie auf sich hatte. »Was ist das für ein Virus? Wie können wir es stoppen?«

»Das weiß ich nicht. Richard wollte damit den Großteil der Asuvaner töten. Dann müssten weitere Menschen nach Asuv kommen und wir könnten eine zweite Erde daraus machen«, weinte sie.

»Eine verlockende Vorstellung in Anbetracht des Zustands der Erde«, rutschte es Meffri heraus.

»Wir haben gestritten. Ich sagte, dass ich das nicht mehr will. Ich bin glücklich hier und ...«

»Das Virus ist bereits freigesetzt und ein Großteil der asuvanischen Bevölkerung ist erkrankt«, machte Sono nun klar.

»Das wollte ich nicht«, wimmerte Ellen.

»Gibt es ein Gegenmittel? Wie können wir das Virus bekämpfen?«

»Das weiß ich nicht. Mein Mann ist der Virologe.«

»Warum erkranken nur die Asuvaner? Die Siedler erkranken nicht?«

»Mein Mann hat die Siedler bereits auf der Erde gegen dieses Virus geimpft. Er hat sie alle betreut und so konnte er sie auch einfach und unbemerkt dagegen impfen.«

»Wie kommen wir an diesen Impfstoff?«

»Gar nicht. Wir konnten ihn nicht in unser Gepäck packen und sagen, dass dies ein Impfstoff gegen ein tödliches Virus ist, dass wir vorhaben, es auf Asuv zu verteilen. Wir konnten nur das Virus unbemerkt mitnehmen.«

Bei den letzten Worten betastete Ellen wieder ihre schlaffen Brüste und weinte erneut.

Tuc drehte ihr den Rücken zu und wandte sich zu Sono: »Könnte man Informationen über den Impfstoff aus dem menschlichen Blut extrahieren?«

Sono dachte nach: »Vielleicht, aber die Impfung liegt bereits einige Zeit zurück. Falls wir daraus ein wirksames Gegenmittel erstellen können, wird es für die meisten Asuvaner zu spät sein.«

Mano, O-Ur und Su stürmten in den Aufenthaltsraum für Piloten. Aska lag auf einer Liege und hatte die Augen geschlossen.

»Wo ist sie?«, schrie Mano ihm entgegen, während er den Raum betrat.

Aska öffnete gespielt genervt die Augen und richtete sich auf, blieb aber auf der Liege sitzen.

»Wo ist wer?«

»Wir wollen wissen, wo Lisa und Michael sind«, erklärte Su und duckte sich leicht unter einem wütenden Blick von Mano.

»Ich war genauso überrascht wie ihr. Sie schienen schon länger eine partnerschaftliche Beziehung zu haben. Sie wirkten vertraut und auf Rijaka …«

»Das glaube ich nicht!«, unterbrach Mano ihn.

»Ich auch nicht!«, fügte Su hinzu.

»Ich will einfach nur wissen, was du mit ihr gemacht hast und wo ich sie finde.«

»Ich sagte doch, sie ist auf Rijaka und ich habe gar nichts mit ihr gemacht. Das hat dieser Michael ...«

Mano drehte sich um und ließ Aska auf der Liege sitzen.

Su und O-Ur rannten ihm wieder hinterher.

»Wo willst du hin?«, fragte O-Ur.

»Ich brauche ein Shuttle. Ich will sie holen.«

»Ich komme mit und helfe dir suchen!«, sagte O-Ur.

»Ich komme auch mit!«, beschloss Su.

»Nein«, riefen Mano und O-Ur gleichzeitig.

»Doch! Sie ist meine Freundin. Zu dritt finden wir sie!«

Die Ureinwohner von Simir waren prächtige Wesen. Muskulöse menschenähnliche Wesen mit einem Pferdekörper als Hinterteil. Ein seidiges Fell überzog ihren Körper und lange gepflegte Haare fielen über ihren starken Rücken. Sie nannten sich Morossen. Die weiblichen Morossen waren etwas zierlicher, die männlichen stark und muskulös bis ins hohe Alter. Es waren gutmütige und starke Wesen, was in der Vergangenheit dazu geführt hatte, dass ein Großteil der Morossen entführt und versklavt worden war. Insbesondere das alte Volk der Phytos, menschenähnliche Wesen, rottete die freilebenden Morossen fast vollständig aus und nutzten sie als billige Arbeitstiere. Vor sehr langer Zeit erkundete das Volk der Phytos auch den Planeten Erde. Seitdem gab es Bildnisse über diese prächtigen Wesen, die auf der Erde Zentauren genannt wurden. Das Volk der Phytos blieb den Menschen ebenfalls in Erinnerung, wenn auch niemals bekannt wurde, dass es sich hierbei nicht um Menschen handelte. Das Volk der Phytos führte das ägyptische Volk an, ließ Pyramiden bauen und lebte ein göttliches Leben auf der Erde. Die Morossen gingen nach und nach ein. Morossen vermehren sich nur, wenn sie sich frei fühlen. In Gefangenschaft gebaren sie keine Nachkommen und so waren sie im alten Ägypten bald ausgestorben. Nur eine Handvoll Morossen verblieben versteckt auf Simir. Sie führten ein einfaches Leben und ihre Population wuchs auch wieder im Laufe der Zeit und mit dem Untergang der Phytos. Sie lebten in einfachen Siedlungen in Holzhütten. In ihrer Gemeinschaft herrschte eine klare Rangordnung, in der jedoch jeder seinen Platz hatte und echten Schutz fand. Nahrung wurde gerecht geteilt und abends saßen sie gemeinsam um ein wärmendes Feuer und erzählten sich Geschichten. Sie führten ein einfaches, glückliches Leben in Freiheit.

Dann kamen wieder Raumschiffe auf Simir an und brachten die straffälligen Asuvaner. Die Morossen hielten Abstand von den Neuankömmlingen, aber wenn ihnen jemand zu nahe kam, hatten sie gelernt sich zu verteidigen. Die strafversetzten Asuvaner auf Simir hatten Respekt vor den Morossen und so lebten die beiden Völker in meist friedlicher Koexistenz.

»Das ist keiner dieser Asuvaner«, stellte Pontos fest. Pontos war der ranghöchste, männliche Morossen und über ihm stand nur noch die weibliche Rudelführerin Hemera. Hemera war eine traumhaft schöne Erscheinung mit einem goldglänzenden seidigen Fell. Sie traf die weisen Entscheidungen für ihr Volk und die männlichen Kämpfer beschützten sie und ihr Volk.

»Sie ist krank und schwach«, stellte Appollon fest, der in ihrem Volk die Aufgabe eines Mediziners übernahm. Er war einer der ältesten Morossen und sah nicht zuversichtlich aus.

»Sie ist schön. Ich will sie behalten«, bat Pontos um Appollons Hilfe.

Appollon hockte sich zu ihr auf die dicke Decke, die einfach auf den Boden in Pontos' Hütte gelegt war. Er fühlte Lisas Stirn, ihren Puls, öffnete ihren Mund und sah sich ihre Zunge an. Zum Schluss legte er eine große faltige Hand auf ihren Kopf, schloss die Augen und verharrte in dieser Position. Pontos war still. Er wusste, dass er nicht stören durfte. Nach einiger Zeit öffnete Appollon die Augen, nahm die Hand zurück und sah Pontos ernst an.

»Sie ist schwer krank. Etwas kämpft gegen ihren Körper und ihr Körper ist zu schwach, um mit dem Angriff fertig zu werden. Sie wird es nicht schaffen.«

»Wir können gar nichts tun?«, fragte Pontos traurig.

»Das Einzige, was wir tun können, ist ihre Körperverteidigung zu stärken. Das Gift der roten Wasserschlange könnte ihre Abwehr stärken. Ob sie es dann schafft oder ob sie schon zu schwach ist, das ist ungewiss.«

Pontos nickte, nahm sich einen Jutebeutel aus einer Kiste in seiner Hütte und sagte: »Ich gehe eine rote Wasserschlange holen.«

Appollon nickte.

»Ich bleibe so lange bei ihr.«

Auf Rijaka liefen Mano, O-Ur und Su durch mannshohe Gräser und riefen Lisas und Michaels Namen.

Es war schon dunkel, als sie auf Rijaka landeten. Sie mussten die Suche nach kurzer Zeit abbrechen und schliefen sehr unbequem auf den Sitzen des Shuttles. Sobald es hell wurde, gingen sie los und suchten weiter.

»Sie sind nicht hier!«, sagte Mano.

»Wir haben fast den ganzen Planeten umrundet. Es gibt keinen besseren Landeplatz als diesen. Hier landen alle Shuttles, die nicht in den Felsen zerschellen wollen. Wenn Aska auf diesem Planeten gelandet ist, dann genau hier auf diesem Grünbereich«, sagte O-Ur.

»Wenn Aska hier gelandet ist«, zweifelte Mano.

»Du glaubst, wir sind auf dem falschen Planeten?«, fragte O-Ur.

»Ich spüre sie gar nicht. Ich müsste irgendetwas spüren. Also ist sie nicht hier oder sie ist …« Er sprach nicht weiter.

O-Ur sah sich um.

»Wo ist Su?«

Beide sahen sich um und riefen gleichzeitig: »Suuuu!«

Im hohen Gras bewegte sich etwas auf sie zu. Es war Su.

»Guckt, was ich gefunden habe.« Su hielt die ID-Coms von Lisa und Michael in der Hand. Mano griff sofort den ID-Com von Lisa, O-Ur den von Michael.

»Bitte schön! Gut gemacht, Su!«, sagte Su zu sich selbst.

»Sie waren hier!«, meinte O-Ur.

»Zumindest ihre ID-Coms sind hier«, sagte Su.

Sie suchten noch den ganzen Tag. Erst als es bereits wieder dunkel wurde, machten sie sich schweigend auf den Rückweg.

An diesem Abend trafen sich Mano, O-Ur, Su und Meffri. Es war kein freudiger Abend in Olivers Bar, sondern ein Austausch von

Neuigkeiten. Meffri berichtete von den Entwicklungen auf Asuv. Nono und Lihr waren ebenfalls krank und Zin lag in einer Rettungskapsel der Krankenstation. Er war bereits in einem kritischen Zustand. Sono und sein Ärzteteam kämpften wie die Ärzteteams in allen anderen Komplexen mit der Vielzahl der Patienten und mit eigenen Ansteckungen. Sono analysierte das Blut der Siedler, um ein Gegenmittel zu finden, aber ihn hatte es nun wohl auch erwischt und er wusste, dass die Zeit knapp wurde.

Mano und O-Ur erzählten von der erfolglosen Suche.

Oliver brachte für jeden einen Becher mit einem süßen dickflüssigen Fruchtsaftgemisch.

»Vitamine pur – das könnt ihr jetzt brauchen!«

»Danke, Oliver.«

»Ich habe gerade etwas überlegt«, sagte Oliver und schien noch unsicher, ob er wirklich reden sollte.

»Was?«, fragte Meffri.

»Ihr sagtet, dass Aska die beiden geflogen hat und da habe ich überlegt, ob es vielleicht etwas zu sagen hat, dass kurz vor Lisas Verschwinden Aska mit Nil hier in der Bar saß und die beiden lange redeten. Es sah wie eine Verhandlung aus und beide schienen anschließend zufrieden zu sein, besonders Nil.«

»Aska und Nil?«, fragte Mano.

»Vielleicht hat es nichts zu sagen, aber ich bin sicher, dass Lisa nicht freiwillig mit Michael weggelaufen ist«, fügte Oliver noch hinzu.

»Kommt es Nil vielleicht auch ganz gelegen, dass Aska Lisa und Michael auf Rijaka verloren hat?«, überlegte Meffri.

»Was ist Rijaka?«, fragte Oliver.

»Der Planet, auf dem wir die ID-Coms von Lisa und Michael gefunden haben«, erklärte O-Ur.

»Merkwürdig!«, überlegte Oliver.

Alle sahen ihn an.

»Ich meine nur, dass sie, als ich ihnen Getränke gebracht habe, über eine Landung auf einem anderen Planeten gesprochen hatten. Aber das muss natürlich nichts mit Lisa und Michael zu tun gehabt haben.« Oliver wollte gerade wieder gehen.

»Oliver, Moment«, riefen Meffri, Mano und O-Ur gleichzeitig. Oliver stoppte und drehte sich noch einmal um.

»Über welchen Planeten haben sie gesprochen?«

»Es war nicht der Name, den ihr genannt hattet. Irgendetwas mit … Smir.«

»Denk nach Oliver!«, forderte Mano.

»Sie können doch auch über eine Forschungsreise gesprochen haben«, gab Oliver zu bedenken.

»Ja, können sie, aber es ist der einzige Anhaltspunkt, den wir momentan haben.«

»Smiri, Simri … sowas in der Art. Ich habe mir das nur gemerkt, weil ich an Smirnoff Vodka auf Eis gedacht habe …«

»Simir?«, fragte Mano.

»Ja, das ist es!«

»Nach Simir macht Nil garantiert keine Forschungsreise. Es ist der Strafplanet. Wir fliegen los!«, beschloss Mano und sprang auf.

»Mano, wir müssen uns alle etwas ausruhen und was soll es bringen, wenn wir im Dunkeln auf Simir landen. Das ist viel zu gefährlich«, gab O-Ur zu bedenken.

»Gut, dann gehen wir jetzt in unsere Quartiere, regenerieren kurz und fliegen los, sodass wir direkt bei Tagesanbruch Simir erreichen!«, beschloss Mano.

Lisa öffnete die Augen. Sie fühlte sich besser, aber noch zu schwach, um sich aufzurichten. Sie drehte den Kopf und sah, dass sie in einer großen runden Hütte lag. Die Wände und die Decke waren aus Holz. In der Mitte des einzigen Raumes war eine Aussparung im Holzboden. Mit Steinen war dort eine Feuerstelle gebaut, in der ein kleines Feuer brannte. Sie konnte eine wohlige Wärme spüren. Über dem Feuer lief das Dach spitz zu und war in der Mitte offen, damit der Rauch abziehen konnte. Auf dem Boden der Hütte standen verschieden große Holzkisten. Sie lag auf einem Lager aus gemütlichen Decken. Neben ihr war ein weiteres Deckenlager. Sie war offensichtlich immer noch nicht wieder zu Hause, aber auch nicht mehr in diesem Lager der ausgestoßenen Asuvaner. Oder wurde sie gefunden und zurückgebracht?

Nein, das hier war eine ganz andere Hütte, eine andere Bauart, sorgsam errichtet und liebevoller eingerichtet. Die Atmosphäre war warm und herzlich. Vor ihr stand ein Becher. Ihr Mund war trocken und sie hoffte, dass Wasser in dem Becher war. Vorsichtig rollte sie sich zur Seite. Ihr Arm tat furchtbar weh, als sie sich auf ihn legte. Sie stöhnte kurz auf und ließ sich zurückfallen.

Nur kurze Zeit später öffnete sich die große Holztür und ein merkwürdiges riesiges Wesen schritt elegant in den Raum. War es ein Mensch? Ein Pferd? Beides. Sie musste immer noch Fieber haben. Auf jeden Fall war es nicht der Oberste. Dieses Wesen strahlte Stolz, Eleganz, Kraft, aber dennoch Sanftmütigkeit aus. Sie hatte keine Angst.

Mit einem weniger eleganten Plumps ließ sich das Wesen neben sie auf den Boden fallen. Der Holzboden bebte.

Es sprach eine merkwürdige Sprache, die sie nicht verstand. Lisa versuchte sich aufzusetzen. Es bemerkte ihre Bemühungen und half ihr. Ein starker Arm schob sie sanft nach oben. Sie saß und versuchte den Schwindel zu vertreiben. Gierig sah sie auf den Becher. Als das Wesen ihren Blick sah, freute es sich sichtlich und reichte ihr den Becher an den Mund. Sie wollte ihn nehmen, aber ihr Arm schmerzte furchtbar. Sie stöhnte. Das Wesen nickte ihr zu und ließ ihr etwas kühles Wasser in den Mund laufen. Sie fühlte, wie das Wasser das Leben in ihr zurückbrachte. Das Wesen zeigte auf sich und sagte: »Pontos.« Dann zeigte es auf Lisa und setzte einen fragenden Blick auf. Lisa verstand und antwortete schwach: »Lisa.« Das Wesen, welches offensichtlich Pontos hieß, freute sich.

Der Tag verging und Pontos sah öfter nach ihr, einmal brachte er ein anderes Wesen mit, welches er ihr wohl ebenfalls vorstellen wollte. Er zeigte auf das ältere Wesen und sagte: »Appollon.« Dieser Appollon legte ihr die Hand auf den Kopf und schloss die Augen. Lisa fand es merkwürdig, aber es fühlte sich nicht unangenehm an. Sie ließ es geschehen. Später brachte Appollon ein aufgespießtes kleines Tier ähnlich wie ein Eichhörnchen in die Hütte und grillte es über dem Feuer. Anschließend gab er es ihr. Lisa sah das aufgespießte Tier erst geschockt an, dann aber bemerkte sie, wie hungrig sie war, und es roch sehr gut. Sie probierte und wieder freute sich Pontos darüber. Er schien nett zu sein, vielleicht etwas unheimlich. Als es Abend wurde, gab Lisa Pontos zu verstehen, dass sie aufstehen und nach draußen wollte. Er schüttelte erst den Kopf. Erst als sie ihm andeutete, dass sie mal müsse, half er ihr auf und führte sie nach draußen. Nachdem sich Lisa erleichtert hatte, brachte er sie zurück in die Hütte und legte sich auf das Deckenlager neben ihr. In der Nacht wurde es kalt. Das Feuer war ausgegangen. Sie wickelte die Decke eng um sich, aber es wurde ihr nicht warm genug. Vorsichtig drückte sie sich an Pontos, dessen seidiges Fell angenehm warm war.

Noch in der Nacht öffnete Mano die Tür des Shuttles und ließ O-Ur, Su und Oliver hinein. O-Ur nahm auf dem Copilotensitz Platz und Oliver und Su kletterten auf die Rücksitze.

»Das ist ein Shuttle. Es gibt nur vier Sitzplätze! Auf dem Rückweg sind noch Lisa und Michael dabei«, sagte Mano, der nicht ganz glücklich darüber war, dass Su und Oliver darauf bestanden, bei der Suche zu helfen.

»Egal, ich setze mich dann auf den Boden«, schlug Oliver vor. Mano verzog das Gesicht und kletterte auf den Pilotensitz.

»Es gibt zwei kleine Notsitze«, sagte O-Ur und drückte einen Knopf. Aus der Wand hinter Su und Oliver fuhr eine sehr schmale Sitzbank aus der Wand.

»Nicht bequem, aber es wird gehen«, stellte Oliver fest.

Das Shuttle verließ den asuvanischen Weltraumhafen und O-Ur gab die Koordinaten des Strafplaneten ein.

Zur gleichen Zeit kämpfte Sono mit sich. Er wusste, dass er sich dringend ausruhen musste, aber im Blut der Siedler konnte er keine Antikörper gegen das Virus finden. Er hatte keine Idee, wie er seinem Volk helfen konnte, von dem mittlerweile zwei Drittel befallen waren. Erste Asuvaner musste er in einen künstlichen Schlaf versetzen. Er hoffte, dass dadurch das Virus verlangsamt wurde. Er musste Zeit gewinnen. Bei sich selbst bemerkte er auch erste Anzeichen der Krankheit. Zeit hatte er also nicht. Die Kollegen auf den Krankenstationen der anderen Komplexe kämpften mit denselben Problemen. Und gerade kam die Nachricht vom Komplex für Wasseraufbereitung, dass es erste Todesfälle gegeben hatte. Zwei Asuvaner waren dieser Krankheit bereits erlegen. Sono wusste, dass auf seiner Krankenstation auch Stadien erreicht waren, die zu einem baldigen Tod führen würden. Einer von ihnen war Zin, der Leiter des REGFB und ein Freund von ihm. Er riss sich zusammen und starrte wieder auf die Daten vor sich. Irgendetwas musste es doch geben.

Ellen ging es mittlerweile etwas besser, zumindest körperlich. Sie machte sich schwere Vorwürfe und sie konnte nicht glauben, dass Richard gegen ihren Willen seine Vorhaben durchgezogen hatte.

Ellen hatte die Krankenstation verlassen. Sie erhielt ein neues Einzelquartier, in dem sie sich nun ausruhte und das sie auch erst einmal nicht verlassen durfte. In ihr gemeinsames Quartier konnte sie nicht mehr zurück. Richard war auch nicht mehr zurückgekehrt. Er muss etwas bemerkt haben. Würde er nun zurückkehren, könnte er die Tür ihres Quartiers öffnen und eintreten, dann aber nicht mehr verlassen. Bisher hatte er den Komplex aber nicht mehr betreten.

Richard hockte im Waldland nahe den Gärten. Das Auffinden der irdischen Ärztin, die von ihrem Partner betäubt worden war, hatte sich schnell herumgesprochen. Als er nach seiner letzten Lieferung im unterirdischen Transportbahnhof der REGBF ankam, hörte er, wie eine Asuvanerin zwei anderen davon erzählte. Er war also aufgeflogen. Sofort verließ er den Komplex und versteckte sich im Waldland in einem Dickicht. Seine Arbeit war ohnehin getan. Er musste jetzt abwarten. Die Gärten und das Waldland boten Nahrung und Wasser und es wurde auch nachts nicht sehr kalt. Er würde also eine Weile überleben können. Ellen würde von Sono und seinem Team versorgt werden, sofern das Ärzteteam nicht als Erstes vom Virus getötet wurde. Sein Plan war nun, erstmal abzuwarten. Die Zeit stand hier eindeutig auf seiner Seite. Die Asuvaner würden mit jedem Tag weniger werden.

Am nächsten Morgen fühlte sich Lisa erholt und munter. Pontos versuchte mit ihr zu kommunizieren und mit Händen und Gesten verstanden sie sich einigermaßen. Pontos stellte ihr noch viele andere Morossen vor. Er zeigte ihr auch das kleine Dorf, was versteckt im Wald lag. Es gab gemütliche Hütten ohne Luxus, aber dennoch strahlte das Dorf Wärme aus, so ganz das Gegenteil des Lagers der Exil-Asuvaner. In der Mitte des Dorfplatzes bereiteten einige der Morossen das Feuer vor. In großen Töpfen wurde hier wahrscheinlich bereits das Mittagessen vorbereitet. Einige Morossen rupften erbeutete Tiere und andere schnitten Grünzeug und Kräuter. Die Stimmung war laut und ausgelassen. Um die Köche herum sprangen einige Kinder. Das sah lustig aus, denn bei einigen sprangen die Vorderbeine hoch und die Hinterbeine schlugen in eine Richtung aus. Als Lisa das Treiben eine Weile beobachtete, bemerkte sie, dass es sich schon um erste Rangordnungsspiele handeln könnte. Sie kannte so etwas von Fohlen auf der Erde. Sie hatte Pferde gemocht und war auf der Erde auch eine Zeitlang geritten. Sie hätte sich hier wohlfühlen können, wenn sie Mano nicht so vermisst hätte und ihr Kopf nicht voller Probleme gewesen wäre. Sie war sich auch nicht sicher, wie viele Sonnen- und Mondzeiten sie bewusstlos in der Hütte gelegen hatte und welche Entwicklungen es in der Zwischenzeit auf Asuv gegeben hatte. Pontos zeigte ihr das ganze Dorf, versuchte ihr viel zu erklären, aber sie verstand nicht alles. Sie mochte Pontos und fühlte sich behütet von ihm, jedoch fragte sie sich auch, ob er sie wieder problemlos gehen lassen würde. Er wirkte etwas besitzergreifend auf sie. Wo war eigentlich Michael? War er auch in einer der Hütten? Sie versuchte sich verständlich zu machen. Fragte nach einem anderen Mann, der so aussah wie sie, aber Pontos wollte entweder darüber nichts wissen oder wusste wirklich nichts.

Die Mittagszeit nahte und ein kleiner Morosse haute mit einem Holzstock auf einen Gong, der im ganzen Dorf ertönte. Die Morossen strebten dem Dorfplatz zu. Jeder hatte eine Schüssel dabei und auch Pontos hatte plötzlich zwei Schüsseln in den Händen und deutete mit einer Kopfbewegung an, dass Lisa mitkommen sollte.

Das ganze Dorf versammelte sich um das Feuer und jeder bekam etwas von der heißen Suppe ab. Lisa setzte sich mit ihrer Schale dicht neben Pontos. Sie fühlte sich etwas unsicher. Viele der Morossen beobachteten sie über ihre Schüsseln hinweg.

Lisa zog den Duft der Suppe ein. Es roch gut. Gemüse, wilde Kräuter und Fleischstücke sahen gut aus und erst jetzt spürte sie, wie hungrig sie war. Sie hatte jedoch keinen Löffel und sah kurz in die Runde. Die Morossen schlürften die Suppe aus der Schüssel und griffen Fleisch und Gemüse mit den Fingern. Lisa tat es ihnen gleich. Die Suppe tat gut und schmeckte sehr würzig. So etwas Leckeres hatte sie lange nicht gegessen. Sie genoss jeden Bissen und fühlte sich sofort viel besser.

Mano, O-Ur, Su und Oliver standen auf der Lichtung auf Simir.

»Am besten teilen wir uns auf«, meinte Mano.

In dem Moment tauchten sieben ungepflegte Asuvaner am Waldrand auf. Sie hatten zottelige Haare und abgewetzte asuvanische Anzüge an. Einer von ihnen trug nur eine Hose und war obenrum unbekleidet. In ihren Händen trugen sie Speere und Knüppel.

Su drängte sich dicht an Mano und sagte: »Da, schaut!«

Die Asuvaner kamen näher. Mano blieb ruhig stehen und flüsterte: »Wenn ich es euch sage, dann springt ihr schnell wieder ins Shuttle!«

Dann wartete er, bis die strafversetzten Asuvaner nah genug waren, und sprach: »Grüße euch, ich bin Mano.«

Die Gruppe blieb stehen.

»Wer von euch wird hierbleiben?«

»Wieso hierbleiben?«, fragte Su ängstlich.

»Wenn sonst ein Schiff hier landet, dann eigentlich nur, um Sträflinge, die auf Asuv nicht mehr willkommen sind, hier abzusetzen. Also bleiben wahrscheinlich einige von euch hier und ein Pilot fliegt zurück.«

»Wir fliegen alle wieder zurück. Wir suchen zwei Erdmenschen«, sagte Mano.

»Meint ihr so blasse, schwache Wesen, die vor ein paar Sonnen- und Mondzeiten hier abgesetzt wurden?«

Mano, Oliver, Su und O-Ur wurden hellhörig. Oliver kommentierte sofort für die anderen: »Abgesetzt wurden, also nicht freiwillig hiergeblieben sind!«

In Manos Kopf hallte das Wort »schwache« nach.

»Wo sind sie jetzt? Habt ihr sie?«, wollte O-Ur nun wissen.

»Wir hatten sie in unser Lager aufgenommen und ihnen unseren Schutz angeboten, aber sie wussten es nicht zu schätzen«, sagte der eine der Strafversetzten und ein anderer fügte noch hinzu: »Die hätten eh nichts getaugt. Der Kerl war ein magerer Schwächling und die Frau war krank und schon schwach. Wahrscheinlich hätte sie sowieso nicht mehr lange überlebt.«

Manos Herz schmerzte und er musste tief durchatmen, um ruhig zu bleiben.

»Wo sind sie jetzt?«

»Die beiden haben verdammte Unruhe in unser Lager gebracht und einen Teil unserer Gruppe aufgestachelt. Sie haben gemeinsam unser Lager verlassen und sind in die Wälder geflohen. Wer soll die ganze Arbeit im Lager machen? Wenn wir sie nicht finden, brauchen wir gar nicht wieder zurück zum Obersten«, schimpfte einer von ihnen.

»Moment!«, sagte einer der Asuvaner streng. »Wir sind bewaffnet und in der Überzahl. Was habt ihr da in eurem Schiff? Nahrung? Kleidung? Etwas, das wir brauchen könnten?«

Mano rollte mit den Augen und ging ins Schiff, während die Gruppe ihn freudig mit den Augen verfolgte. Im Inneren des Schiffes fand Mano eine Notfallausstattung mit asuvanischen Anzügen, vier Stück, einige Decken und ein Notfallnahrungspaket. Er nahm alles mit nach draußen und legte es vor seinen Füßen ab. Die Sträflinge schauten gierig auf die Sachen. Es waren zu wenig für alle sieben.

»Ich gebe euch das, aber möchte von euch wissen, wo ihr die Erdmenschen vermuten würdet.«

»Und wenn nicht?«, sagte einer der Sträflinge und stampfte mit seinem Speer auf den Boden.

Mano sah sich um, schätzte irgendetwas ab und sagte dann: »Oliver, kannst du bitte einen Schritt zu uns kommen?« Oliver tat es. Kaum dass Oliver stand, drückte Mano auf seinen ID-Com und aus der Oberseite des Shuttles stieg ein heller Blitz in den Himmel und entfaltete einen Schutzschirm, der zügig um das Shuttle zu Boden sank. Mano, O-Ur, Su und Oliver standen innerhalb des Schutzschirmes und die Sträflinge außerhalb. Oliver und Su sahen sich an und grinsten. Die Sträflinge wichen kurz zurück und zwei versuchten den Schutzschild mit ihrem Speer zu durchbrechen. Beide bekamen einen elektrischen Schlag und lagen auf dem Boden. Sie fluchten.

»Ansonsten fliegen wir wieder weg und nehmen diese Sachen mit«, meinte Mano.

Einer der Sträflinge blaffte unhöflich: »Woher sollen wir wissen, wo die sind? Dahinten in den Wald hinein ist noch eine kleinere Kommune. Die haben sich aus Steinen eine Befestigung gebaut. Vielleicht haben die Steinhocker eure Erdmenschen mitgenommen.« Er drehte sich um und zeigte auf den gegenüberliegenden Wald. »Dort gibt es mehrere kleinere Gruppen, die dort leben. Und noch tiefer im Wald gibt es das Dorf der Ureinwohner dieses Planeten. Riesige Kreaturen, von denen ihr Abstand halten solltet. Die fressen Asuvaner und auch andere Tiere, alles, was sie kriegen können!«

»Danke«, sagte Mano, deaktivierte den Schutzschild und warf den Sträflingen die versprochenen Sachen zu. Diese rafften sie eilig zusammen.

Als Mano den Blick zweier Sträflinge in Richtung Shuttle bemerkte, rief er: »Geht jetzt!«

Sie gingen.

»Und wenn sie wiederkommen?«, fragte Su unsicher.

»Das können sie ruhig tun«, sagte Mano kurz angebunden. O-Ur ging ins Shuttle und holte vier Verteidigungsgeräte. Er gab Mano einen, der es sofort in eine seitliche Tasche seines Anzuges steckte, und streckte Oliver und Su jeweils eines der Geräte entgegen. Dazu erklärte er: »Wenn ihr in Gefahr geratet, dann zielt damit auf den Gegner und drückt ab. Es ist nur eine Betäubungswaffe, aber sehr effektiv.«

Su nahm die Waffe entgegen und hielt sie hoch. Sie zitterte leicht. O-Ur sah Mano unsicher an, der die Augen verdrehte und entschied: »Geh du mit Oliver in diese Richtung. Su geht mit mir und wir beginnen dort mit der Suche.«

Die beiden Zweierteams gingen in gegensätzliche Richtungen.

Mano aktivierte den Schutzschild um das Shuttle, falls die Sträflinge zurückkehrten.

Su versuchte mit Mano Schritt zu halten. Ihre Beine waren viel kürzer und Mano ging schnell.

»Mano, wegen des Siedlerprojekts und der Vorfälle ... ich habe einige interessante Hinweise gefunden. Wir sollten denen nachgehen ...«

Mano hörte kaum zu. Er versuchte irgendetwas zu sehen, zu hören, zu spüren. Die Sträflinge sagten, dass die Erdenfrau krank gewesen war. Sono sagte, dass nur Asuvaner an dem Virus erkrankt wären, keine Siedler. Genau genommen war Lisa auch kein Siedler, anderseits war sie bei der Ausbildung der Siedler dabei, wenn die Siedler auch erkranken würden und vielleicht einfach nur etwas länger bräuchten, dann wäre Sono auf einer ganz falschen Spur bei der Entwicklung eines Gegenmittels. Und er musste Lisa schnellstmöglich finden. Aber wenn sie diese Krankheit hatte, wie konnte er ihr helfen? Würde er sie noch rechtzeitig finden?

Sie kamen in einen helleren, nicht so dicht bewachsenen Teil des Waldes und hier befanden sich einige Holzhütten. Vor einigen Hütten hatten die Bewohner sogar Pflanzen angepflanzt. Es gab Beeren, größere Früchte und auch Blattpflanzen, die wahrscheinlich zum Verzehr gedacht waren. Asuv hatte diesen Planeten als Strafkolonie ausgewählt, weil er das ganze Jahr durchgehend angenehme Temperaturen und genug Lebensmittel bot. Die Bewohner dieser Hütten sparten sich durch Anpflanzungen die Suche im Wald. Mano und Su wollten nicht bemerkt werden. Sie umrundeten das Dorf und zogen weiter.

Pontos war vor einiger Zeit mit einer Gruppe Morossen auf der Jagd nach Kleintieren für den nächsten Tag gegangen. Zumindest glaubte Lisa, dass er ihr dies erklären wollte und sie sollte das Dorf nicht verlassen. Er traute ihr offensichtlich nicht ganz, denn zwei junge Morossen folgten ihr auf Schritt und Tritt. Verlassen konnte sie das Dorf also wohl nicht.

Sie setzte sich an den Rand des Dorfes und schaute auf die große freie Wiese vor dem Dorf. Sie überlegte, dass das Dorf sicher einmal größer gewesen sein musste, denn es wuchsen keine großen Bäume auf der Wiese wie sonst um sie herum. Es sah so aus, als wurde mal mehr Platz benötigt. Oder die Wiese wurde als Tummelplatz, Weideland oder für irgendetwas anderes verwendet. Auf der Wiese wuchsen stellenweise bunte Blumen, ebenso tanzten bunte Insekten in der Sonne. Es könnte ein so schöner Tag sein. Wäre nur Mano bei ihr und die Probleme auf Asuv waren zwar weit weg, aber dennoch lagen sie schwer auf ihrem Schultern. Ihre beiden Aufpasser hatten sich ebenfalls in einiger Entfernung niedergelassen. Plötzlich sprangen sie wieder auf, ihre Vorderkörper standen aufrecht und angespannt, während sich in ihren Hinterteilen die Muskeln anspannten. Unsicher erhob sich auch Lisa, die nicht wusste, ob es vielleicht auch eine Gefahr für sie bedeutete. Sie war noch nicht lange hier, aber eine gewisse Herdendynamik schien schon auf sie abzufärben. Durch die aufgeschreckten Aufpasser kamen weitere Morossen an den Dorfrand und blickten in Richtung Waldrand am Ende der großen Wiese. Gab es zwischen diesen Lebewesen vielleicht auch eine mentale Verbindung? Lisa konnte am Waldrand nichts entdecken, aber die Unruhe färbte auf sie ab. Plötzlich war offensichtlich auch die Jagdgruppe zurück im Dorf. Pontos kam angaloppiert und stellte sich schützend vor Lisa. Nachdem ungefähr vierzig bis fünfundvierzig Morossen schützend vor dem Dorf standen, sah Lisa am Wiesenrand eine Bewegung. Irgendjemand schien sich tatsächlich aus dem Wald zu nähern. Er blieb jedoch im Wald und ging nicht über die freie Wiese. Durch die Reaktion der Morossen vermutete Lisa, dass sie mit Besuchern eher schlechte Erfahrungen gemacht hatten. Die wunderschöne Hemera, die Chefin in diesem Dorf, schwebte herbei. Ihre langen Haare wehten märchenhaft im Wind. Ihr Volk machte ihr Platz, jedoch positionierten sich zwei Morossen rechts und links schützend vor ihr. Es wurden einige Worte ausgetauscht, die Lisa nicht verstand. Plötzlich galoppierte eine Gruppe von zehn Morossen los. Sie zielten schnurstracks auf die Stelle im Wald zu, wo Lisa meinte, eine Bewegung ausgemacht zu haben. Die galoppierende Herde erreichte den Wald, verschwand kurz darin und kehrte in schnellem Galopp zurück. Als sie näher kamen, sah sie, dass sie etwas gefangen hatten. Ein Morosse hatte sich etwas über die Schulter geworfen und zwei andere trugen ebenfalls gemeinsam jemanden. Einer trug die Beine, der andere hielt die Arme des Gefangenen, der so im wilden Galopp gut durchgerüttelt wurde. Unsanft warfen sie die beiden Gefangenen vor die Füße von Hemera und blieben im Kreis um sie stehen, um eine Flucht unmöglich zu machen.

»MANO, SU«, schrie Lisa und wollte zu ihnen stürzen, doch Pontos hielt sie zurück und deutete an, ruhig zu sein.

Hemera sprach zu ihnen, doch natürlich konnte weder Mano noch Su sie verstehen.

Su wischte sich den Staub aus dem Gesicht und rieb einen schmerzenden Knöchel. Mano sah Lisa an und war unendlich froh, dass sie lebte und auch gesund aussah. Er wollte aufstehen, wurde aber unsanft von einem Morossen wieder zu Boden geschubst.

»Bitte, lasst ihn«, rief Lisa.

»Mein Name ist Mano und das ist Su«, versuchte es Mano in einem höflichen, respektvollen Ton.

»Sie verstehen uns nicht!«, rief Lisa ihm zu.

Su hob vorsichtig die Hand und beobachtete sehr genau die Reaktionen um sie herum. Langsam erhob sie sich und lächelte respektvoll die Wesen an. Sie tippte auf ihrem ID-Com, was dazu führte, dass die Morossen drohend einen Schritt auf sie zugingen. Sie winkte vorsichtig und sprach ganz langsam, als wenn sie es dann verstehen würden: »Ich habe ein Übersetzungsprogramm hier drauf.«

»Du hast was?«, frage Mano vom Boden.

»Ich habe mich auf diese Reise natürlich vorbereitet und ich dachte, dass ein selbstlernendes Übersetzungsprogramm bei einer Reise zu einem fremden Planeten eine gute Idee sein könnte«, sagte Su zu ihm gewandt.

»Wir haben selbstlernende Übersetzungsprogramme?«, fragte Mano.

»Na ja, es ist ein Prototyp. Ich habe die normale Übersetzungsdatenbank genommen und selbstlernende Muster hinzugefügt, das sind Algorithmen, die …«

»Ηεραδινι μυδανυα λικυσ!«, unterbrach Hemera und es klang

nicht sehr freundlich. Wie konnte eine so schöne Gestalt so einen schroffen Ton haben?

»Bitte, Pontos, das sind meine Freunde«, versuchte Lisa es bei Pontos, doch er blieb regungslos.

»Vielleicht wäre jetzt eine gute Gelegenheit für deinen Prototyp?«, schlug Mano vor.

»Ich muss erst noch die fremde Sprache aufnehmen, dann kann sie analysiert und vielleicht ein Muster erkannt werden und mit Mustern anderer Sprachen abgeglichen werden.«

»Sehr redselig sind sie bisher nicht«, stellte Mano sarkastisch fest.

»Ich bin Su und ich möchte euch gerne verstehen und ihr müsstet mal etwas sagen«, sprach sie langsam und ruhig und an Hemera gewandt, da sie unübersehbar hier wohl das Oberhaupt war. Dann sah sie Hemera auffordernd und lächelnd an.

»Ιηρ σειδ ιν υνσερ Λανδ εινγεδρυνγεν. Ωασ ωολλτ ιηρ ϖον υνσ? Ωο κομμτ ιηρ ηερ?«, sprach diese.

»Ja, das ist schon mal gut und was gibt es sonst noch so Neues?«, versuchte Su sie zu weiteren analysierbaren Sprachmustern zu animieren. Mano sah sie vom Boden aus an, als hätte sie den Verstand verloren.

»Ωιρ ωολλεν κεινε Φρεμδεν ηιερ. Ωιρ σινδ φρει υνδ διεσ ιστ υνσερ Λανδ, αλσο ϖερσχηωινδετ!«

Dann wandte Hemera sich an Pontos, ihren ranghöchsten Untergebenen, und meinte:

»Sie verstehen uns nicht, aber wir wissen auch nicht, was sie wollen. Wenn immer mehr von ihnen in unser Gebiet kommen, stört das unsere Gemeinschaft. Es kann zu einer Gefahr werden. Wir sollten sie vertreiben. Das mickrige Weibchen hat dieselbe Haut wie dein Findling. Vielleicht gehören sie zusammen. Vielleicht suchen sie sie.«

»Mein Findling gehört mir!«, gab Pontos zurück.

»Wenn er eine Gefahr für uns wird, dann muss er weg!«

»Wie soll das Wesen hier eine Gefahr für uns werden?« Er zeigte auf Lisa, die gerade ziemlich verängstigt aussah.

»Ich glaube, das System erkennt erste Textmuster«, flüsterte Su.

»Lass das System ihnen erklären, dass wir nur Lisa wollen und wieder verschwinden«, antwortete er.

»Ich versuche es jetzt!«

Su tippte auf dem Display ihres ID-Coms herum und sprach langsam und deutlich in das Gerät: »Guten Tag, ich bin Su.«

Einige weitere Tipps auf dem Display, dann sagte sie: »Psst«, und erregte durch wildes Winken die allgemeine Aufmerksamkeit.

»Guten Ταγ, ich βιν Su.«

»Ich glaube, sie haben noch nicht viel verstanden«, mutmaßte Mano, der versuchte, sich aufzurichten. Die Morosse ließen es zu, hatten ihn jedoch streng im Blick.

Die Morossen hatten nicht verstanden, was Sus Gerät gesagt hatte, aber es klang ein wenig nach ihrer Sprache. Ihre Aufmerksamkeit war geweckt.

»Ωασ ωιλλστ Δυ, Φρεμδε? Ωιρ ϖερστεηεν Διχη νιχητ. Ωιρ σινδ δασ ςολκ δερ Μοροσσεν υνδ διεσ ιστ υνσερ Λανδ. Ιηρ σειδ ηιερ εινγεδρυνγεν. Ωιρ ωολλεν, δασσ ιηρ ϖερσχηωινδετ.«

Su tippte wieder auf dem Display, der von sich gab: »Was ... Fremde ... Land ... verschwinde ...«

»Na großartig«, entfuhr es Mano.

Su versuchte es erneut: »Wir kommen in Frieden!«, und das Gerät übersetzte: »Ωιρ κομμεν ιν Φριεδεν.«

Es klang wie ihre Sprache. Mano, Su und Lisa sahen die Morossen an, ob sie es verstehen konnten. Einige sahen überrascht aus, andere interessiert, nur Hemera blickte noch sehr skeptisch.

»Ωασ ωολλτ ιηρ ηιερ?« Sus ID-Com machte daraus: »Was wollen hier?«

Mano stand nun langsam und vorsichtig auf, sah Hemera an, streckte vorsichtig den Arm in Richtung Lisa aus und sagte: »Lisa.«

Sofort stellte sich Pontos vor Lisa, aufrecht und drohend in Richtung Mano.

»Neuer Freund, Lisa?«, fragte er mit einer Prise Galgenhumor und Sus Kommunikator übersetzte sofort: »Νευεν Φρευνδ, Λισα?«

Mano sah in Richtung Su, die sofort das Gesicht verzog und meinte: »Sorry, aber jetzt funktioniert es.«

Die Muskeln an Pontos' Oberkörper pulsierten. Er ging drohend auf Mano zu und sagte:

»Δασ Ωεσεν γεηὄρτ μιρ. ςερσχηωινδε Δυ Ωιχητ. Δυ βεκοµµστ σιε νιχητ!«

Mano verstand nichts, wich einige Schritte vor dem riesigen Wesen zurück und ohne Pontos aus den Augen zu lassen, verlangte er: »Su? Übersetzung?«

»Ach, jetzt doch wieder?«

»SU! Mach schon!«

»Das Wesen gehört mir. Verschwinde, du Wicht. Du bekommst sie nicht!«

Pontos sah Mano in die Augen. Mano spürte jedoch Lisas Angst um ihn. Er fühlte auch ihre Liebe und er erwiderte ihre Signale. Pontos nahm wahr, dass etwas zwischen diesen beiden war. Er wollte Lisa aber nicht mehr hergeben. Er hatte sie gefunden und gesund gepflegt. Sie gehörte ihm.

»Bitte, Pontos. Das ist mein Partner Mano. Wir lieben uns. Er hat mich gesucht und gefunden. Ich bin dir dankbar, dass du mich gerettet hast, aber das da ist mein Partner.«

Sus Gerät übersetzte.

Pontos ging zurück zu Lisa und sah sie plötzlich sehr traurig an.

Hemera wandte sich ab und schritt zurück Richtung Dorf. Die meisten der Morossen, außer Pontos, folgten ihr. Die Gefahr war für sie offenbar vorbei. Mano ging vorsichtig auf Lisa zu, aber Pontos stellte sich ihm in den Weg und sah in drohend an.

»Pontos, du hast mir mein Leben gerettet. Ich wäre ohne dich an dieser Krankheit gestorben. Das verbindet uns. Für mich bleibt diese Verbindung immer bestehen. Aber ich muss zurück auf meinen Planeten. Ich werde dort gebraucht und dieser Mann und ich – wir sind miteinander verbunden.«

Pontos hörte die Übersetzung, sah Lisa liebevoll an und streichelte ihr sanft über den Kopf und durch das Gesicht. Sie ließ es geschehen, obwohl sie in den Augenwinkeln sah, dass Mano seine Fäuste ballte.

»Δυ γεηὄρτεστ μιρ υνδ ιχη ωολλτε Διχη φὕρ ιµµερ βεηαλτεν.«

»Nach unseren Regeln gehörtest du mir und ich wollte dich für immer behalten. Ich hätte dich immer beschützt.«

Lisa nickte und legte ihre Hand sanft auf seine seidige Brust. Traurig wandte er sich ab und ging auch zurück Richtung Dorf. Als er ein wenig entfernt war, fielen sich Mano und Lisa glücklich in die Arme.

»Ist Michael auch hier im Dorf?«, fragte Su.

»Leider nicht. Wir haben uns verloren. Ich weiß nicht, wo er ist«, sagte Lisa, während sie sich fest an Mano drückte.

»Wie hat dieser Pferdemensch dich eigentlich von dieser Krankheit geheilt? Ich meine, das wäre vielleicht ganz interessant, da auf Asuv eine Epidemie herrscht«, überlegte Su laut.

»Ich weiß es nicht, es gibt eine Art Medizinmann hier im Dorf. Ich glaube, mir wurde etwas injiziert. Mir tut immer noch der Arm weh. Was meint ihr mit Epidemie?«

Ohne zu antworten, rannten Mano und Su schnell hinter Pontos her. Lisa stand kurz ratlos da, bevor sie hinterherlief.

Kurze Zeit später saßen Lisa, Mano und Su mit Pontos und Appollon in Pontos Hütte. Su bemühte ihr Übersetzungsprogramm.

»Wir haben eine schwere Krankheit auf unserem Planeten. Es ist dieselbe Krankheit, von der ihr Lisa geheilt habt. Ihr habt Lisa gerettet. Wir würden auch gerne unsere Bevölkerung retten. Wir bitten euch um Hilfe. Wie habt ihr Lisa gerettet? Können wir diese Medizin bitte nutzen, um unsere Bevölkerung zu retten?«

Appollon hörte die Übersetzung, nickte vielsagend, schüttelte den Kopf, schürzte nachdenklich die Lippen und sprach dann: »Δασ Γιφτ δερ ροτεν Σχηλανγεν ηατ ιηρ γεηολφεν.«

»Das Gift ... rote Schlangen ...«, übersetzte Sus Gerät.

»Ich verstehe nur rote Schlange«, sagte Mano.

»Wenn der Körper gegen eine Krankheit kämpft und die Krankheit stärker ist, dann kann das Gift der roten Schlange den Körper stärken. So kann die Krankheit vielleicht doch noch besiegt werden«, übersetzte Sus Gerät die Erklärung Appollons.

»Wir brauchen viele dieser roten Schlangen. Wo finden wir sie?«, fragte Mano.

»Die roten Schlangen gehören hier zu Simir. Sie dürfen nicht weggenommen werden.«

»Verdammt!«, fluchte Mano und Sus Gerät übersetzte auch dies sofort zuverlässig: » ϛερδαμμτ!«

Mano hob entschuldigend die Arme, überlegte einen Moment und fragte: »Also das Gift der Schlange heilt die Krankheit …«, überlegte Mano, wurde jedoch von Su unterbrochen. »Nein, wenn ich das richtig verstanden habe, dann bekämpft das Gift nicht die Krankheit, sondern unterstützt die eigene Immunabwehr und diese kann die Krankheit besser bekämpfen.«

Mano sah Su an, unschlüssig, ob er sie vielleicht erwürgen sollte. Lisa musste ein Grinsen unterdrücken.

»Das habe ich doch gesagt!«

»… Δασ ηαβε ιχη δοχη γεσαγτ.«

Pontos mischte sich nun ein und der Übersetzer tat seinen Dienst: »Das Weibchen hat recht, aber die roten Schlangen gehören hierher.«

Mano nickte und meinte: »Okay, okay, aber unser Volk stirbt und das Einzige, was viele meiner Freunde und unser Volk retten könnte, sind diese roten Schlangen. Könnte man das Gift vielleicht irgendwie mitnehmen? Ich denke, unsere Ärzte könnten es chemisch vermehren. Es muss vermehrt werden, denn für alle Asuvaner bräuchten wir viele, viele Schlangen.«

»Das Gift hält nicht lange seine Wirkung an der Luft. Es muss von der Schlange möglichst schnell in den Körper«, erklärte Appollon.

»Es muss also möglichst frisch sein, damit die Wirkung nicht verlorengeht«, meinte Lisa und rieb sich den Arm, in dem sie mittlerweile zwei Bissspuren als Quelle des Schmerzes gefunden hatte. Die Schlange hatte sie also direkt gebissen.

»Was wäre, wenn wir einige Schlangen mitnehmen, aber versprechen, sie wieder zurückzubringen? Ich würde die Schlangen auch persönlich zurückbegleiten und könnte dich besuchen, Pontos«, schlug Lisa vor.

Pontos und Appollon diskutierten und verlangten von Su während ihrer Diskussion ihr Übersetzungsgerät auszuschalten. Offensichtlich war Appollon dagegen, die Schlangen zur Verfügung zu stellen und Pontos wollte ihn umstimmen.

Dann sollte Su ihr Übersetzungsgerät wieder einschalten und er fragte: »Die Schlangen benötigen das Flusswasser von Simir. Wie wollt ihr sie transportieren?«

Mano hatte eine Idee: »Wir haben im Transportraum eine Rettungskapsel. Wir füllen sie mit eurem Flusswasser und die Schlangen können darin sicher transportiert werden.«

Appollon überlegte und sprach: »Pontos wird euch zu den Schlangen führen, aber keiner Schlange darf etwas geschehen. Ihr werdet alle Schlangen zurückbringen und sie müssen gut behandelt werden.«

»Das geht klar! Vielen Dank!«

Pontos führte sie zu dem Fluss. Die Schlangen waren nicht schwer zu fangen, da sie in den Morossen keine Gefahr sahen. Sie fingen fünfzig rote Schlangen, die wirklich eine intensive rote Farbe hatten.

»Nach dem Biss werden sie etwas blasser«, erklärte Pontos. Dann dürfen sie erst wieder beißen, wenn sie wieder diese rote Farbe haben. Sonst werden sie schwach und krank.«

Mano durfte das Shuttle auf der großen Wiese vor dem Dorf landen. So war das Füllen der Rettungskapsel zwar immer noch eine Schlepperei, aber weniger zu laufen als bis zu ihrem vorherigen Landeplatz. Nachdem die Schlangen sicher in der Rettungskapsel schwammen, gab es nur noch eine Aufgabe zu erledigen. Oliver und O-Ur waren über ihre ID-Coms nicht zu erreichen und Michael war auch noch nicht gefunden.

»Wir müssen noch unsere Freunde finden«, erklärte Mano und Pontos wies sofort vier Morossen an, die sich um das Shuttle positionierten. Mano konnte den Schutzschild nicht aktivieren. Das würde die Morossen wahrscheinlich erschrecken und das wollte Mano nicht riskieren.

»Ihr müsst das Shuttle nicht bewachen.«

Pontos schüttelte ungläubig den Kopf und meinte: »Sie beschützen nicht das Shuttle. Sie beschützen die roten Schlangen.«

»Lass uns einfach Michael und die anderen suchen«, schlug Su vor. Mano, Su und Lisa gingen in die Richtung, in der sie sich von O-Ur und Oliver getrennt hatten, und suchten dort im Wald nach ihnen.

Ganz schwach empfingen ihre ID-Coms das Signal von O-Ur und Oliver. Sie folgten dem Signal und standen plötzlich vor einem beeindruckenden Bauwerk. Riesige Steinblöcke waren im Halbkreis um eine hohe Felswand gestapelt worden und bildeten so ein Fort. An der Frontseite war ein hölzernes Tor und oben auf der Steinwand standen zwei Wachen. Als sie die Gruppe kommen sah, richtete die eine Wache eine riesige Steinschleuder auf sie und die andere zielte mit Pfeil und Bogen auf sie.

»Hey, hey, ganz ruhig, wir suchen unsere Freunde. Habt ihr vielleicht einen Asuvaner und zwei Erdmenschen gesehen?«

»Das Signal von Olivers und O-Urs ID-Coms wird hier stärker. Sie müssen hinter den dicken Mauern sein. Es ist nun stark genug, um sie zu rufen«, stellte Su fest.

»O-Ur, Oliver? Grüße euch!«, rief Mano in seinen ID-Com.

»Mano, grüße dich. Wo seid ihr?«, antwortete O-Ur.

»Vor einer Steinmauer und auf uns wird mit rückständigen Waffen gezielt. Falls du darin bist, könntest du vielleicht herauskommen?«

Es dauerte einen Moment. Die Wachen auf der Mauer entspannten sich und das Holztor wurde geöffnet. O-Ur winkte seine Freunde herein und lachte glücklich, als er Lisa sah. Er nahm sie in den Arm und drückte sie. Dies war eine Geste, die unter Asuvanern eher selten zu sehen war, aber Lisa freute sich sehr darüber und erwiderte die Umarmung.

O-Ur führte sie herein und sofort kam Michael auf sie zu. Er sah verändert aus, offener und glücklicher und auch er nahm Lisa kurz in den Arm.

»Du lebst! Ich bin so froh, dass es dir gut geht. Soll ich euch herumführen?«, fragte er, als wären sie ein Besuch, der zum Kaffee gekommen war.

»Äh, ja gerne«, antwortete Su, die sich schon neugierig umsah.

An der Innenseite der großen Steinmauer, die den Bewohnern dieses Forts Schutz gab, waren kleine Holzhütten gebaut. Eine an die andere. Es waren einfache kleine Hütten, die nur für einige Schlafplätze und vielleicht eine Truhe für Besitzgüter Platz boten.

»Dort hinten wohnt der Chef der Kolonie, Artax«, erklärte Michael mit Stolz.

Vor einigen Hütten ruhten sich Bewohner aus. In der Mitte des Forts gab es einen Nutzgarten, in dem einige Bewohner arbeiteten. Die Atmosphäre war hier friedlich und angenehm.

»Man schläft hier nicht in Schlafkapseln. Solche Technik gibt es hier nicht. Es ist ein einfaches Leben, aber kommt mit …« Michael führte sie zu einem kleinen Höhleneingang an der großen Felswand. Sie gingen hindurch und vor ihnen lag eine riesige Höhle. Die Höhle wurde mit Fackeln beleuchtet und am Ende der Höhle gab es einen großen See. Im See ließen sich einige Bewohner treiben oder tauchten. Ein paar Kinder spielten ausgelassen am Ufer. Das Wasser glitzerte.

»Wunderschön!«, schwärmten Su und Lisa gleichzeitig.

»Hier kann jeder Bewohner baden und sich erholen. Jeder arbeitet draußen mit. Sie leben von Gemüse und Fischen aus dem Fluss im Wald. Es ist ein einfaches Leben, aber lebenswert«, erklärte Michael.

»Sind das hier keine Sträflinge?«, fragte Lisa.

»Artax hatte ein Kind auf Asuv. Sein Sohn ist verunglückt und starb. Er gab die Schuld einem anderen Asuvaner und verletzte ihn so sehr, dass der starb. Deshalb wurde er nach hier versetzt. Er ist jedoch kein schlechter Mensch. Er gründete mit anderen Sträflingen diese Kommune. Es gibt auf Simir andere, die sehr viel schlechter sind. Um sich vor diesen zu schützen, bauten sie diese Befestigung. Sie bietet ihnen Schutz. Hier gibt es sogar Nachwuchs«, sagte Michael und zeigte auf die am Ufer spielenden Kleinen.

»Wieso kannst du dich hier so frei bewegen?«, fragte Lisa. Die Gruppe bewegte sich zurück aus der Höhle in den Innenhof.

»Ich habe dich überall gesucht. Du warst weg, als ich vom Wassersuchen zurückkam. Ich dachte, du würdest im Fieberwahn durch den Wald stolpern oder wärst von einem wilden Tier gefressen worden …«

»Oh, danke …«

»Ja, jedenfalls bin ich, sobald es hell wurde, losgelaufen, um dich zu suchen. Ich bin immer weitergelaufen und plötzlich stand ich vor einer Fallgrube, darin saß Erla. Erla ist die Tochter von Artax. Sie ist hier auf Simir geboren. Ich half ihr aus der Falle heraus. Sie hatte sich bei dem Sturz verletzt und ich brachte sie nach Hause. Sie waren sich sicher, dass die Fallgrube den Asuvanern gehören musste, denen wir entkommen sind, Lisa. Sie hätten Erla versklavt oder Artax hätte viele Lebensmittel als Lösegeld bezahlen müssen. Sie waren mir sehr dankbar und so durfte ich hierbleiben, obwohl eigentlich alle Hütten hier belegt sind.«

»Verstehe, dann verabschiede dich nun, wir müssen zurückfliegen. Wir haben rote Schlangen im Shuttle«, sagte Mano.

Eine junge, etwas burschikos wirkende Asuvanerin trat hinter Michael und legte ihm ihre Hand auf die Schulter. Michael drehte sich herum, umarmte sie und stellte sie vor: »Das ist Erla.«

»Grüße dich, Erla«, sagten die Freunde.

»Rote Schlangen?«, fragte O-Ur.

»Grüße euch und willkommen«, antwortete Erla.

»Neben den roten Schlangen im Shuttle und der Epidemie auf unserem Planeten müssen wir auch noch ein paar Vorfälle unter den Siedlern klären. Wir sollten uns beeilen«, sagte nun auch Lisa.

»Das müsst ihr allein klären«, verkündete Michael und alle sahen ihn überrascht an. Michael zog Erla nah an sich heran, die es geschehen ließ und ihn verliebt ansah.

»Ich komme nicht mit zurück. Ich habe mich auf Asuv nie zu Hause gefühlt. Das hier ist das Leben, das ich leben möchte und ich möchte es mit Erla leben. Ihre Familie hat mich in ihrer Hütte aufgenommen. Ich werde hierbleiben.«

Einerseits waren die Freunde etwas unschlüssig, ob sie Michael hierlassen sollten, andererseits sah er glücklich aus, glücklicher, als sie ihn kannten.

»Okay, du bist ja nicht aus der Welt!«, scherzte Lisa.

»Dann los!«, drängelte Mano und fragte: »Wo ist Oliver?«

»Oliver ist auch hier?«, freute sich Lisa.

»... oder bleibt er auch hier?«, wandte sich Mano an O-Ur.

»Nein, er ist hier irgendwo.« O-Ur sah auf seinen ID-Com, blickte auf und steuerte auf die Hütten der anderen Steinwand zu.

Oliver war in seinem Element. Er quetschte rote daumengroße Früchte aus und mischte sie in eine Karaffe mit Wasser.

»Das nennt man eine Smoothie-Schorle«, erklärte er blinzelnd zwei jungen Asuvanerinnen, die davon nicht überzeugt waren und sich weigerten zu probieren. Oliver goss sich selbst etwas in einen Holzbecher und nahm einen großen Schluck. Er schluckte und prustete dann. Die beiden Asuvanerinnen lachten.

»Ahh, was ist das? Das sieht aus wie Erdbeeren und schmeckt bitter wie … Was ist das? Warum pflückt ihr das?«

»Das sind Iklas. Wir trocknen sie, mahlen sie zu Mehl. Wenn sich jemand verletzt, dann wird eine Paste daraus gemacht und auf die Wunde gestrichen. Die Wunde heilt dann sehr gut.«

»Klar, das ist … klar.« Er sah draußen seine Freunde winken. »Ich muss mal wieder los. Bis bald, Mädels.«

Er drehte sich um und ging durch die Tür der Hütte. Draußen nahm er Lisa ebenfalls in die Arme und hob sie hoch.

»Großartig, ihr scheint mich alle sehr vermisst zu haben«, freute sie sich.

Sie verabschiedeten sich von Michael und Erla und erklärten Michael, dass er immer die Möglichkeit hätte, nach Asuv zurückzukehren, wenn er das wollte. Erla dürfte natürlich mitkommen. Aber Michael schien sich seiner Entscheidung sehr sicher zu sein.

Auf dem Rückweg war es die meiste Zeit still im Shuttle. Niemand wusste so richtig, was sie auf Asuv bei ihrer Ankunft erwarten würde und sie alle waren müde von den Ereignissen der letzten Sonnen- und Mondzeiten.

DAS VIRUS

Mano steuerte das Shuttle souverän in den asuvanischen Weltraumhafen. Das Tor des Hangars öffnete sich auf Aufforderung, aber es gab keine Einweisung. Er landete auf der ersten freien Haltebucht. Der Hangar war nur minimal beleuchtet und wirkte verlassen. Ein bedrückendes Gefühl legte sich auf die Gruppe. Am Ausgang des Hangars stand ein großer quaderförmiger Tisch, auf dem Ganzkörperschutzanzüge lagen. Die fünf schlüpften bedrückt in die Anzüge und öffneten die automatische Schiebetür zum Komplex. Der Gang vor ihnen war nur minimal beleuchtet.

»Wir müssen uns erst einmal ein Bild von der Lage verschaffen«, stellte Mano fest.

»Wir haben nur noch drei Sonnen- und Mondzeiten bis zum nächsten asuvanischen Rat, in dem über die Zukunft der Siedler entschieden wird«, gab Su zu bedenken.

»Und wir müssen die Schlangen zur Krankenstation bringen«, sagte Lisa an Mano gewandt.

»Okay, Su und Lisa, ihr kümmert euch um die asuvanische Ratssitzung und beschafft die Informationen, die dafür notwendig sind. Oliver und O-Ur suchen irgendeine geeignete Box und siedeln die Schlangen mit dem Flusswasser um und ich werde sehen, wie die Lage auf der Krankenstation ist und ob es Sono noch gut genug geht, um mit den Schlangen ein Gegenmittel zu erschaffen. Oliver, O-Ur, beeilt euch mit den Schlangen!«, forderte Mano und alle liefen eilig los.

Lisa und Su wunderten sich, dass im Büro der REGFB keiner der Arbeitsplätze belegt war. Das war kein gutes Zeichen. Sie aktivierten zwei Rechner und während Su damit fortfuhr, die beschafften Daten auszuwerten, begann Lisa die Namen auf ihrer Liste abzuarbeiten. Sie kontaktierte jeden der beschuldigten Siedler. Bernie aus dem Nahrungsmittelkomplex war der Erste, den sie erreichte.

»Mei Koieg hod mi richtig glinkt. Mia warn mitanand im Woid und ea sogte ma, i könne de Pflanzn vawendn. Vaarscht hod ea mi!«

»Könnten wir asuvanisch sprechen? Ähm, mein bayrisch ist etwas eingerostet …«, fragte Lisa vorsichtig.

»Verarscht hat er mich!«, wiederholte Bernie ärgerlich, jedoch auch ein wenig hilflos in asuvanischer Sprache mit jedoch immer noch heftigem bayrischem Akzent.

»Dann hatte ich es doch richtig verstanden. Wir müssen das nur beweisen …«

Oliver und O-Ur standen im kleinen Frachtraum des Shuttles, hinter ihnen eine Notfallkapsel, die wahrscheinlich nur wegen eines Defektes zurzeit nicht in Benutzung war. Einen Teil des Flusswassers hatten sie bereits umgepumpt. Die roten Schlangen schwammen unruhig hin und her und durcheinander.

»Hol du sie raus!«, forderte Oliver.

O-Ur sah ratlos zu den Schlangen. »Und wie?«

»Vielleicht hören Sie auf ein Kommando?«, überlegte Oliver leicht schmunzelnd, was O-Ur offensichtlich nicht verstand.

»Was für ein Kommando?«

»Das war ein Scherz!«

O-Ur sah Oliver genervt an.

»Wir benötigen ein Netz. Vielleicht könnten wir aus einem der Schutzanzüge dahinten etwas basteln«, meinte Oliver nun.

O-Ur dachte nach und Oliver fügte noch hinzu: »Das war kein Scherz.«

»Na dann los!«

Mano betrat die Krankenstation und erschrak. Es standen überall Notfallkapseln herum, selbst in den Gängen und einige Asuvaner lagen einfach auf Decken davor, weil nicht mehr genug Kapseln vorhanden waren. Er entdeckte auch Sono in einer Ecke, aschgrau und offensichtlich nicht bei Bewusstsein. Ellen Sulivan turnte aus einer Ecke hervor. Sie sah ebenfalls schrecklich erschöpft aus, hatte ihre Haare zusammengebunden, allerdings hatten sich durch Anstrengung Strähnen gelöst und klebten am verschwitzten Hals. Sie hatte ein Diagnosegerät in der Hand. Ihr Blick war tieftraurig. Sie sah Mano an und stammelte nur: »Wieder einer gestorben.«

»Was ist mit Sono?«, fragte Mano und konnte sich vor Schock kaum bewegen.

»Er wird auch sterben …« Mit diesen Worten sackte sie auf die Knie zusammen, schlug sich die Hände vor ihr Gesicht und weinte. »Es ist alles meine Schuld. Ich hätte Richard aufhalten müssen.«

Mano fand seine Kontrolle wieder. Er ging auf Ellen zu, zog sie etwas unsanft zurück auf die Beine und sagte bestimmt: »Hör auf, dich selbst zu bemitleiden! Wir müssen uns jetzt zusammenreißen! Wir haben Schlangen mitgebracht, aus deren Gift wir ein wirksames Gegenmittel herstellen können, natürlich muss jemand dazu in der Lage sein. Kannst du das?«

Ellen sah aus, als hätte sie Mano nicht verstanden. Sie sah ihn ungläubig an.

»Ein Gegenmittel aus Schlangen?«, fragte sie nach viel zu langer Zeit.

»Den Schlangen darf nichts passieren. Sie dürfen nur einen oder zwei Bisse pro Tag machen. Das Gift müssen wir auffangen und bis zu einem gewissen Grad vermehren. Es kann das schwache Immunsystem der erkrankten Asuvaner unterstützen. Kannst du das?«

»Ja klar, kein Problem. Ich kann auch fliegen und Eisbären auf der Nase balancieren …« Ihre Stimme wurde schrill.

»Sie … kann … es …«, meldete sich eine dünne, schwache Stimme aus der Ecke.

Beide sahen zu Sono, der mühevoll die Augen geöffnet hatte.

»Ich … sage ihr, was zu tun ist und sie … wird es machen …«, flüsterte Sono angestrengt.

In diesem Moment öffnete sich die Tür zur Krankenstation und O-Ur und Oliver schoben die defekte Rettungskapsel mit den Schlangen herein.

»Wir helfen alle!«, bestimmte Mano.

»Wir benötigen Gläser für das Schlangengift und eine Zange, um die Schlangen zu fassen. Hoffentlich spritzen sie das Gift in die Gläser«, überlegte Mano.

Sono zeigte schwach in die Richtung eines Schrankes. O-Ur eilte zu einem Schrank, schob die milchig durchsichtigen Schiebetüren zur Seite und holte dünne Glasflächen heraus. Mano warf Oliver eine Zange zu, die für den medizinischen Gebrauch gedacht war und ziemlich kurze Schenkel hatte. Mit dem selbst gebastelten Netz fischte Oliver eine der Schlangen aus der Kapsel. Er versuchte sie mit der Zange zu schnappen, ohne dass sie nach ihm greifen konnte. Die Schlange hatte jedoch furchtbare Angst und wand sich hin und her.

Ellen und Mano hockten sich neben Sono, der flüsternd und sehr schwach erklärte, wie sie das Gift der Schlangen durch eine Trägerflüssigkeit vermehren konnten. Die Wirkung würde bei Streckung abnehmen. Ellen sollte einige Untersuchungen machen, ob man den Wirkstoff erkennen könnte. Immer wieder schloss Sono seine Augen und kämpfte gegen die Erschöpfung an. Von ihnen hing jetzt ab, ob die Bevölkerung von Asuv gerettet werden könnte.

Oliver schmiss die Zange weg und griff beherzt hinter den Kopf der Schlange. Sie war glatt und nass, aber auch wärmer als gedacht. Der Schwanz der Schlange wickelte sich um Olivers Arm, konnte aber nichts ausrichten gegen Olivers Griff. O-Ur kam mit einem der kleinen Behältnisse und sie versuchten das Maul der Schlange zu öffnen. Sie wollte nicht.

»Bitte, mach doch bitte mit. Wir benötigen dein Gift. Damit kannst du viele, viele Leben retten«, bettelte Oliver.

Ellen nahm sich ein Stück steriles gummiartiges Wundverbandsmaterial und zog es über die Öffnung des Glasgefäßes. Sie hielten es der Schlange wieder hin und nun schlug sie ihre Zähne durch das Material und tropfte die rettende Lösung in das Glas. Es waren nur zwei Spritzer, aber diese ließen die Gruppe sofort neue Hoffnung spüren. Die Schlange kam zurück in einen Bottich, in den sie etwas von dem Flusswasser aus der Rettungskapsel füllten. Der Stress des Gefangenwerdens und der Biss schienen die Schlange angestrengt zu haben. Wie die Morossen vorausgesagt hatten, wirkte die Schlange nicht mehr leuchtend rot, sondern bräunlich matt.

Oliver packte die nächste Schlange, als er Ellen hörte: »Bitte, Sono, wach auf …«

Sono war in sich zusammengesunken und reagierte nicht mehr. Mano stürzte auf Sono zu und setzte das Diagnosegerät, das Ellen auf den Tisch gelegt hatte, an seine Brust. Sofort saugte es sich fest und begann mit einer Diagnose. Mano sah auf den Monitor über ihm.

»Er wird es nicht mehr lange schaffen.«

Oliver sah die Schlange in seiner Hand an, deren Schwanz sich auch wieder hilflos um Olivers Arm wandte. Er ging auf Sono zu und sah Mano an. Mano nickte und zog Sonos Arm aus dem Anzug. Oliver hielt die Schlange an den Oberarm und ließ sie zubeißen. Sono zuckte nicht mal mehr.

»Das Gift der übrigen Schlangen werden wir jetzt jedoch für ein Gegenmittel benötigen«, sagte Mano.

Ellen hockte sich erschöpft neben Sono und ließ Sonos Kopf auf ihre Schulter sinken, während Oliver, O-Ur und zwei weitere Mitarbeiter der Krankenstation die übrigen Schlangen melkten.

Als sie damit fertig waren, kamen alle Schlangen wieder in die Rettungskapsel.

»Die müssen sich jetzt ausruhen, bis sie wieder rot sind«, erklärte Oliver Ellen.

»Ich weiß nicht, was ich jetzt mit dem Gift machen soll. Ich benötige Sono, der alles kontrolliert«, sagte sie.

»Er hat uns gesagt, was zu tun ist. Hier, diese Sachen habe ich im Schrank gefunden. Nur Rotchingysta, das als Trägerflüssigkeit dienen soll, finde ich hier nicht«, sagte Mano.

»Wir haben davon nichts mehr«, wimmerte Ellen.

»Was heißt das?«

»Dass wir dieses Mittel hier auf der Krankenstation nicht mehr zur Verfügung haben.«

»Wo bekommen wir das her?«

»Auf einer anderen Krankenstation? Unseres ist gerade ausgegangen und wir haben noch keine neue Lieferung.«

Mano fasste sich mit beiden Händen an den Kopf und versuchte sich zu beruhigen.

»Ich werde in einem anderen Komplex etwas besorgen!«, rief O-Ur und rannte los.

Mano und Oliver legten Sono auf eine Decke und kontrollierten, dass sein Diagnosegerät korrekt angeschlossen war. In seinem Körper schien eine heftige Reaktion abzulaufen. Seine Körpertemperatur stieg plötzlich stark an und er war weiterhin bewusstlos.

Ellen sank zu Boden und sah sehr erschöpft aus. Ihre Hände zitterten besorgniserregend. Mano ging zu ihr, nahm ihr das Gefäß mit dem wertvollen Schlangengift aus der Hand und sagte: »Ellen, wir rufen dich über deinen ID-Com, sobald O-Ur mit dem Rotschi-Zeug zurück ist, aber dann erwartet dich viel Arbeit und solange solltest du dich in deinem Quartier frisch machen und einen Moment ausruhen. Los, geh.«

Widerstandslos stand Ellen wackelig auf und ging wortlos.

Sie hatte ihr Quartier fast erreicht, als jemand aus einem Seitengang auf sie zukam.

»Ellen, bin ich froh, dass es dir gut geht!«

»Richard, bist du verrückt! Was willst du hier?«

»Es hat mich niemand gesehen und im Garten lag ein ID-Com, den habe ich genutzt, um unbemerkt bis zu den Quartieren zu kommen. Du musst jedoch unser Quartier öffnen, wenn ich das mit meiner Hand öffne, weiß man vielleicht, dass ich hier bin.«

»Im Garten lag ein ID-Com?«, wiederholte Ellen einfach irgendeinen Wortfetzen von Richard.

»Ja, genau. Nun öffne bitte unser Quartier. Ich muss mich dringend umziehen und etwas essen.«

Er verschwieg besser, dass der ID-Com nicht einfach im Garten herumlag. Ein Asuvaner, der offensichtlich durch sein Virus erkrankt und schon sehr schwach war, war ein leichter Gegner, selbst für einen unsportlichen Menschen wie Richard. Der kranke Asuvaner wäre ohnehin gestorben.

Richard zog Ellen Richtung Quartiertür. Dabei fragte er freudig aufgedreht: »Wie ist die Lage hier? Kommst du gerade von der Krankenstation?«

Sie erreichten die Tür ihres Quartiers, Richard nahm Ellens Hand und hielt sie vor das Feld. Sie ließ es einfach geschehen. Die Situation wirkte völlig surreal für sie und sie war überfordert. Die Tür ihres ehemaligen Quartiers glitt auf und Richard stürmte hinein. Ellen blieb in der Tür stehen, während Richard sich seinen getragenen Anzug abstreifte und vor das Sofa pfefferte.

»Ich wollte das nicht. Du hast das gegen meinen Willen getan. Wir wollten darüber am nächsten Tag sprechen. Du bist ein gemeiner Schuft!«

Ellen sah ihren Ehemann an und empfand Ekel, Wut und Unverständnis.

»Ellen-Schatz, ich habe getan, was getan werden musste.« Es klang, als würde ein Vater mit einem Kind reden, dabei verschwand er in der Hygienezelle. Ellen wartete, bis er wieder herauskam, zum Nahrungsbrei-Automaten ging und sich etwas in eine Schüssel laufen ließ.

»Ich wollte das nicht. Ich wollte auch nicht, dass du mich halbtot hier zurücklässt ...«

»Ellen, was soll das? Ich wusste, dass man sich um dich kümmert!«, sagte er, während er sich mit seiner Schüssel nackt auf das Sofa setzte. Er schien seit ihrer Ankunft hier, vor allem seit er im Waldland draußen gewesen war, etwas abgenommen zu haben, aber Ellen widerte sein Anblick an.

»... und ich wollte auch nicht, dass diese vollkommen friedliche Art der Asuvaner ausgerottet wird. Du bist ein Monster! Ich wohne auch nicht mehr hier in diesem Quartier und ich will nichts mehr mit dir zu tun haben!«, schrie sie ihn an. Sie machte kehrt und schloss die Tür hinter ihm.

»WAAAS? Ellen, bleib sofort stehen!« Er stellte die Schüssel neben sich ab, der Nahrungsbrei schwappte auf das Sofa. Er sprang auf, sah an sich herunter und holte sich einen frischen Anzug aus dem versenkten Wandschrank. Eilig sprang er hinein und lief zur Tür. Er klopfte von innen gegen die Tür, aber Ellen schien gegangen zu sein. »Verdammt!« Er überlegte kurz und hielt seine Hand vor den Sensor, um die Tür zu öffnen. Der Lichtsensor tastete seine Hand ab und blinkte einmalig rot. Die Tür öffnete sich nicht.

»Was soll das?«, schimpfte er das Sensorfeld an, das sich jedoch unbeeindruckt zeigte.

Er versuchte es erneut, aber wieder öffnete sich die Tür nicht.

Ellen blieb einen Moment vor der Tür stehen und hörte Richard drinnen gegen die Tür klopfen. Ihr rollte eine Träne über die Wange. Wie konnte sie diesen Menschen einmal geliebt und vertraut haben? Sie wischte sich die Tränen weg und wollte gerade zu ihrem neuen Quartier gehen, als Dulchina den Gang entlangkam. Sie hatte ebenfalls verweinte Augen. Sie nickte Ellen zu und ging an ihr vorbei. Plötzlich blieb sie stehen, lauschte, hörte das Klopfen, dachte kurz nach und drehte sich zu Ellen um.

»Ist Richard darin?«

Ellen war sich unsicher, wie sie reagieren sollte und zuckte nur kurz mit den Schultern.

»Ist es wahr, dass er dieses Virus hier losgelassen hat?«

Ellen nickte. Sie war so müde, so enttäuscht, so verzweifelt.

»Ich will ihn sprechen!«, entschied Dulchina.

»Er steht unter Arrest!«, erklärte Ellen.

Dulchina stampfte auf sie zu, riss Ellens Hand vor den Lichttaster und Ellen ließ es wieder schulterzuckend geschehen.

Richard bemerkte das Öffnen der Tür und freute sich: »Schatz, ich wusste, dass du zur Vernunft kommst. Wir wollen doch beide dasselbe ...« Er blieb stehen, als er die wütende Dulchina auf sich zustürzen sah. Dulchina schubste ihn Richtung Sofa und obwohl sie kleiner als er war, schaffte sie es, ihn aus dem Gleichgewicht zu bringen. Er stolperte rückwärts über den getragenen Anzug, den er vor das Sofa geschmissen hatte und landete auf dem Sofa. In der Tür erschien Ellens Gesicht, die Richard auf keinen Fall aus diesem Quartier lassen durfte. Es war eine dumme Idee, die Tür zu öffnen. Dulchina stand vor dem Sofa und war richtig sauer: »Ich bin nach Asuv gekommen, um hier unter Asuvanern zu leben. Die Asuvaner haben uns aufgenommen und freundlich behandelt. Wie kann jemand ein solcher Arsch sein und sie absichtlich töten wollen? Ich habe die Verantwortung für fünf kleine Asuvaner-Kinder übertragen bekommen. In jeden von ihnen habe ich mich sofort verliebt ...«

Richard versuchte sich vom Sofa zu erheben, doch Dulchina schubste ihn mit aller Kraft zurück.

»Es sind großartige Kinder, die so klein schon so viel Weisheit in sich tragen. Es sind wunderbare Wesen ...«

»Ja, das sagtest du schon«, unterbrach sie Richard jetzt, der langsam wieder seine überhebliche Selbstsicherheit zurückgewann. Ellen wurde unruhig an der Tür.

»Ich bin noch nicht fertig!«, wies sie ihn jedoch zurecht und fuhr wütend fort: »Zwei von ihnen liegen auf der Krankenstation. Einem von ihnen, dem kleinen Nitico, ging es heute Morgen noch gut und ganz plötzlich bekam er Fieber. Ich kontaktierte seine Eltern, aber als sie in der Nachwuchsstation angekommen waren, war Nitico gerade in meinen Armen gestorben. Es ging so schnell und ich werde nie diesen Blick vergessen, diesen Blick, der mich ansah, voller Schmerzen und Traurigkeit. Dann kamen die Eltern und ihr Blick war voller Trauer und Schock, aber da war auch noch Wut auf mich, weil ich ein Mensch bin und ein Mensch dieses Virus hier losgelassen hat. Du bist eigentlich nicht mal ein Mensch!«

»Es reicht jetzt!« Richard war aufgestanden, stand direkt vor ihr und redete jetzt auf sie ein. »Ich habe getan, was getan werden musste. Ich habe es für die Menschheit getan. Die Erde leidet an Überbevölkerung. Wir benötigen einen neuen Planeten für die Menschheit. Die Asuvaner sterben ohnehin aus, ich beschleunige dies nur etwas. Umso schneller können wir weitere Menschen hierherholen und nicht nur hundert, sondern tausende Menschen, Millionen!«

Dulchina sah ihn angewidert an und spürte die Wut in sich brodeln. Die Wut musste raus, also holte sie aus und verpasste Richard einen erstklassigen Fausthieb auf die Nase. Sie spürte einen Schmerz in ihrer Hand, aber auch ein Knacksen in der getroffenen Nase. Richard stürzte sofort wieder aufs Sofa, hielt sich die schmerzende Nase, verschmierte Blut zwischen seinen Fingern und fluchte. Dulchina ging erhobenen Hauptes Richtung Tür und bevor Richard ihr folgen konnte, hatte Ellen die Tür hinter Dulchina wieder geschlossen.

»Es tut mir leid. Ich meine den Tod von Nitico«, sagte Ellen.

Dulchina nickte.

»Aber der Schlag war eindeutig gut«, lobte Ellen und beide Frauen lächelten.

»Kann ich helfen?«, wollte Dulchina wissen.

»Auf der Krankenstation wird momentan jede Hand gebraucht.« Ellen rieb sich die schmerzende Stelle an der Schlaghand, hielt die andere Hand hoch und meinte: »Dann gehe ich mal zur Krankenstation. Eine Hand, die helfen kann, hätte ich noch.«

»Ich werde mich ein paar Minuten hinlegen, frisch machen und komme dann auch wieder«, sagte Ellen und beide Frauen gingen in verschiedene Richtungen davon.

Ellen hatte sich nur kurz auf das Sofa in ihrem neuen Einzelquartier gelegt und sich nach kurzer Zeit von ihrem ID-Com wecken lassen. Sie nahm etwas Nahrungsbrei zu sich, zog sich einen frischen Anzug an, band sich die Haare neu zusammen und ging wieder zur Krankenstation. Dulchina hatte sich von dem Ärzteteam einteilen lassen und war damit beschäftigt, Gläser jeglicher Art mit Flüssigkeiten hin- und herzutragen.

»Wir haben jetzt alles zusammen«, erklärte Mano, als er Ellen sah, und zeigte auf einen Arbeitstisch.

»Wie geht es Sono?«, fragte Ellen mit einem Blick auf Sono, während sie sich auf den Arbeitstisch zubewegte.

»Er stabilisiert sich, seine Körpertemperatur steigt nicht mehr, aber er ist noch ohne Bewusstsein.«

»Weißt du noch, was er gesagt hat? Kommst du klar?«

»Ja, gib mir noch ein paar Gläser und starte dahinten das Analysegerät.« Ellen schien die kurze Pause gutgetan zu haben. Ihre Entschlossenheit und Professionalität waren zurück.

»Wie verteilen wir das Gegenmittel eigentlich?« O-Ur saß erschöpft in der Ecke. Ellen bemerkte erst jetzt, dass er auch grau aussah und schwer atmete. Sie bemerkte sofort, dass er sich ebenfalls angesteckt haben musste.

»Wir haben nicht die Zeit, es in jeden Komplex zu bringen und es wird auch nicht genug für alle Asuvaner so schnell erzeugt werden können. Ich kann es mit dem Rotchingysta gut strecken. Das ist ein Wunderzeug, das einen Wirkstoff perfekt simuliert, aber das geht nur in gewissem Maße. Will man es zu viel strecken, dann verliert es die

Struktur und es wird unwirksam. Ich kenne das Gift der Schlangen nicht, deshalb muss ich eine noch auf jeden Fall sichere Mischung wählen.« Ellen lief gerade in Höchstleistung auf und war momentan offensichtlich die Einzige, die zurzeit richtig klar denken konnte.

»Wie verteilen wir es an die Bevölkerung?«, fragte O-Ur noch einmal.

Mano zuckte mit den Schultern, aber Ellen überlegte laut: »Die Bevölkerung liegt größtenteils in ihren Schlafkapseln. Wie wäre es, wenn wir es in das Medikament in den Wasserkreislauf der Schlafkapseln einspeisen können? Dann würde es auf diese Weise in jede Schlafkapsel verteilt und durch die Atemfalten aufgenommen werden. Würde es mit dem Wasserkreislauf dann in allen Komplexen in den Schlafkapseln ankommen?«

»Ja, soweit ich weiß, kann der Komplex für Wasseraufbereitung den Kreislauf auch beeinflussen. Abends werden beruhigende Wirkstoffe in den Kreislauf eingeleitet. Wir müssten das Medikament jedoch dorthin bringen. Und damit sich der Wirkstoff dann anreichert, darf es nicht gleich wieder ausgetauscht werden, sondern muss im Kreislauf bleiben«, meinte Mano.

»Wir müssen es in mehreren Dosen transportieren. Die erste Dosis wird auf keinen Fall eine große Wirkung bringen, aber sobald wir die Schlangen das nächste Mal melken können und eine weitere Dosis herstellen, wird das Wasser im Kreislauf mit dem Medikament weiter angereichert. Das werden wir mehrere Male wiederholen müssen, damit das Immunsystem vielleicht zumindest erst einmal das Virus aufhalten kann. Wir gewinnen so etwas Zeit. Mit zunehmender Konzentration im Wasserkreislauf der Schlafkapseln erhält das Immunsystem vielleicht so viel Kraft, um dagegen anzukämpfen. Das wird jedoch mehrere Sonnen- und Mondzeiten dauern, da die Schlangen immer wieder regenerieren müssen und wir benötigen auch noch mehr Rotchingysta.«

»Das klingt doch nach einem Plan!«, sagte Oliver optimistisch.

»Na ja, es gibt auch ein Risiko dabei.«

»Und das wäre?«, fragte Mano.

»Bei einer sehr geringen Dosis eines Gegenmittels können sich die Viren auch darauf einstellen, also immun auf das Gegenmittel werden und das Medikament würde unwirksam werden. Viren können mutieren«, erklärte sie.

»Dann hätten wir gar nichts mehr in der Hand gegen diese Epidemie?«, fragte Oliver.

»Wir könnten natürlich warten, bis wir sofort eine höhere Konzentration einleiten können, die dann direkt eine starke Wirkung auf das Immunsystem haben wird, so das direkt besser gegen das Virus gekämpft werden kann, aber bis dahin gibt es viele weitere Todesopfer.« Ellen, die bis eben selbstbewusst gewesen war, sah nun wieder unsicher in Richtung Sono, der jedoch immer noch bewusstlos war und nicht helfen konnte.

»Wir machen es, wie du gesagt hast, Ellen. Sobald die erste Charge fertig ist, bringe ich sie in den Komplex für Wasseraufbereitung. Für viele Schwache in den Kapseln könnte eine Verlangsamung des Krankenzustandes vielleicht doch noch zur Rettung führen. Ihr kümmert euch hier um die Schlangen und sobald möglich, erstellt ihr die nächste Charge«, beschloss Mano.

Lisa und Su hatten sich bisher auch keine Pause gegönnt, aber soeben legten sie sich beide einfach auf den Boden zwischen den Computerterminals und sanken sofort in einen unruhigen Schlaf. Sie hatten sich einen Timer gestellt, um nicht zu lange zu schlafen, aber die meisten Informationen, die sie verarbeiten wollten, hatten sie soeben zusammengestellt und ausgewertet. Sie würden dies aber noch alles aufbereiten müssen, sodass sie es anschaulich präsentieren konnten, allerdings waren sie bislang nicht überzeugt, dass die Fakten ausreichen würden, um das Siedlerprojekt vor dem Rat zu rehabilitieren. Mehr als die Hälfte der asuvanischen Bevölkerung kämpfte gerade um ihr Leben. Auch wenn man darlegen konnte, dass einige Siedler unfair manipuliert wurden, so konnte man nicht abstreiten, dass einer der Siedler auch ein tödliches Virus absichtlich hier auf die asuvanische Bevölkerung losgelassen und damit viel Leid verursacht hatte.

Nach einem kurzen, aber notwendigen Schlaf saßen sie wieder auf ihren Hockern und Su fragte: »Wenn man wüsste, wie viele Asuvaner zu dieser Gruppe gehören, die gegen das Siedlerprojekt arbeiten, das wäre vielleicht hilfreich. Wir wissen gar nicht, wer alles dazugehört.«

»Aber das können wir auch nicht herausfinden. Sie werden nicht so dumm sein und sich alle zehn Sonnen- und Mondzeiten in Nils Quartier treffen. Nil ist sicher die Anführerin!«, überlegte Lisa laut.

»Ja, nein, so nicht, aber vielleicht ...«, grübelte Su und tippte auf der Konsole vor sich herum.

Lisa stand auf und ging im Raum herum. Ihr Rücken fühlte sich steif an. Der Boden war hart gewesen.

»Treffen gibt es bestimmt oder eine Kommunikation, aber es wären sicherlich geheime Treffen, die nicht immer im selben Komplex stattfinden oder vielleicht sogar außerhalb ...«, sinnierte Lisa vor sich hin.

»Außerhalb!«, rief Su plötzlich.

»Aber auch das werden wir nicht herausfinden.«

»Doch! Komm her, Lisa!«

Lisa eilte zurück zu Su und blickte mit ihr auf Sus Bildschirm.

»Die meisten Asuvaner legen ihren ID-Com kaum ab. Wenn sie ihn ablegen, dann liegt er im Quartier und man geht davon aus, dass dieser Asuvaner ebenfalls in seinem Quartier ist. Man geht nicht ohne seinen ID-Com heraus. Wir wissen aber seit der Sache mit Ellen und Richard, dass man jedoch trotzdem das Quartier verlassen und somit nicht geortet werden kann. Man denkt, man hat ein Alibi und ist aber ganz woanders.«

»Ja, so weit kann ich folgen«, warf Lisa ein, die etwas verwirrt war von den ganzen Daten auf Sus Bildschirm.

»Ich habe mir mal anzeigen lassen, wann Nils ID-Com in ihrem Quartier geortet worden war, aber keine Vitalwerte sendete.«

»Su, wie kommst du denn an Vitalwerte? Das sind Daten der Krankenstationen der Quartiere. Da hast du doch keinen Zugriff drauf«, wunderte sich Lisa.

»Über den Schutz dieser Datenbanken sollte man wirklich einmal nachdenken, aber doch nicht jetzt. Hörst du jetzt bitte zu!«

»Ja, weiter!«

»Also keine Vitalwerte heißt, sie ist tot oder hat den ID-Com abgelegt. Nil hat ihn abgelegt und das Quartier und sogar den Komplex verlassen. Auf die Daten dieser Türöffnungen darf ich offiziell zugreifen, da dies unseren Ermittlungen helfen soll. Somit können wir diese Daten auch vor dem Rat verwenden.«

»Ja, verstehe, weiter!«

»Diese Ausflüge wiederholen sich. Hier kannst du die Sonnen- und Mondzeiten sehen, an denen sie ohne ID-Com ihren Komplex verlassen hat. Immer eine Dauer, in der man annehmen könnte, dass sie an beliebiger Stelle hinreist, eine Besprechung hat und zurückreist. Meist ist eine halbe Sonnen- und Mondzeit vergangen, ehe sie zurückgekehrt ist. Und nun pass auf! Ich habe eine Datenbankabfrage geschrieben, die mir alle Asuvaner ermittelt, deren ID-Com zur gleichen Zeit einen Zero-Vitalwert hatten.«

»Wow, lange Liste! Das kann nicht sein. Bist du sicher, dass du keinen Fehler programmiert hast?«

»Es können natürlich auch Zufälle dabei sein.«

»Zufälle?«

»Na, jemand hat einfach zur gleichen Zeit seinen ID-Com ausgezogen, weil er dann immer … etwas anderes tut, keine Ahnung … Zufall halt. Allerdings ein großer Zufall, da er es immer dann macht, wenn es auch alle anderen auf dieser Liste tun.«

»Okay, aber das ist eine wirklich lange Liste. Da reden wir nicht mehr von einer kleinen Gruppe, das ist eine ausgewachsene Verschwörung, vorausgesetzt, es sind nicht viele deiner Zufälle darunter.«

Sie sahen sich einen Moment ratlos an, sahen wieder zum Bildschirm und dann meinte Lisa: »Kann man den Treffpunkt irgendwie ermitteln? Durch die Zeitpunkte, an denen die Asuvaner ihre Komplexe verlassen haben?«

»Durch den Zeitpunkt?«, fragte Su.

»Also der da«, Lisa zeigte auf den Bildschirm, »hat den Komplex für Naturpflege um diese Uhrzeit verlassen – wir nennen ihn mal A. B verlässt seinen Komplex jedes Mal etwas später und C jeweils etwas früher. Wo müsste der Punkt liegen, an dem alle gleichzeitig ankommen?«

Su dachte kurz nach, während Lisa mit Begeisterung auf Sus Reaktion zu ihrer Idee wartete.

Su schüttelte nur kurz den Kopf und meinte: »Es geht auch einfacher.«

»Ja?«

»So ziemlich alle haben den Komplex in Richtung Transportröhren verlassen. Auch wenn man sie ohne ID-Com nicht tracken kann, so kann man sich zu unseren bisher ermittelten Daten die Transportbewegungen der Transportröhren ansehen.«

»Auch eine geniale Idee, fast so gut wie meine.«

»Ja, ich weiß und wenn wir nun diese Daten so aufbereiten, dass die Transportbewegungen, die nicht mit den vorherigen Daten übereinstimmen, herausfallen, dann führen alle Transfers …«

»Ins Nirgendwo!«, beendete Lisa den Satz.

»Ja, mitten in das Waldland. Da muss etwas sein. Ein geheimer Treffpunkt.«

DIE VERSCHWÖRUNG

Sieht das so aus, als würden die ID-Coms auf der Liste gerade wieder abgelegt werden? Zeigen die noch Vitalwerte?«, fragte Lisa.

»Hm, keine Vitalwerte und es werden mehr. Es ist offensichtlich wieder so weit.«

»Wir müssen zu diesem Treffpunkt im Waldland!«, beschloss Lisa.

»Und wenn man uns entdeckt? Ich weiß nicht, ob man dich noch einmal auf irgendeinem Planeten findet, wenn ich bei der Suche nicht helfen kann, weil ich selbst ausgesetzt bin. Die anderen sind nicht sehr organisiert vorgegangen, als wir dich auf Simir gesucht haben.«

»Das Risiko müssen wir wohl eingehen oder bist du der Meinung, dass das, was wir dem Regierungsrat vorlegen können, ausreichend ist?«

Su verzog das Gesicht, schaltete die Konsole aus und stand auf.

»Sollten wir jemandem Bescheid sagen?«, überlegte Su noch.

»Fällt dir jemand ein, der gerade nicht bis zum Hals in Problemen steckt?«

»Da hast du recht. Dann los!«

Sie gingen schnellen Schrittes zum Fahrstuhl und fuhren direkt hinunter zu den Transporthöhlen. Vorsichtig gingen sie durch den unterirdischen Bahnhof, um nicht gesehen zu werden, aber er war leer. Die meisten Asuvaner lagen krank in ihren Schlaf- oder in Rettungskapseln, waren bei der Versorgung der Erkrankten behilflich oder waren darum bemüht, erkrankte Kollegen zu ersetzen und die Grundfunktionen der Komplexe aufrechtzuerhalten. Wer jetzt die Transportröhren nutzte, könnte also zur Verschwörung gehören und von denen wollten Su und Lisa nicht entdeckt werden.

»Wir müssen zur Hauptverteilstation und von dort dann Richtung Waldland Sektor 42«, erklärte Su.

Sie stiegen beide in eine Transportkapsel und gaben die Hauptverteilstation an. Zu der Aufregung wirkte jetzt auch noch der Schub unangenehm auf den Magen. Lisa und Su überlegten, wann sie das letzte Mal etwas gegessen hatten. Es dauerte eine gefühlte Ewigkeit, bis sie an der Station ankamen.

Zwischenzeitlich war Mano auch mit einer ersten Charge des Medikamentes im Komplex für Wasseraufbereitung angekommen. Dort wurde ihm erklärt, dass die normalen Schlafkapseln der Quartiere, die Tauchbecken und die Rettungskapseln der Krankenstationen getrennte Wasserkreisläufe haben.

»Wie soll das sonst funktionieren?«, erklärte ihm Aqun, ein älterer kräftiger Asuvaner, der zwar gerne helfen wollte, aber einen verzweifelten Eindruck machte.

»Auf den Krankenstationen werden Wirkstoffe durch die Ärzte der jeweiligen Krankenstation in das Wasser gegeben. Dies muss an jeder Rettungskapsel wieder herausgefiltert werden, bevor es in den allgemeinen Kreislauf gelangt. Ein aufwendiges Verfahren. Gefiltert wird auch das Wasser, das aus den Schlafkapseln ausgewechselt wird. Das wäre sonst unhygienisch. Zudem wird im Kreislauf der Schlafkapseln ein entspannender und beruhigender Wirkstoff eingeleitet, während im Kreislauf der Tauchbecken erfrischende und anregende Substanzen beigemischt werden«, erklärte Aqun weiter.

Mano dachte kurz an erotische Momente mit Lisa im Tauchbecken, schob den Gedanken aber schnell weg. Jetzt war keine Zeit dafür.

»Und wie bekommen wir jetzt diesen Wirkstoff in den Kreislauf für die Krankenstationen und die Schlafkapseln der Quartiere? Dort liegen auch lauter erkrankte Asuvaner. Die Tauchbecken können wir außen vorlassen, aber aus dem andern Kreislauf darf es nicht wieder herausgefiltert werden.«

»Ich könnte die Wirkstofffilter deaktivieren, zumindest im Bereich medizinischer Stoffe, ob dann auch Krankheitserreger weiterhin unschädlich gemacht werden, ist aber nicht sicher«, überlegte Aqun. »Ich müsste natürlich auch die Frischzufuhr auf ein Minimum drosseln, damit der Wirkstoff nicht gleich wieder verdünnt wird …«

»Ja, dann los! Wie kann ich helfen?«

In der Hauptverteilstation waren einige Asuvaner unterwegs. Vielleicht wollten sie jemanden besuchen, dahin fahren, wo sie helfen konnten, oder einfach ihrem Komplex mit ganz vielen Erkrankten entfliehen. Su und Lisa wussten nicht, wer von diesen Asuvanern vielleicht zu der Verschwörungsgruppe gehörte, und ihnen war klar, dass sie als Menschen sofort auffallen würden. Lisa war zudem auf Asuv bekannt wie ein bunter Hund! Also drückten sie sich sofort in eine dunkle Ecke und versuchten nicht aufzufallen, bis ihr Abschnitt wieder leer war.

»Wo müssen wir jetzt hin?«, wollte Lisa wissen.

»Dahinten, zu der Röhre müssen wir.«

»Wo die ganzen Asuvaner warten? Das sind bestimmt fünfzig Personen.«

»Ja, vielleicht fünfzig Verschwörer«, mutmaßte Su.

»Wir warten, bis sie weg sind.«

Es dauerte ewig, bis die Masse jeweils in kleinen Gruppen in die Transportkapseln gestiegen war, um sich durch den asuvanischen Untergrund schießen zu lassen.

Als alle verschwunden waren, gingen sie vorsichtig hin und öffneten eine freie, wartende Transportkapsel. Beide stiegen wieder ein und schlossen die Einstiegsluke. Während Su den Zielort eingab, sah Lisa vom Ende des Transportbahnhofs drei weitere Asuvaner auf ihren Zuschnitt zukommen.

»Beeil dich, Su!« Während sie es aussprach, wurden sie jedoch vom Schub bereits in die Sitze gedrückt.

An der Station Sektor 42 stiegen sie zügig aus und suchten Schutz hinter einer pflanzenbewachsenen Wand, um nicht gesehen zu werden.

Lisa war noch nie hier gewesen und sah sich erst einmal um. Die Station lag mitten im Waldland und war im Prinzip ein Glaskubus, in dessen Mitte einige Transportröhren ankamen und wieder wegführten. Das Licht der letzten Sonne schien schon etwas müde durch das leicht milchige Material und tauchte die Station in ein diffuses Licht. Zwischen den Röhren waren moos- und farnbewachsene Trennwände, die wohl als geschützter Wartebereich und natürliche Gestaltungselemente dienen sollten. Hinter solch einer Wand standen sie nun und beobachteten, wie die drei nach ihnen angekommenen Reisenden ihre Transportkapsel verließen und plaudernd in Richtung Ausgang des Glaskubus gingen.

Nachdem eine Weile keine Transportkapsel mehr angekommen war und der Kubus sich geleert hatte, gingen sie vorsichtig ebenfalls zum Ausgang. Vor ihnen lag ein Platz, der mit Steinplatten ausgelegt war und von dem aus mehrere Wege ins Waldland führten.

»Ein schönes Ausflugsziel«, meinte Lisa.

»Nur, wenn man so viel Natur mag«, antwortete Su, die sich hier nicht richtig wohlfühlte.

»Welchen Weg nehmen wir?«, überlegte Lisa.

Sie hörten hinter sich Stimmen und verschwanden schnell auf einen kleinen Pfad, jedoch nicht ohne die Neuankömmlinge im Auge zu behalten. Zwei junge Asuvaner hatten es eilig und wählten einen Weg durch hohe Büsche. Sobald sie nicht mehr gesehen werden konnten, schlichen Su und Lisa hinterher.

Der große Versammlungsraum blieb heute deutlich leerer als die vorherigen Male. Vor Nil standen vielleicht hundert Asuvaner, die auf ihre heutige Rede warteten. In Anbetracht der Krankheitsrate unter den Asuvanern waren es jedoch immer noch viele Anhänger.

»Ich begrüße euch alle und bin erschüttert darüber, wie viele von uns nicht anwesend sein können. Zwei von uns sind bereits gestorben und es werden weitere hinzukommen. Dieses Virus Mensch ist schuld daran. Seit er hier ist, hat er Leid und Tod über uns gebracht. Wir alle wussten es, ich habe versucht, es dem asuvanischen Rat zu erklären, aber meine Worte haben kein Gehör gefunden.«

Die Zuhörer nickten betroffen.

»Unsere Verluste werden groß sein, aber wir werden uns nicht unterkriegen lassen. Wir werden die zerstörerischen Erdmenschen wieder dahin schicken, wo sie hergekommen sind. Sollen sie sich gegenseitig töten, aber nicht uns! Wir wollen sie hier nicht!« Den letzten Satz schrie sie und streckte dabei ihre Faust hoch in die Luft. Die Zuhörer taten es ihr gleich und riefen laut: »Wir wollen die Erdmenschen hier nicht! Wir wollen die Erdmenschen hier nicht!«

Su und Lisa hatten durch einen großen Farnbusch geschützt von draußen zugesehen und konnten alles mithören. Die Glasseite des Gebäudes bot keinen Schutz vor Mithörern und eine große Schiebetür war zudem noch offen. Niemand hatte wohl hier im asuvanischen Dschungel mit Zuhörern gerechnet.

Su duckte sich geschockt tief in den Farnbusch.

»Sie haben ja nicht ganz unrecht. Aus ihrer Sicht haben wir ein tödliches Virus losgelassen, das sie krank macht«, meinte Su.

»Dennoch ist die Vorstellung dort im Raum ein wenig verstörend«, bemerkte Lisa.

Lisa sah von Su wieder in den Versammlungsraum.

»Was tun wir mit den Menschen?«, rief Nil in die Menge, die nun aufgeheizt war, aber wieder zuhörte. »Wir jagen sie von unserem Planeten!«, schrie sie wieder.

Lisa zog sich etwas zurück und tippte auf ihrem ID-Com herum. Sie fand die Funktion, mit der man Ton aufzeichnen konnte, was eigentlich für persönliche Notizen oder Erinnerungen gedacht war und aktivierte sie. Dann löste sie den ID-Com von ihrem Unterarm und schob ihn langsam vor die offene Tür.

»Wir jagen sie vom Planeten!«, schrie die Menge im Inneren des Glaskubus.

»Und wir müssen es schnell tun, bevor jeder Asuvaner von dieser menschlichen Seuche befallen ist. Wir müssen die Erdmenschen loswerden. Wir behandeln sie, wie sie uns behandelt haben. Wir bringen ihnen den Tod!«, rief sie und erntete Jubel.

Su krabbelte rückwärts, zog sich ins tiefere Dickicht zurück und murmelte dabei: »Das ist gar nicht gut! Das ist gar nicht gut!«

»Wenn die Sonnen wieder am Himmel stehen, dann wird der Rat bei der nächsten Ratssitzung die Wahrheit sehen. Wir haben die Samen gesät und werden unsere Früchte ernten. Die Erdmenschen werden des Planeten verwiesen. Sollen ihre Atemorgane auf der Erde an ihrer eigenen Planetenverschmutzung verdorren und mögen sie büßen für das, was sie uns angetan haben! Wenn die Sinne der übrigen Ratsmitglieder nicht vollkommen vernebelt sind, dann müssen sie in unserem Sinne handeln! Und die Ratsmitglieder, die die Wahrheit nicht sehen wollen, die werden wir zwingen, sie zu sehen! Wir wollen die Erdmenschen hier nicht!«

»Wir wollen die Erdmenschen hier nicht! Wir wollen die Erdmenschen hier nicht!«, ertönte es von drinnen, während Lisa wieder zu ihrem ID-Com robbte.

Su machte die Stimmung im Inneren des Versammlungsraumes Angst. Lisa holte noch ihren ID-Com, Su robbte schon eilig zurück ins Gebüsch. Plötzlich sprang etwas aus einem Farnbüschel gegen ihren Arm und biss sich fest. Sie schrie auf und hielt sich sofort die andere Hand vor den Mund, um die Versammlung nicht auf sich aufmerksam zu machen. Lisa guckte sofort erschrocken zu ihr. An ihrem Arm hing eine grellgrüne kleine Schlange. Sie hatte ihre Zähne durch ihren Anzug in das Fleisch ihres Armes geschlagen und hatte sich zusätzlich mit kleinen Krallen, die an sehr kurzen Beinchen auf ihrer Bauchseite saßen, in ihrem Anzug verhakt. Sie wollte nicht loslassen. Der Anzug um das Maul dieses Tieres färbte sich rot von Sus Blut. Su schüttelte den Arm wild und schlug mit der anderen Hand auf das Tier ein. »Weg! Lass los!« Als Lisa bei ihr war, flüsterte sie panisch: »Mach es weg!«

»Leise! Ganz ruhig, Su!«, ermahnte Lisa, während sie das Tier ansah. Sie fasste es hinter dem für eine Schlange viel zu großen Kopf und zog daran, aber Su stöhnte auf. Dann meinte Lisa: »Ich denke, das ist ein Kronos.«

»Was ist ein Kronos?«

»Es fängt Beute, die manchmal größer ist als es selbst. Sein Kiefer verhakt sich in der Beute und es zieht sie in seinen Bau, wo seine Herde oder Gruppe, oder wie deren Gemeinschaft heißt, die Beute zerlegen kann.«

»Es will mich in seinen Bau ziehen?«, fragte Su leicht panisch.

»Du bist wahrscheinlich wirklich zu groß. Es hatte nicht damit gerechnet, dass an dem Arm noch ein Mensch hängt. Also keine Sorge, es kann dich nicht wegschleppen, aber wir werden den Kiefer nicht lösen können. Das Tier kann es selbst nicht. Wildes Rumgezappel rastet den Kiefer nur tiefer zusammen. Das arme Tier würde gerne selbst loslassen«, überlegte Lisa, die in panische rötliche Tieraugen blickte.

»Das arme Tier?«, fragte Su erschüttert. »Es hat sich in meinem Arm verbissen. ICH bin das arme Tier!«

»Ja, aber wenn du noch lauter schreist, hören uns die Asuvaner in dem Raum. Also, sei bitte leiser und lass uns zurück zum Komplex fahren. Sonos Team wird uns schon helfen«, sagte Lisa und zog Su in Richtung des Weges, den sie gekommen waren. Su stolperte hinter ihr her und ließ die grüne Schlange nicht aus den Augen.

Sie eilten den Weg entlang und dann meinte Su: »Ich glaube, ich werde es nicht schaffen. Mir wird schwindelig. Bestimmt ist diese Schlange giftig und das Gift breitet sich langsam in meinem Körper aus.«

»Soweit ich mich erinnere, ist sie nicht giftig«, entgegnete Lisa.

»Und wenn du dich falsch erinnerst? Ich hasse den Wald und die Wildnis! Ich werde hier sterben.«

Lisa sah Su an, die tatsächlich noch blasser geworden war, als ihre asiatische Haut ohnehin schon war.

»Gut, ich kläre das.« Lisa tippte auf ihrem ID-Com herum und versuchte jemanden auf der Krankenstation zu erreichen. Sono war jedoch noch nicht wieder bei Bewusstsein und die anderen Mediziner alle beschäftigt.

Lisa versuchte es bei Ellen, die Lisas Ruf entgegennahm.

»Ellen, bist du auf der Krankenstation?«

»Wo soll ich denn bei unserer Lage sonst sein?«

»Ist Sono auch auf der Krankenstation?«

»Wo soll er denn bitte momentan sonst sein? Er ist bislang nicht wieder bei Bewusstsein …«

»Kannst du irgendjemanden dort auf der Krankenstation etwas fragen? Ja? Kleine grüne Schlangen, diese mit dem Einrastkiefer – sind die giftig oder ungefährlich?«

Ellen war verwirrt, trat jedoch hinter Postad, einen der Mediziner, und fragte: »Lisa will wissen, ob kleine grüne Schlangen mit einem Einrastkiefer giftig sind. Was soll ich antworten?«

Postad ließ ein Medikament in die Atemfalten eines Patienten tropfen und murmelte nur: »Nicht giftig.«

»Nicht giftig!«, gab Ellen die Antwort an Lisa weiter und beendete das Gespräch.

»Siehst du, diese Schlange ist nicht giftig. Wir fahren zur Krankenstation und lassen sie von jemandem entfernen und dann retten wir morgen die Zukunft der Siedler auf diesem Planeten. Su, ich brauche dich für die Anhörung des asuvanischen Regierungsrates.«

Su hatte sich auf den Weg gesetzt. Die Schlange und sie sahen sich gegenseitig in die Augen und Su schien gerade in eine Art Schockzustand zu fallen.

»Wenn du jetzt hier sitzen bleibst und die Versammlung da hinten gleich zu Ende ist, dann müssen wir uns verstecken und abwarten, bis diese Asuvaner mit den Transportröhren den Transportbahnhof verlassen haben. Willst du so lange mit dieser Schlange hier im Gebüsch hocken? SU, STEH AUF!«, sagte sie, so laut es die Entfernung von der Versammlungshalle zuließ.

Su stand tatsächlich auf, sie eilten schweigend zu den Transportröhren.

Sono öffnete schwach die Augen und flüsterte: »War das Lisa, die etwas zu einem Schlangenbiss wissen wollte?« Er sprach, so laut er konnte, aber es ging unter in der allgemeinen Hektik.

Ellen bemerkte jedoch, dass Sono die Augen geöffnet hatte und stürzte hin.

»Sono, endlich!«

Mano kam genau in diesem Moment wieder in die Krankenstation und ging sofort zu Sono.

»Willkommen zurück, Sono«, sagte er und sendete ein Gefühl von Erleichterung an ihn.

»War das Lisa, die etwas zu einem Schlangenbiss wissen wollte?«, fragte er erneut und es strengte ihn noch an.

Mano sah Ellen fragend an, die kurz überlegte und hilflos meinte: »Ja, tut mir leid. Ich muss die nächste Charge vorbereiten. Ich habe es gar nicht richtig registriert.«

Mano nickte ihr entschuldigend zu und setzte einen Blick auf, der wohl sagen sollte: »Was hat sie jetzt wieder angestellt?« Dann wandte er sich an einen Mitarbeiter an dem Überwachungsterminal. »Eru, kannst du bitte Lisa lokalisieren? Befindet sie sich hier im Komplex oder in den Gärten?«

Eru fuhr mit seinem Finger über die Konsole und schien sie gefunden zu haben. »Sie befindet sich draußen im Waldland! Sektor 42.«

Mano rief sie über ihren ID-Com, jedoch hatte Lisa auf dem Hinweg zur Versammlungshalle schon an der Hauptverteilstation ihren ID-Com auf lautlos gestellt und musste nun gerade Su überzeugen, mit ihr zu kommen. Sie bemerkte den Ruf nicht.

Ellen wollte sich um Sono kümmern, aber er winkte schwach ab und wies mit seinem Blick in Richtung des Arbeitstisches mit den Gefäßen und dem Gegenmittel.

Mano verlangte nun von Eru: »Vitalwerte ermitteln.«

Eru schob wieder auf der Konsole herum und antwortete: »Stresshormone etwas erhöht, aber keine Schmerzsignale erkennbar. Sie scheint unverletzt zu sein.«

Mano trat neben Eru und fragte: »Ist ein anderer ID-Com in ihrer unmittelbaren Nähe?«

Eru sah kurz auf das Gerät vor sich, tippte, schob und meinte dann: »Ein weiterer Erdmensch ist bei ihr – Su.«

»Wie sehen die Vitalwerte von Su aus?«, fragte Mano.

»Stress- und Schmerzhormone enorm erhöht, Blutdruck in einem Bereich, der zu einem Schockzustand führen kann.«

Mano verzog das Gesicht und murmelte etwas genervt: »… diese Su …«

»Hol sie her!«, forderte Sono ruhig und Ellen fügte hinzu: »Die nächste Charge ist bislang nicht fertig und notfalls kann auch jemand anders sie in den Komplex für Wasseraufbereitung bringen.«

Mano nickte und sagte kurz: »Ich hole sie!« Er drehte sich eilig um und im Gehen aktivierte er die Ortung zum ID-Com von Lisa.

Mano fand Su und Lisa in der Hauptverteilstation des Planeten, als sie gerade eine ankommende Transportkapsel verließen. Der geschossartige Transport der Kapsel hatte die Schlange zusätzlich gestresst und sie hatte sich noch tiefer verbissen. Der Unterarm von Sus Anzug war größtenteils mit Blut durchtränkt.

»Was macht ihr?«, schimpfte Mano, der Su unterpackte und in Richtung der anderen Transportröhren zog. Es klang ärgerlich, als wenn er davon ausging, dass sich Su und Lisa im Waldland vergnügen wollten, während alle anderen im Komplex versuchten Leben zu retten.

»Wir sind einer Spur nachgegangen!«, sagte Lisa.

»Was für eine Spur denn?«

»Da draußen ist eine Versammlung, eine Verschwörung und die reden darüber, wie sie die Menschen von der Erde wegkriegen. Nil ist dabei.«

Mano sah Lisa an, als ob er überlegte, ob sie Fieber hatte, sah fragend zu Su, die einfach nur nickte und wieder auf ihren blutenden Arm sah.

»Wo?«, fragte Mano, der auf seinem ID-Com eine Lokalisierung von Nil eingeben wollte, und feststellte: »Nil ist im Regierungskomplex!«

»Nein, ist sie nicht! Nur ihr ID-Com ist im Regierungskomplex. Nil ist hinten in dem Versammlungsraum.«

Mano sah sie unschlüssig an.

»Wir kommen zurecht. Geh gucken!«, schlug Lisa vor.

Mano nickte und joggte den Waldweg lang, von dem Lisa und Su gekommen waren.

Auf der Krankenstation angekommen, wandte sich Postad sofort an Su und sah ihren Arm an. Ellen hatte die nächste Charge fertiggestellt und sich neben Sono gehockt, der wieder deutlich mehr Farbe im Gesicht hatte. Ellen beobachtete Postad und die Schlange erschöpft, aber durchaus interessiert und meinte dann: »Also rote Schlangen sind gut, diese grünen Schlangen offensichtlich nicht.«

»Nein, grüne Schlangen sind absolut überflüssig!«, sagte Su.

Postad holte eine Box mit Luftlöchern und stellte sie neben Su. Dann setzte er ein elektrisches Gerät an den Kopf der Schlange, die ihn mit riesigen Augen ängstlich anschaute. Postad bestätigte einen Hebel und injizierte damit ein muskelentspannendes Mittel in die Schlange. Als Erstes ließ sie jedoch die Krallen los und hing nur noch schlapp am Arm von Su herunter. Su hatte sich mittlerweile wohl etwas beruhigt und schien auch etwas mehr Farbe ins Gesicht zu bekommen. Vorsichtig versuchte Postad den Kiefer der Schlange zu bewegen, schaffte es aber nicht und injizierte noch einmal nach. Dann ließ sich die Schlange ganz einfach abnehmen. Er legte sie in die Box und schloss den Deckel.

»Sobald das Mittel nachlässt, wirst du sie wieder ins Waldland zurückbringen. Sie ist ein Tier dieses Planeten«, befahl Postad.

»Sie hätte mich nicht beißen brauchen!«, meinte Su, doch Postad ging nicht darauf ein und schnitt mit einem anderen elektronischen Gerät ihren Ärmel von ihrem Arm herunter. Das Gerät durchtrennte präzise den Stoff, aber beschädigte nicht ihre Haut. Postad sah die durch die wilden Bewegungen der Schlange leicht ausgefranste Wunde an Sus Arm genau an. Dann injizierte er ein Medikament, das eine Infektion verhindern würde, und schweißte die verletzte Haut mit einem weiteren Gerät wieder zusammen. Alles, was übrigblieb und auf Sus Kontakt mit der Schlange hindeutete, war ein heller Fleck auf ihrem Arm, der noch leicht schmerzte, und etwas verschmiertes Blut, das Ellen jedoch noch abwusch.

Ellen fragte: »Lisa, bringst du Su in ihr Quartier? Sie soll sich nun ausruhen. Ihr Kreislauf ist etwas angeschlagen.«

»Natürlich!«

»Du ruhst dich jetzt etwas aus. Ich wecke dich vor der Ratsversammlung und dann fügen wir noch die letzten Informationen in unsere Präsentation ein. Su?«

Su war bereits in ihre Schlafkapsel geklettert und schloss sofort die Augen.

»Zweifelsohne!«

Lisa machte sich wieder auf den Weg zur Krankenstation. Da Mano nicht in ihrem Quartier war, aber schon zurück sein musste, vermutete sie ihn auf der Krankenstation. Als sie auf der Krankenstation ankam, war Mano nicht da, aber Sono kam wackelig auf sie zu, legte seine Hand auf ihre Schulter und sagte ernst: »Zin ist tot. Er hat es nicht geschafft.«

Lisa stach die Antwort ins Herz. Sie hatte Zin sehr gemocht. Er hatte sie in diesen Komplex aufgenommen, ihr somit ein neues Leben ermöglicht und sie unterstützt auf ihren Wegen.

»Wo ist Mano?«

»In Zins Büro.«

Sie verließ die Krankenstation und lief zu Zins Büro. Auf einem der Sitzhocker vor Zins Schreibtisch saß Mano mit hängendem Kopf. Sie spürte seine Traurigkeit, aber zugleich wirkte er verschlossen und ließ ihre Gedanken nicht zu ihm durchdringen.

»Ich habe es gehört. Ich bin so traurig«, sagte Lisa und lief auf Mano zu. Sie wollte ihn in den Arm nehmen, aber er hob die Hand und sagte nur: »Ihr Menschen habt dieses Virus mitgebracht, an dem er gestorben ist. Er war mein Mentor!«

»WAS? Mano! Ich bin es, Lisa! Ich habe noch nie einem Asuvaner oder einem Menschen etwas angetan. Du hast mich auf der Erde über den Haufen gefahren und hierher verschleppt! Was soll das?« Es fühlte sich an, als stürzte gerade alles über sie zusammen. Sie war sich nicht sicher, ob sie zusammenbrechen sollte, einfach weinen oder vielleicht lachen. Sie konnte keine Entscheidung treffen, also sah sie einfach zu, wie ihre Hand einen hölzernen Gegenstand griff, der auf Zins Schreibtisch stand und in Manos Richtung schmetterte. Er flog knapp an Manos Kopf vorbei. Ohne Mano machte das doch alles keinen Sinn für sie. Wofür sollte sie noch kämpfen? Er war ihr Halt und plötzlich fühlte es sich an, als fiele sie tief und immer tiefer in ein dunkles Loch.

»Hier hast du den Beweis, dass alle Menschen böse sind«, schrie sie, drehte sich herum und wollte aus dem Raum laufen.

Mano sprang auf, hatte sie an der Tür eingeholt und umarmte sie von hinten. Er hielt sie fest und drückte sie an sich. Dabei überflutete er ihr Gehirn mit liebevollen Gefühlen, aber auch seine Traurigkeit spürte sie schwer und schmerzhaft.

»Es tut mir so leid, Lisa«, flüsterte er in ihre Haare. »Er war mein Mentor. Ich vermisse ihn.«

»Ich weiß«, sagte Lisa, drehte sich herum, erwiderte seine Umarmung und auch seine liebevollen Gedanken. »Komm, wir gehen und ruhen uns etwas aus.« Es wäre nicht passend gewesen, ihn jetzt danach zu fragen, ob er Nils Versammlung gefunden hatte.

»Nein, ich muss mir etwas ansehen«, sagte Mano und zog sie mit sich zurück Richtung Schreibtisch.

»Was denn?«

»Als Zin gestorben ist und sein ID-Com seinen Tod festgestellt hat, sendete es eine vorbereitete Nachricht. Ich solle mir eine gespeicherte Nachlassnachricht hier in seinem Raum ansehen«, erklärte Mano.

»Was für eine Nachricht?«

»Ich habe sie mir noch nicht angesehen. Ich konnte es bisher nicht.«

Lisa dachte einen Moment nach, sah Mano in die Augen und fragte: »Sollen wir es gemeinsam tun?«

Mano nickte, stand auf und ging zu dem Bildschirm an der Wand hinter Zins Schreibtisch. Er legte seine Hand auf das Feld und sofort begann ein helles Licht, Manos Hand zu identifizieren. Auf dem Bildschirm erschien Zins rundliches Gesicht, graues Haar und freundliche Augen. Er war bereits von der Virusinfektion gezeichnet, blassgrau und rot unterlaufene Augen, aber er musste es aufgenommen haben, bevor er auf die Krankenstation gekommen war. Er saß auf seinem Sessel, dem Sessel, der nun leer vor ihnen stand, atmete tief durch und begann zu sprechen.

»Ich grüße dich, Mano. Falls du diese Nachricht siehst, dann habe ich diese Infektion nicht überlebt. Für diesen Fall muss ein Komplexleiter Vorkehrungen treffen. Es würde mich beruhigen, wenn dieser Komplex nach meinem Tod von dir geleitet wird. Ich möchte dich, Mano, als Leiter des REGFB. Ich weiß, dass du bisher nicht auf diese Aufgabe hingearbeitet hast. Du liebst Expeditionen, die Abenteuer, die damit verbunden sind. Du willst als Erster einen Fuß auf einen neuen Planeten setzen. Ich kann mir aber niemanden vorstellen, der meine Aufgabe hier und die Aufgaben, die die Zukunft bringen wird, besser bewältigen könnte als du. Du behältst in schweren Situationen einen klaren Kopf, triffst rationale und faire Entscheidungen und handelst zum Wohle dieses Planeten. Ich habe in der letzten Zeit Hinweise gefunden, dass sich Asuvaner gegen die menschlichen Siedler formatieren. Wir wissen, dass nicht alle Menschen von Natur aus schlecht sind, aber dieser Meinung scheinen nicht alle Asuvaner zu sein. Die Leitung eines Komplexes ist eine wichtige Aufgabe und sie wird in Zukunft auch bedeuten, die Asuvaner und die Siedler der menschlichen Spezies, die schon hier sind und die noch geholt werden, als ein Volk fest zusammenzuführen. Tendenzen und Verschwörungen, die sie entzweien wollen, müssen aufgedeckt werden, um sie zu entschärfen. Ich hoffe, dass du dich für diese Aufgabe entscheiden wirst. Die Wahl liegt bei dir. Du kannst diese Nachricht löschen. Dann wird mein Vertreter die Leitung des REGFB übernehmen. Ich wünsche mir jedoch sehr, dass du diesen Komplex in die Zukunft leitest. Wenn du dich dafür entscheidest, dann wende dich an Dalaamo. Er wurde von mir unterrichtet und weiß, was zu tun ist, um deine Einsetzung offiziell zu bewirken. Er befürwortet dich ebenfalls, zum einen wegen deines Charakters und deiner Fähigkeiten, aber auch aufgrund deiner Liebe zu Lisa, die ein Zeichen für die Akzeptanz der gemeinsamen Zukunft zwischen Asuvanern und Siedlern auf diesem Planeten sein kann. Ich wünsche dir Erfolg bei dieser Aufgabe und ich hoffe, dass du und Lisa unser Volk wieder zusammenführen werdet. Lebt wohl und schützt Asuv!«

Nach diesen Worten füllten sich Lisas Augen mit Tränen und ihr Hals war wie zugeschnürt. Auch Mano stand nur da. Es dauerte eine ganze Weile, bis Mano tief ein- und ausatmete und sagte: »Ich muss es tun.«

»Ich weiß«, antwortete Lisa.

DER ASUVANISCHE RAT

Lisas und Manos Nacht war kurz. Nachdem Mano Zins Nachricht an Dalaamo weitergeleitet und seine Entscheidung hinzugefügt hatte, gingen sie in ihr Quartier. Sie ließen ihre Anzüge einfach auf den Boden fallen und stiegen in ihre Schlafkapsel. Lisa ließ das warme, entspannende Wasser in ihre Atemfalten fließen. Sie spürte sofort die entspannende Wirkung. Als sie sich zu Mano umdrehte, schlief dieser schon. So murmelte sie nur: »Schlaf gut«, und sank ebenfalls in einen tiefen Schlaf. Viel Zeit konnten sie sich aber nicht gönnen. Die Schlafkapsel dimmte das Licht wieder hoch und steigerte die Lautstärke munterer Klänge.

»Ich muss mit Dalaamo reden und wir müssen den asuvanischen Rat informieren, dass Zin tot ist«, erklärte Mano, während er sich mit ernstem Gesicht einen frischen Anzug aus einem Wandschrank nahm. Lisa zog zwei Portionen Nahrungsbrei aus dem Automaten, stellte sie auf dem runden Sofa bereit und nahm sich ebenfalls einen frischen Anzug, in den sie hineinschlüpfte.

»Ich treffe mich mit Su, um die Sitzung des asuvanischen Rates vorzubereiten. Wir haben nur noch ein paar Stunden Zeit. Wenn beide Sonnen am Himmel stehen, entscheidet sich die Zukunft der Siedler auf diesem Planeten. Verbocke ich das, wird es keine Menschen auf Asuv geben.«

Lisa hätte sich über etwas mehr Interesse von Mano gefreut. Mano jedoch hatte einige Schlucke des Nahrungsbreis zu sich genommen und war schon aus der Tür heraus. Lisa sah auf den Nahrungsbrei in ihrer Schale und hatte plötzlich auch keinen Hunger mehr. Sie packte beide Schalen wieder in den Nahrungsbreiautomaten, der die Schalen leeren und reinigen würde, und machte sich ebenfalls auf den Weg.

Lisa war schon oft durch die Gänge des Komplexes gegangen. Es war für sie völlig normal, durch diese matt leuchtenden, unendlich langen Tunnel zu laufen. Die Gänge im Komplex waren alle schmucklos ohne Bilder oder andere Dekorationen. Die Wände änderten Farbe und

Intensität, aber ansonsten waren sie alle gleich. Dennoch fühlte sich Lisa hier zu Hause. Sie hatte gelernt sich zurechtzufinden. Manchmal dachte sie daran, wie sie sich auf der Erde in einer Wohnung voller Möbel, Dekorationen, Bildern und Topfpflanzen fühlen würde. Wahrscheinlich würde ihr das alles sehr eng und zugestellt vorkommen, irgendwie überflüssig. Sie schob den Gedanken schnell beiseite. Würde sie heute versagen und den asuvanischen Rat nicht überzeugen können, dass die Menschen nicht alle schlecht waren, würde das Siedlerprojekt sterben. Es würden keine neuen Menschen von der Erde die Möglichkeit haben, hierherzukommen und die Menschen, die sich hier bereits eingelebt hatten, für die das ihr neues Zuhause war, würden wieder zurückgeschickt werden. Sie fühlte plötzlich die schwere Last auf ihren Schultern. Sie hätte gerne Zuversicht gespürt, aber die Sorgen, die sich sie machte, wiegten schwer.

Su hatte ebenfalls geschlafen und sah sehr viel erholter aus, immer noch nicht gut, aber zumindest besser als am Vorabend.

»Ich habe für den asuvanischen Rat bereits alles zusammengestellt«, sagte sie und es klang hoffnungsvoll und vorbereitet wie immer.

»Ich weiß nicht, ob es reichen wird. Es sind schon viele Asuvaner gestorben und ein Mensch ist schuld daran.«

Sie gingen nochmal alle Daten und Informationen durch und transferierten eine Kopie an den Präsentationsspeicher des Regierungskomplexes, damit sie auf die Informationen von dort zugreifen konnten.

»Werden wir dieses Mal allein gehen?«, fragte Su.

»Zin ist tot, also bleibt uns wohl nichts anderes übrig, als allein zu gehen«, antwortete Lisa, der auch nicht ganz wohl dabei war, allein vor den Regierungsrat zu treten. Zin fehlte ihr. Sie konnte noch nicht glauben, dass er nicht wiederkommen würde. Sie ertappte sich dabei, dass sie Richard eine schlimme Bestrafung wünschte, aber dann wurde ihr klar, dass dies eigentlich nicht die asuvanische Gedankenfolge war. Sie zwang sich asuvanisch zu denken. Gerade jetzt wollte Lisa asuvanisch denken, gerade jetzt, wo einige Asuvaner wie Nil dieses asuvanische Gut aufgegeben hatten und nach Bestrafung riefen. Asuvanische Folgen eines schweren, nicht regelkonformen Verhaltens sahen anders aus. Demnach hätte Richard kein Platz mehr in der asuvanischen Gesellschaft und auf diesem Planeten. Er hatte seine Rechte, zu dieser Gesellschaft zu gehören, verspielt. Aber eine Bestrafung wie auf der Erde gab es hier nicht. Man schickte ihn einfach weg. Wohin? Zurück zur Erde? Sie wünschte ihm trotzdem eine Bestrafung! Es war nicht leicht, bei diesem Anschlag nicht an Rache zu denken.

»Lass uns gehen!«, sagte Lisa.

Als sie die Tür erreicht hatten, kam Mano auf sie zu.

»Der Regierungsrat wurde von Zins Tod unterrichtet und er verlangt, dass der neue Leiter der REGFB euch begleitet.«

Lisa freute sich, aber spürte auch eine Anspannung in Mano, die ihr nicht gefiel.

Die Gruppe ging schweigend zu den Transportröhren und ließ sich zum Regierungskomplex katapultieren. Als sie die große, massive Tür des Regierungskomplexes durchschritten, wurden Lisas Beine weich. Wenn Su nur halb so nervös war wie Lisa, dann ließ sie es sich nicht anmerken. Mano war still und ernst.

Sie standen wieder auf dem Grund des seltsam nach oben laufenden Sitzungssaals, es waren viele Plätze frei. Einige der Regierungsmitglieder schienen sich hergeschleppt zu haben, aber waren sichtlich krank. Die Schlangen wurden immer noch gemolken und so oft wie möglich wurde das hergestellte Medikament in die Wasserversorgung des Planeten eingespeist. Solange die Regierungsmitglieder jedoch nicht in ihrem Schlafkapseln lagen, konnte das Medikament bei ihnen auch nicht wirken. Lisa sah in mürrische und ernste Gesichter.

»Warte, bis wir angesprochen werden!«, flüsterte Mano ihr zu und sah demütig zu Boden. Schämte er sich, mit einem Erdmenschen zusammen zu sein? Lisa wurde unsicher und hätte am liebsten Mano mit vor die Tür genommen und erst einmal die Situation zwischen ihnen beiden geklärt, aber das ging nicht. Auch Nil freute sich über dieses Schauspiel. Sie stand hinter ihrem Monitor und blickte zufrieden auf Lisa hinab. Sie wirkte selbstbewusst und siegessicher.

Der Vorsitzende des Regierungsrates sprach Mano an.

»Willkommen, Mano. Wir bedauern den Tod von Zin und mögest du als neuer Leiter des REGFB mit Kraft und Mut diesen Planeten und das Leben auf ihm schützen.«

»Danke euch. Ich werde diese Aufgabe mit Respekt gegenüber Zin und diesem Planeten ausfüllen.«

Nun wandte sich der Vorsitzende Lisa zu: »Lisa, du hast uns vor zehn Sonnen- und Mondzeiten gebeten, die Erdmenschen verteidigen zu dürfen. Seitdem sind viele Asuvaner schwer erkrankt und sogar gestorben. Die Schuld liegt hierfür eindeutig bei euch Menschen. Unser Herz ist schwer, weil wir eine falsche und für die asuvanische Bevölkerung gefährliche und todbringende Entscheidung getroffen haben. Wir können den Schaden nicht mehr rückgängig machen, aber wir können weitere solcher Angriffe auf unser Volk verhindern, indem wir euch zurück auf euren Planeten schicken. Wir haben jedoch versprochen, dass du die Menschen verteidigen kannst. Da wir anders als ihr Erdmenschen zu unserem Wort stehen, werden wir dir Redezeit gewähren. Sprich nun!«

Lisa fühlte die Worte schwer wie Felsen auf ihre Schultern fallen. Ihr wurde heiß, aber Su trat an die Konsole und startete die vorbereiteten Informationen. Die Regierungsmitglieder sahen ernst und einige unwillig auf die Monitore vor ihnen, während Su noch einmal Luft holte und dann begann: »Geehrter Regierungsrat, mein Name ist Su. Jeden der in Nils Bericht beschuldigten Menschen können wir mit unseren Daten entlasten. Wir beginnen mit Bernie aus dem Lebensmittelkomplex. Er wurde beschuldigt, Giftkräuter in unseren Nahrungsbrei mischen zu wollen. Er sagte aus, dass sein Kollege Laku ihm diese Kräuter im Waldland gezeigt habe und ihm gesagt habe, dass diese Kräuter ungefährlich seien. Laku sagte aus, dass er nie mit Bernie im Waldland gewesen sei. Der Rat glaubte offensichtlich Laku, aber tatsächlich kann man anhand des Passierprotokolls des Ausgangstores festhalten, dass sie zusammen draußen gewesen sein müssen. Bernie hat das Tor beim Hinausgehen geöffnet, aber Laku hat etwas später das Tor nach der Rückkehr geöffnet und wenig später hat Bernie innerhalb des Komplexes die Tür zum Nahrungsmittellabor geöffnet. Die Zeiten stimmen überein.«

Su sah von ihrem Monitor hoch zu den Ratsmitgliedern, aber diese Erklärung hatte die ernsten Mienen in den Gesichtern nicht entspannt. Sie fuhr fort: »Die Manipulationen im Energiekomplex sind während der Abwesenheiten des zuständigen Menschen durch einen Asuvaner begangen worden. Dies ist eindeutig ebenfalls durch das Zugangssystem zu dem entsprechenden Raum zu belegen. Ein weiterer Mensch hat nach Giftpflanzen geforscht. Er hat Lisa jedoch glaubhaft versichert, dass er das Gift nicht gegen einen Asuvaner einsetzen wollte. Er wollte es gegen sich selbst einsetzen …«

»Mir reicht es!«, unterbrach Nil sie nun.

»Wie?« Su sah hilflos von Nil zu dem Ratsvorsitzenden und zurück zu Nil.

»Wir hören hier nur dumme Rechtfertigungen. Was soll das beweisen? Die Erdmenschen schaden uns! Sie töten uns! Seht euch hier im Regierungsrat um! Seht ihr, wie viele von uns schwer erkrankt oder sogar schon gestorben sind? Das ist das, was diese Menschen wollen! Uns Asuvaner töten, den Regierungsrat töten, diesen Planeten übernehmen und zugrunde richten, wie sie es mit der Erde tun. Ich will mir diese menschlichen Anschuldigungen gegen Asuvaner nicht weiter anhören! Schicken wir sie einfach zurück und versuchen dieses todbringende Virus zu überstehen!«, forderte Nil und erntete zustimmendes Nicken im Saal.

»Stopp!«, rief Lisa. »Ihr sagt, ihr seid anders als wir Erdmenschen? Nein, das seid ihr nicht! Ihr seid verlogen, rassistisch und intrigiert!«

Sofort kam Unruhe im Ratssaal auf und aus den Gesichtern der Ratsmitglieder sprang Lisa Empörung und Wut entgegen. Die meisten Ratsmitglieder hatten sich von ihren Plätzen erhoben und sahen nun noch bedrohlicher aus.

Mano sah sie geschockt von der Seite an und der Ratsvorsitzende rief empört: »Wie kannst du so etwas behaupten?«

Lisa tippte auf ihrem ID-Com herum und versuchte die Aufnahme aus dem Waldland zu finden. Su verstand und koppelte den Präsentationsrechner mit Lisas ID-Com. Gerade rechtzeitig, um die Aufnahme laut und deutlich abzuspielen.

»Wir jagen sie vom Planeten!«, schrie eine Menge von Asuvanern.

»Und wir müssen es schnell tun, bevor jeder Asuvaner von dieser menschlichen Seuche befallen ist. Wir müssen die Erdmenschen jetzt loswerden. Wir behandeln sie, wie sie uns behandelt haben. Wir bringen ihnen den Tod!«, rief Nils Stimme laut und deutlich aus dem Lautsprecher des Ratssaales.

Nil wirkte erschrocken und wurde ein wenig bleich.

»Das ist gar nicht gut! Das ist gar nicht gut!«, hörte man Su auf der Aufnahme murmeln.

»Wenn die Sonnen wieder am Himmel stehen, dann wird der Rat bei der nächsten Ratssitzung die Wahrheit sehen. Wir haben die Samen gesät und bei der nächsten Ratssitzung werden wir unsere Früchte ernten. Die Erdmenschen werden des Planeten verwiesen. Sollen ihre Atemorgane auf der Erde an ihrer eigenen Planetenverschmutzung verdorren und mögen sie büßen für das, was sie uns angetan haben! Wenn die Sinne der übrigen Ratsmitglieder nicht völlig vernebelt sind, müssen sie in unserem Sinne handeln! Und die Ratsmitglieder, die die Wahrheit nicht sehen wollen, die werden wir zwingen, sie zu sehen! Wir wollen die Erdmenschen hier nicht!«, hörte man wieder Nils Stimme aus dem Lautsprecher, die nun noch eine Nuance blasser wurde.

»Wir wollen die Erdmenschen hier nicht! Wir wollen die Erdmenschen hier nicht!«, ertönte es aus den Lautsprechern.

Bevor irgendjemand das Wort ergreifen konnte, fuhr Lisa fort: »Diese Menschen wurden von Asuvanern in die Irre geführt, sie wurden hereingelegt von einer Verschwörung aus Asuvanern, die von Anfang an die Menschen wieder loswerden wollten. Diese Menschen haben nichts getan, was es rechtfertigt, sie von Asuv zu verbannen. Sie haben ihre Heimat hinter sich gelassen, haben viel auf sich genommen, um sich herbringen zu lassen, und sie haben sich in diese Gesellschaft eingefügt und haben sich vorbildlich benommen. Sie leisten ihren Beitrag zur Gesellschaft auf Asuv. Die Fehler wurden ihnen von Asuvanern in die Schuhe geschoben. Es wäre nicht fair, sie zu bestrafen! Rache ist doch eigentlich keine asuvanische Eigenschaft. So wurde es mir zumindest hier beigebracht. Dies hier wäre nichts anderes als Rache an hundert Individuen.«

Lisa schluckte kurz, sah dem Vorsitzenden direkt in die Augen und fuhr fort: »Nur ein Mensch hat etwas sehr Schlimmes getan, wodurch Leid und Tod über diese Bevölkerung gebracht wurden, aber dies hat nur ein einziger Mensch zu verantworten. Ich bedaure seine Tat. Ich mache mir Vorwürfe, dass ich diesen Menschen auf der Erde im Schulungsschiff nicht als Gefahr erkannt habe. Sein Virus hat auch mich infiziert und ich bin froh, dass ich diese Erkrankung überstanden habe. Wir haben ein Gegenmittel gefunden, das gerade schon verteilt wird und hoffentlich schnell wirkt.«

»Die roten Schlangen?«, fragte der Vorsitzende.

»Ja, die roten Schlangen, die wir gefunden haben, weil ein Mitglied dieser Verschwörung mich und einen anderen Menschen auf einem Planeten ausgesetzt hat. Ich hege keinen Groll, ich bin froh, dass wir diese Schlangen gefunden haben. Auf diesem Planeten, auf dem ihr euch der verstoßenen Asuvaner entledigt. Diese Verstoßenen, die auf Simir Lebensraum für sich einnehmen. Dieser Lebensraum gehört den Morossen. Mit welchem Recht nehmt ihr diesen Lebensraum für euch ein? Ihr seid also nicht besser als der Mensch. Und ihr seid auch nicht fairer! Diese Verschwörung ist niederträchtig und gemein. Ihr denkt, ihr seid weiter entwickelt als die Menschen? Ich habe auf Simir Asuvaner kennengelernt, die es mit der menschlichen Spezies in Bezug auf Niederträchtigkeit durchaus aufnehmen können. Die Menschen machen Fehler, aber da, wo ich herkomme, da werden in der Regel diejenigen bestraft, die Unrecht getan haben. Hier sollen alle Menschen bestraft werden, weil ein einziger Mensch etwas Schlimmes getan hat, und Asuvaner, die ebenfalls niederträchtig gehandelt haben, stehen da oben und gucken auf mich herunter.« Lisa sah auf zu Nil. Ihre Blicke trafen sich und Lisa spürte Wut, die ihr Energie gab. Dennoch fiel Nil ihr nun wieder ins Wort: »Wieder nur Beschuldigungen gegen Asuvaner und unsere Lebensweise! Lisa arbeitet mit unseren Informationssystemen. Wer sagt uns, dass diese Zugangsprotokolle und Beweise nicht gefälscht sind, um ihre eigene Spezies zu entlasten. Ich erinnere mich nicht an irgendwelche heimlichen Versammlungen, an denen ich teilgenommen haben soll, geschweige denn, diese sogar geleitet zu haben. Auch diese Aufnahme müssen sie und ihre blasse Freundin gefälscht haben. Ich habe das nie gesagt!«

Lisa und Su standen dort mit offenem Mund und sahen erschrocken, dass die meisten Ratsmitglieder gewillt waren, ihr zu glauben. Leichtes Nicken, abfällige Blicke. Lisa spürte Resignation in sich aufsteigen, wie Nebel an einem kalten Novembermorgen kroch er ihren Rücken hinauf.

Mano trat nun einen Schritt vor und nahm Lisas Hand. Beruhigende Gefühle fluteten ihr Gehirn und sie sah Mano erleichtert an. Dann ließ er ihre Hand wieder los, trat noch einen Schritt vor und sprach ruhig und sicher:

»Geehrter Ratsvorsitzender, geehrte Regierungsmitglieder, ich bin der Leiter der REGFB. In meinem Komplex arbeiten Menschen an der Seite von Asuvanern bis an die Grenze ihrer Belastbarkeit, um diese Viruskrankheit einzudämmen und zu besiegen. Für mich sind unsere Siedler Mitglieder meines Komplexes. Als Asuvaner, die diese Erdbewohner aufgenommen haben, haben wir nun die Verantwortung, nicht mehr zwischen IHNEN und UNS zu unterscheiden. Es gibt nur Bewohner dieses Planeten. Und wenn wir unsere eigenen hohen Prinzipien einhalten wollen, dann darf auch der Regierungsrat hier keinen Unterschied machen. Somit ist es einfach. Jeder Bewohner dieses Planeten muss sich an unsere Regeln halten. Und wenn ein Bewohner andere Bewohner bewusst in Gefahr bringt oder ihnen sogar schadet, wird er des Planeten verwiesen. Ein Mitglied meines Komplexes hat einen sehr großen Schaden angerichtet. Diesen Verursacher haben wir in seinem Quartier arrestiert. Wir werden ihn dem asuvanischen Rat übergeben, damit er sich für die Verbreitung dieses Virus verantworten muss. Wenn der Rat nachweisen kann, dass einer der anderen Erdmenschen ihnen ebenfalls etwas getan hat, für das er sich verantworten müsste, dann soll dies ebenfalls geschehen. Dem Rat liegen die Untersuchungsergebnisse meines Teams vor. Es steht dem Rat frei, die Authentizität dieser Ergebnisse zu prüfen. Ich erwarte jedoch nicht, dass der Rat zu einem anderen Ergebnis kommen wird. Ich war vor einigen Sonnen- und Mondzeiten im Komplex für Naturpflege und habe den zerstörten Garten dort gesehen. Ich habe mit dem Leiter dieses Komplexes gesprochen und er berichtete, dass der Mensch, der immer noch darauf schwört, dass er hereingelegt worden ist, fast pausenlos daran arbeitet, den zerstörten Gartenteil wiederherzustellen. Er trägt den geschädigten Boden ab, sammelt in anderen Gärten Samen und Ableger und hat fast ein Drittel des Gartens wiederhergestellt. Das macht kein Wesen, das absichtlich etwas zerstört. Mir wurde bestätigt, dass dieser Mensch erschüttert war, als die Pflanzen eingingen, dass er darunter sehr gelitten hat und dass er die Natur wirklich liebt. Ihm wurde ebenfalls Unrecht angetan. Ich beantrage hier vor dem asuvanischen Rat, dass wir uns auf unsere Direktiven besinnen. So wie Lisa und Su jeden von Nil beschuldigten Menschen befragt haben und die Fälle untersucht haben, so beantrage, nein, so verlange ich, dass jeder asuvanische Name in diesem Bericht ebenfalls befragt wird. Wenn die vorliegenden Beweise ernst genommen werden, haben auch die Asuvaner in diesem Bericht sich schuldig gemacht. In einigen Fällen sind die Handlungen dieser Asuvaner etwas Hochgradiges, wodurch der Frieden und das Leben auf diesem Planeten gefährdet wurden. Wenn ich jemanden, der mich fragt, sage, dass eine Pflanze vitaminreich und nicht giftig ist und er sie in unseren Nahrungsbrei mischen kann, dann ist er derjenige, durch den die Gefährdung entstanden ist. Nur das beschuldigte REGFB-Mitglied Richard wird dem Regierungsrat ausgeliefert. Weitere meiner Mitglieder werde ich nicht herausgeben, sofern keine realen Anschuldigungen gegen sie vorgebracht werden können. Sie sind alle wertvolle Mitglieder meines Komplexes.«

Nun sah Mano Nil an, die Asuvanerin, die einmal seine Partnerin gewesen war. Hatte sie sich so verändert? War sie immer schon so gewesen und hatte er es nur früher nicht erkannt? Haben die Menschen diesen Hass in ihr gesät?

Nil hatte Manos Blick standgehalten und schüttelte langsam und ungläubig den Kopf, bevor sie fast genervt wiederholte: »Ich war nie im Waldland. Die Aufnahme ist gefälscht!«

Mano schüttelte traurig den Kopf und sprach an den Vorsitzenden gewandt: »Dann muss der asuvanische Rat mich auch des Lügens bezichtigen, denn ich war gestern ebenfalls im Waldland und war Zeuge dieser Versammlung. Ich habe es mit meinen eigenen Augen gesehen und neben Nil waren auch einige andere Regierungsmitglieder dort. Emen, dich habe ich auch gesehen. Ich möchte noch einmal dringend daran erinnern, dass die Regeln unseres Planeten immer nur begangene Schuld bestraft haben und nicht die Abstammung oder Herkunft von einem anderen Planeten. Wenn der asuvanische Regierungsrat noch diesen asuvanischen Regeln unterliegt und nicht komplett dieser neuen Anti-Erdmensch-Bewegung unterliegt, dann werden die zusammengestellten Daten überprüft und daraus die richtigen Schlüsse gezogen werden müssen.«

DIE RÜCKKEHR

DER ROTEN SCHLANGEN

Einige Sonnen- und Mondzeiten später hatte sich die Konzentration des Medikamentes im Wasserkreislauf der Komplexe deutlich erhöht und es hatte keine neuen Todesfälle gegeben. Selbst der Zustand der schwer erkrankten Asuvaner schienen sich zumindest zu stabilisieren und nicht weiter zu verschlechtern. Die Flure und Begegnungsstätten waren zwar immer noch ruhig und sehr leer, aber hier und da tauchten wieder Bewohner auf und die Stimmung wirkte ein wenig wie ein Frühlingserwachen.

Ellen hatte gerade einen weiteren Asuvaner, der sich gut erholt hatte, aus dem künstlichen Tiefschlaf geholt. Sie war für heute zufrieden. Richard war vor einigen Sonnen- und Mondzeiten von den Wachen des Regierungskomplexes abgeholt worden. Seit er weg war, fühlte sich Ellen frei und glücklich. Er würde sich vor dem Regierungsrat verantworten müssen. Ellen selbst musste dies nicht. Mano hatte dem Regierungsrat glaubhaft versichert, dass Ellen an der eigentlichen Tat nicht beteiligt war, sie sogar verhindern wollte und selbst ein Opfer von Richards Machenschaften war. Mano wusste, dass sie auf der Erde noch mit Richards Plänen zumindest einverstanden war und sich die Behältnisse mit dem Virus hat freiwillig implantieren lassen. Er glaubte jedoch auch, dass sie unter dem schädlichen Einfluss von Richard gestanden hatte, vielleicht machtlos war und sich nicht zu wehren gewusst hatte. Nach einem gemeinsamen Gespräch waren sich er und Dalaamo sicher, dass Ellen, seit sie auf diesem Planeten war, keine bösen Absichten mehr hatte und den Anschlag eigentlich verhindern wollte. Sie hatte eine Chance auf ein Leben in ihrer Gesellschaft verdient. Seit sie wieder auf ihren Beinen stehen konnte, arbeitete sie auf der Krankenstation bis an den Rand ihrer Erschöpfung. Sono sprach sich ebenfalls für Ellen aus. Er könnte nicht auf Ellen verzichten. Sie würde auf der Krankenstation gebraucht, um den Erreger weiterhin zu bekämpfen, vor allem weil er selbst auch zwei seiner Mitarbeiter durch das Virus verloren hatte.

Dulchina half noch, solange sie gebraucht wurde, auf der Kranken-station. Sie kümmerte sich besonders aufopfernd um ihre beiden klei-nen Schützlinge, die endlich wieder bei Bewusstsein waren und die Krankenstation bald verlassen konnten. Beide würden die Krankheit überstehen. Dulchina wurde gefragt, ob sie auf der Krankenstation bleiben wollte, aber sie wollte lieber zurück zur Nachwuchsbetreuung. Sobald die beiden Kleinen wieder fit waren, würden sie gemeinsam zurückgehen.

Melodie hatte um eine zeitliche Entbindung von ihren Aufgaben ge-beten. Sie wollte darüber nachdenken, wie sie die Erde retten könnte, auch wenn sie nicht das Gefühl hatte, dass sie es schaffen könnte. Sie spielte verschiedene Ideen durch und forschte in den historischen Datenbanken von Asuv. Vielleicht könnte sie Daten und Erkenntnisse zusammentragen und in den richtigen Organisationen der Erde ein-fließen lassen. Vielleicht ließe sich das ein oder andere bewirken. Sie machte es nur für sich selbst, damit sie sich nicht vorwerfen musste, dass sie es nicht versucht hatte. Sie gab nicht die Hoffnung auf, dass ihr wirklich etwas einfiel, das helfen konnte. Sie sprach öfter über ihre Ideen mit Dalaamo und dieser bestärkte sie generell in ihren Über-legungen, sich zumindest mit dem Thema zu beschäftigen.

»Glaubst du denn, dass ich irgendwas bewirken kann?«, fragte sie ihn einmal nach einem langen Tag vor den asuvanischen Datenbanken und Recherchen über den Mars, die eher frustrierend auf sie wirkten.

»Die größte Wahrscheinlichkeit besteht darin, dass du keine Wirkung erzielst, mit sehr viel Glück gelingt dir vielleicht eine Ver-schiebung des Kippzeitpunktes. Wenn du die Erdbevölkerung von be-deutenden Änderungen überzeugst, hast du ihnen zu weiteren fünfzig Jahren verholfen. Und dann ist da noch dieser kleine Punkt.«

»Welcher Punkt?«

»Manchmal passiert etwas Unbekanntes im Universum, das eine Kettenreaktion bewirkt. Diese Kettenreaktion kann auch in eine positive Richtung führen, so wie auf Asuv vor einigen Generationen. Die Überlebenden waren sich einig, alles zu tun, um den Planeten und das eigene Überleben zu sichern. Sie hatten vor allem verstanden, dass beides zusammenhängt. Es waren schwere Änderungen und Einschnitte notwendig, aber plötzlich bekam alles eine gute Dynamik. Meiner Meinung nach ist die Wahrscheinlichkeit, dass dies auf der Erde passiert, aber so gering wie ein kleiner Punkt im Universum.«

»Aber möglich?«, fragte Melodie.

Dalaamo sah in Melodie etwas, was sie selbst bisher nicht wahrgenommen hatte. Sie war schüchtern, vorsichtig und unsicher, wirkte zerbrechlich, aber oftmals war es der harte Stamm, der im Sturm zuerst brach, während sich der kleine, weiche Grashalm im Wind wiegte und unbeschädigt aus dem Unwetter herauskam. Er spürte einen Willen in ihr, der ganz langsam zu glimmen begann.

»Die Wahrscheinlichkeit ist meiner Meinung nach nicht größer als die Wahrscheinlichkeit, dass ein sterbender Mensch von der Erde gerettet wird, hier wieder zu Kräften kommt und dafür sorgt, dass die Erde nicht durch einen Raumriss zerstört wird. Dennoch ist genau dies schon passiert. Vielleicht hat die Erde einige Schutzengel wie Lisa und dich, die ...«

»Punktgenau zur richtigen Zeit eingreifen?«

»Ja, vielleicht!« Die motivierende Zuversicht, die Dalaamo an Melodies Gehirn sendete, konnte sie schon empfangen und dankende Gefühle erwidern.

Bernie hatte einen neuen wohlschmeckenden Nahrungsbrei kreiert. Den besten Geschmack, den es auf Asuv bisher gab. Er hatte sich einen Mitarbeiter aus dem Naturkomplex mitgenommen und süße Blüten, herbe Kräuter und frische Pflanzen besorgt, die absolut unbedenklich und sehr vitaminreich waren. Diese neue Komposition war sofort der Lieblingsbrei vieler Asuvaner und Menschen geworden. Zudem hatte er einen Nahrungsriegel daraus kreiert, der trocken war und den man so auch problemlos überall mit hinnehmen und essen konnte. Als Nächstes wollte er noch etwas kreieren, das etwas herber oder würziger war. Dafür musste er erst einmal tiefer in die Kräuterkunde des Planeten einsteigen, was ihm sehr zugutekam, denn er und seine asuvanische Freundin hielten sich gerne in der Natur auf und wanderten manchmal mehrere Tages- und Nachtzeiten im Waldland.

Während das Leben auf Asuv zur Ruhe kam, startete ein Transportschiff. Es bot Platz für zwei Piloten, zwei Sicherheitsleute und sechszehn Verbannte. Das Transportschiff landete etwas unsanft auf Simir. Die Tür wurde geöffnet und die Treppe heruntergelassen.

Richard durfte zuerst aussteigen und sollte einen Vorsprung erhalten, bevor die asuvanischen Verstoßenen austreten sollten. Diese Gruppe war nicht gut auf Richard zu sprechen. Während des Fluges passten die Sicherheitsbeauftragten auf und hätten jeden Angriff auf die Besatzung oder die Verstoßenen untereinander mit einem Betäubungsgerät abgewehrt. Auf Simir sich selbst überlassen, hatte Richard gegenüber fünfzehn Asuvanern, die verstoßen wurden, einen Nachteil und so durfte er zuerst aussteigen und verborgen vor den Blicken dieser verstoßenen Asuvaner eine Richtung wählen. Er stand von seinem Sitz auf und ging erhobenen Hauptes an den Asuvanern vorbei. Er verließ das Schiff und sah sich kurz um. Er trug einen asuvanischen Anzug in einem dunklen Grün. Die gesunde Nahrung auf Asuv hatte seinen Bauchansatz gänzlich verschwinden lassen. Für einen Mann seines Alters hatte er eine gute Figur und er fühlte sich auch viel fitter als auf der Erde. Er schulterte einen großen Stoffbeutel, den jeder Verstoßene erhielt. Er durfte sich einen Ersatzanzug einpacken, ein Gefäß mit Wasser, ein paar Vorräte in Form von Bernies Riegeln, eine Decke, Hygieneartikel und er hatte auch einige vor langer Zeit gestohlene Medikamente in dem Beutel versteckt. Er entschied sich für eine Richtung und ging zügig in den Wald. Nachdem er eine ganze Weile gegangen war, setzte er sich an einen Baumstamm und schaute auf den Stoffbeutel vor seinen Füßen, der sein ganzer Besitz war. Zudem war er ein Geächteter. Er ließ den Kopf nach hinten an den Baumstamm fallen. Wie war er nur in diese Situation geraten? Auf der Erde hatte er ein luxuriöses Haus mit einem Schwimmbad im Keller und einem großen gepflegten Garten. Er fuhr einen Sportwagen und hatte eine hübsche und kluge Frau. Sie hatten diesen gemeinsamen Plan, in einer neuen Welt Fuß zu fassen. Als Pioniere den Weltraum zu erobern und Freunde und zahlende Geschäftspartner nachzuholen. Dieser neue Planet hätte der ihre werden können und sie hätten ihn nach ihren Wünschen gestalten können. Es wäre ein Paradies geworden.

Aber Ellen hatte ihn verraten. Sie hatte alles verdorben, diese dumme Pute. Nun saß er hier mit einem Beutel und sonst nichts auf einem Strafplaneten. So durfte es nicht enden! Vielleicht musste es das aber auch nicht. Es war ein anderer Planet, aber er könnte versuchen, auch hier etwas zu bewegen. Es wäre möglich, dass er hier leichter vorwärtskommen würde. Er war kein Typ, der aufgab. Er aß einen Nahrungsriegel, trank etwas Wasser und stand auf, um sich wieder auf den Weg zu machen. Wohin wusste er nicht, aber es würde sich etwas finden. Das Leben hielt immer neue, spannende Gelegenheiten bereit, man musste nur zugreifen.

Zur gleichen Zeit wurden fünfzehn Asuvaner von einer Gruppe schmuddeliger Wachen in Richtung eines hölzernen Zaunes getrieben.

Nil kochte vor Wut. Das durfte doch alles nicht wahr sein. Es reichte nicht, dass sie nun eine Verstoßene war, nun wurde sie hier auch noch von anderen Verstoßenen wie eine Gefangene behandelt. Neben ihr stolperte Zahr über eine Wurzel und fluchte. Hinter ihnen trottete Emen zusammengesunken.

Der Regierungsrat hatte alle zur Verfügung gestellten Informationen ausgewertet und überprüft. Tatsächlich wurden alle Menschen von ihren Anschuldigungen entlastet, außer Richard. Die Mitglieder von Nils Verschwörung mussten sich ebenfalls alle einer Untersuchung und Befragungen unterziehen. Die meisten waren nur Mitläufer. Sie hatten keine aktiven Verbrechen begangen und teilweise tat ihnen ihre antimenschliche Einstellung sogar leid. Es wurde vom Regierungsrat entschieden, dass diese Asuvaner Mitglieder der asuvanischen Gemeinschaft bleiben dürfen, aber in der nächsten Zeit unter Beobachtung stehen würden. Zudem musste jeder von ihnen einem Menschen bei seinen Aufgaben helfen oder sie mussten ein gemeinsames Projekt durchführen. Was für eine Schande, fand Nil.

Fünfzehn Asuvaner lehnten dies ab, zeigten keine Reue oder hatten durch aktive Handlungen Menschen bewusst in die Irre geführt und die Sicherheit gefährdet. Dabei wurden teilweise auch die Zerstörung der Natur oder die Gefährdung von Asuvanern in Kauf genommen. Auch Nil als Initiatorin der Antisiedlerbewegung konnte keine Gnade vom Regierungsrat erwarten. Einen Regierungsbonus gab es hier nicht. Diese fünfzehn Asuvaner wurden somit des Planeten verwiesen und nach Simir geflogen.

Die Gruppe wurde über einen staubigen Dorfplatz getrieben. In der Mitte des staubigen Platzes gab es diese große steinumrandete Feuerstelle. Der Platz war umsäumt von hässlichen kleinen Hütten, die alle dringend einer Renovierung bedurften. Sie waren aus Holz gebaut, was in der feuchten Luft ein schnell verrottender Rohstoff war. Er bedurfte aufwendiger Pflege, weshalb auf Asuv Holz als Baustoff in den Komplexen nicht infrage kam. Aber hier in der Wildnis musste man sich offensichtlich damit begnügen. Als sie vor dem einzigen Haus mit einem Anbau angekommen waren, stoppten die vorderen Wachen die Gruppe. Aska wehrte sich gegen eine Wache, die ihn anhielt, und wurde unsanft von zwei Wachen mit Stöcken geschlagen. Er protestierte. Die Tür der Hütte schwang auf und der Oberste trat heraus. Der Anblick dieses fleischigen, ungepflegten Körpers, der nur in ein schmuddeliges Gewand gewickelt war, ließ Nil und Zahr erschaudern. Dieses Wesen war eine Schande für die asuvanische Spezies.

Der Oberste sah die Gruppe an. Neue Arbeiter kamen ihm gerade recht. Von seinen geflohenen Untergebenen waren nur einige wenige zurückgekommen. Die meisten hatten sich im Wald eingerichtet. Seine Wachen hatten noch ein paar Geflohene zurückgeholt. Damit die Wachen ihm treu blieben, musste er ihnen einige Zugeständnisse machen. Sie erhielten mehr Rechte, die besten Hütten und die Frauen, die sich mit den Wachen verpartnerten, waren für den Obersten tabu. Die unterste Arbeitsklasse war jedoch sehr dezimiert und es war mehr Arbeit zu erledigen, als sie leisten konnten. Zudem waren kaum noch attraktive Frauen im Dorf, die nicht den Wachen gehörten und so freute er sich bei dem Anblick der beiden gutaussehenden Asuvanerinnen, die vor ihm standen.

»Willkommen in unserem kleinen Dorf«, begrüßte er sie und fuhr dann sofort streng bellend fort: »Wir nehmen euch in unsere Gemeinschaft auf, bieten euch Schutz, aber dafür werdet ihr euch hier einfügen. Ihr werdet die euch übertragenen Arbeiten erledigen und euch mir unterwerfen.«

Er sah sich zufrieden um. Sein Blick blieb an Nil und Zahr hängen. »Ihr beiden Schönen kommt gleich zu mir in die Hütte. Euch will ich näher kennenlernen!«, sagte er mit einem fiesen Lächeln.

»Ihr anderen werdet arbeiten und folgsam sein. Wer sich nicht fügt, wird bestraft!«, bellte er wieder.

Nil hatte genug gehört. Sie trat selbstbewusst einen Schritt nach vorne, drehte sich um und ließ den Blick kurz durch das Dorf schweifen.

»Warum lasst ihr euch behandeln wie Dreck? Warum lebt ihr so?«, schrie sie selbstbewusst und stolz.

»Oh nein, das hatten wir schon!«, raunzte der Oberste und winkte einer Wache zu. Wenn man Frauen zu viel reden ließ, führte dies zu nichts Gutem, wie er bereits festgestellt hatte. Die Wache ging auf Nil zu, doch die redete unbeirrt weiter.

»Ihr lebt in Staub und Dreck und dient diesem Objekt, das unwürdig ist, ein Asuvaner zu sein? Warum? Warum erhebt ihr euch nicht und lebt in Stolz und Würde? Ihr habt es nicht verdient, so behandelt zu werden!«

Die Wache hatte vor ihr angehalten. Die Dorfbewohner sahen sie nachdenklich an, schienen aber noch nicht überzeugt.

»Wenn ihr mich zu eurer Chefin macht, dann führe ich euch aus diesem Elend heraus. Wir bauen dieses Dorf zu einem Schmuckstück aus, wir arbeiten gemeinsam am Wohle aller Bewohner und jedem von euch wird es gut gehen. Niemand muss folgsam sein oder wird bestraft. Jeder wird gerne seinen Beitrag leisten, seine Arbeit tun und einen fairen Anteil seiner Arbeit erhalten.«

Dem Obersten reichte es und er befahl den Wachen auf der anderen Seite: »Ergreift sie und sperrt sie in die Hütte!«

Die Wachen bewegten sich jedoch nicht und sahen Nil nachdenklich an.

»Na los!«, befahl der Obere in Richtung Wachen.

Gerade als sie sich bewegen wollten, trat Zahr neben Nil und verkündete: »Folgt Nil, denn sie ist eine erfolgreiche Anführerin. Sie kann euch zu Wohlstand und einem lebenswerten Leben führen!«

In den Köpfen der Bevölkerung arbeitete es. Es wurde die Angst vor Bestrafung mit der Hoffnung, die Nils und Zahrs Worte weckten, abgewogen. Nil spürte, dass sie die Dorfbevölkerung auf ihre Seite ziehen konnte. »Hört auf, diesen Fettling zu füttern! Seht euch an! Ihr seht hungrig und müde von der Arbeit aus und er ist fett und faul«, und Nil zeigte auf den Obersten, »schmeißt ihn aus dem Dorf und lasst uns in Wohlstand und Freiheit leben. Reißt diese Hütte des Fettlings ein. Wir werden schöne Hütten bauen, wir werden einen Badesee bauen, uns pflegen und genug für alle zum Essen anbauen … lasst uns endlich beginnen!«

»ERGREIFT DIESE WEIBER!«, schrie der Oberste hysterisch, der die Gesichter seiner Untergebenen sehr gut deuten konnte. Was er sah, gefiel ihm nicht. Sie hingen an den Worten dieser selbsternannten Aufrührerin. Die Wachen sahen ihn an und warfen Nil einen fragenden Blick zu.

»Na los!«, schrie der Oberste und seine beiden Hauptwachen machten jeweils einen Schritt auf Nil zu. Wer wusste, ob sie ihr vertrauen konnten. Der Oberste hatten ihnen gerade mehr Rechte gegeben und wenn sie nicht gehorchten, würden sie diese wieder verlieren. Als die beiden Wachen die beiden Frauen gerade packen wollten, kam die übrige Dorfbevölkerung drohend näher. »Wir wollen hören, was sie uns zu sagen haben!«, forderten sie. Die Wachen verharrten neben Nil und Zahr, unschlüssig, was sie tun sollten.

»Na los!«, rief Nil. »Werft diesen Ausbeuter endlich aus dem Dorf und lasst uns anfangen, eine neue Heimat hier zu errichten! Jeder von euch hat das Recht, gut zu leben. Jeder wird gleichberechtigt sein. Jeder erhält, was er braucht. Ich wäre stolz, wenn ich euch zu diesem Leben führen dürfte.«

Die Wachen drehten sich kurzerhand um und schnappten den Obersten. Sie führten ihn unter Jubel der Dorfbevölkerung zum Eingang des Dorfes. Er protestierte und fluchte, aber es hatte keine Wirkung mehr auf die Wachen. Sie setzten ihn vor den Eingang und versperrten den Weg zurück.

»Ist das der Dank, dass ich euch Schutz gegeben habe? Das könnt ihr nicht machen.«

Nil und Zahr tauschten zufriedene Blicke aus, während die Dorfbewohner euphorisch die Arme in die Luft warfen und jubelten.

Richard war an einem großen Steinfort angekommen. Auf der Mauer saßen asuvanische Wachen, die auf den Menschen hinunterblickten.

»Wer bist du?«, wollten sie wissen.

»Mein Name ist … Donald«, sagte Richard. Besser, er behielt seinen richtigen Namen erst einmal für sich.

»Wo kommst du her?«

»Von Asuv.«

Das große Holztor öffnete sich und Artax, der Chef der Kolonie, und zwei weitere Asuvaner traten heraus. Die beiden Asuvaner hinter Artax trugen Schlagstöcke, blieben aber passiv im Hintergrund.

»Mein Name ist Donald«, wiederholte Richard in asuvanischer Sprache, da seine Gegenüber auch Verstoßene zu sein schienen. Gott sei Dank war er nicht bei irgendwelchen Ureinwohnern gelandet.

»Ich bin Artax und das hier sind Inulf und Ellur. Weswegen bist du hier?«

»Kann ich hierbleiben?«, fragte Richard.

»Unsere Kolonie ist voll. Es gibt noch Asuvaner dahinten im Wald. Vielleicht können die dich aufnehmen.«

»Ich bin Arzt. Vielleicht kann ich hilfreich für euch sein.«

Artax dachte nach und meinte: »Wir haben eine Asuvanerin, die seit fast zwei Sonnen- und Mondzeiten versucht, ihren Nachwuchs zu bekommen. Sie hat große Schmerzen. Wir wissen nicht, wie wir ihr noch helfen können. Es geht ihr mittlerweile sehr schlecht. Kannst du ihr helfen?«

»Ich werde es versuchen, wenn ihr mich zu ihr bringt.«

Artax nickte und Richard eilte hinter der Gruppe durch das Tor.

Auf der Krankenstation auf Asuv sah Sono die roten Schlangen an, die vor ihm in dem großen Glasbottich schwammen. Sie benötigten mittlerweile nach dem Melken ihres Giftes schon doppelt so lange für ihre Regeneration und waren auch deutlich ruhiger geworden. Sono beschloss, dass er vom nächsten Melkvorgang etwas aufheben würde, um weitere Untersuchungen durchzuführen und dem Wirkstoff in dem Gift auf den Grund zu kommen. Vielleicht könnte er mit diesen Erkenntnissen eine neue Medizin für Asuv erschaffen. Die Schlangen dürften nicht mehr weiter gemolken werden. Das nächste Mal würde das letzte Mal sein. Es war Zeit für sie, zurück nach Simir gebracht zu werden.

Sono informierte sich noch einmal auf den Krankenstationen der anderen Komplexe, wie es um die dortigen Patienten stand. Auf allen Krankenstationen hatte es keine weiteren Todesfälle gegeben. Die Patienten stabilisierten sich zunehmend und mehr und mehr Patienten konnten aus dem komaähnlichen Zustand geweckt werden. Die Komplexe erwachten wieder zum Leben.

Lisa und Mano sollten die Schlangen zurück zu den Morossen bringen. Die immer noch blassroten Schlangen wurden in der nächsten Sonnenzeit in eine Transportbox umgesetzt und in ein Shuttle verladen. Die Transportbox bedeutete noch einmal zusätzlichen Stress für die Tiere, aber bald wären sie zurück in ihrem Fluss auf Simir.

»Wir danken euch für alles. Ihr habt uns sehr geholfen«, flüsterte Lisa in die Box, bevor sie verschlossen wurde.

Auf dem Hinflug war Mano still und nachdenklich. Er wusste, dass Nil nun irgendwo auf diesem Planeten war. Würde sie dort zurechtkommen? Wo war sie untergekommen? Plötzlich fühlte er ein wenig Mitleid mit seiner Ex-Partnerin. Er stellte sich vor, dass sie orientierungslos durch einen wilden Wald flüchtete. Dann rief er sich aber wieder ins Gedächtnis, dass es sich um Nil handelte. Sie war nicht allein, sondern mit weiteren vierzehn Asuvanern, die ihr fast so etwas wie hörig waren, zusammen. Sie hatte Mano zudem schon oft zu fremden Planeten begleitet und Verhandlungen mit den Bewohnern geführt. Immer fand sie sich zurecht. Er brauchte sich also keine Sorgen machen. Dennoch war es ein komisches Gefühl. Er warf einen Blick auf Lisa, die neben ihm im Beifahrersitz des Shuttles saß. Sie war tief in den Sitz gesunken, wirkte müde und dachte über irgendwas nach. Trotz leichter Ringe unter ihren Augen war sie schön. Wie würde ihr weiteres Leben auf Asuv sein? Wäre er der Aufgabe des Leiters eines ganzen Komplexes gewachsen? Würden Menschen und Asuvaner als ein Volk leben können oder würden verschiedene Abstammungen und Lebenseinstellungen doch nicht abgelegt werden können und immer wieder zu Problemen führen? Lisa streckte sich genüsslich. Sie hatte bemerkt, dass sie im Landeanflug auf Simir waren. Mano spürte eine unfassbare Liebe für diesen Menschen in sich und wusste, dass Menschen und Asuvaner in Frieden und sogar in Liebe verbunden sein konnten. Dies zu gewährleisten, daran musste er arbeiten. In seinen Gedanken drängte sich plötzlich Zin auf, der zufrieden lächelte.

Sie landeten auf der Lichtung vor dem Dorf der Morossen und bevor sie die Tür öffneten, waren sie von einer Herde junger männlicher Morossen umstellt. Einige wirkten wie unzähmbare Pferde. Sie stampften unruhig hin und her und ihre wilde seidige Mähne flog im Takt ihrer Bewegung.

Lisa und Mano stiegen aus und plötzlich stand Pontos vor Lisa und begrüßte sie. Su hatte Manos und Lisas ID-Com mit ihrem selbstlernenden Übersetzungsprogramm ausgestattet und so konnten sie ihn verstehen, als er sagte: »Ich freue mich sehr, dich wiederzusehen. Ich war mir nicht sicher, ob du zurückkommen würdest.«

»Ich habe dir doch mein Wort gegeben!«, sprach Lisa und Sus Übersetzungsprogramm übersetzte.

Pontos lächelte sie stolz an. Er hatte es den anderen gesagt, aber einige der Morossen hatten es ihm nicht geglaubt. »Die siehst du nie wieder und unsere roten Schlangen auch nicht«, hatten sie gesagt.

Lisa sah in seine Augen und sah Traurigkeit, dass sie nicht bei ihm geblieben war. Sie wusste, dass sie ihm etwas bedeutete, und so ging sie auf ihn zu und umarmte ihn. Pontos war einige Sekunden überrascht, aber erwiderte sofort die Umarmung. Lisa spürte das seidenweiche, warme Fell an ihrer Wange. Pontos drückte Lisa noch einmal etwas fester an sich, als er Manos Blick bemerkte. Pontos wusste, dass er Lisa nie besitzen würde, und er wusste auch, dass Lisa diesem Asuvaner gehörte. Aber er genoss die Umarmung und warf Mano einen Blick unter Männern zu. Dafür war kein Übersetzer notwendig. Mano bemerkte Pontos' leichtes Grinsen, das ihm galt, verzog nur leicht den Mund und nickte anerkennend zurück.

Sie machten sich an die Arbeit und luden den Transportbehälter mit den roten Schlangen aus. Die starken Morossen halfen, ihn zum Fluss zu bringen und unter den strengen, und besorgten Blicken entließen sie die noch mattroten Schlangen zurück in den Fluss. Alle schwammen zügig davon.

»Wir danken euch!«, flüsterte Lisa noch leise hinterher.

Die Morossen bestanden darauf, dass Mano und Lisa mit ihnen das Lagerfeuer teilten. Lisa freute sich sehr auf dieses abendliche Ritual, das sie von ihrer Zeit bei den Morossen schon kannte. Das ganze Dorf versammelte sich auf dem Dorfplatz um das große Feuer. Die Fänge des Tages wurden gegrillt oder mit dem gesammelten Gemüse in einem großen Topf gekocht. Jeder bekam etwas von diesem kräftigen Essen ab und anschließend saßen die Morossen noch lange um das Feuer und erzählten Geschichten aus der Vergangenheit, Erlebnisse des Tages oder anstehende Planungen.

Als sie an diesem Abend alle um das Feuer gemeinsam gegessen hatten, erhob sich Lisa und sprach mithilfe von Sus Übersetzungsprogramm: »Ich möchte etwas sagen. Könnt ihr mal alle zuhören?«

Das muntere Gerede der Morossen verstummte und alle Blicke richteten sich auf Lisa. Sie sah Mano auffordernd an und auch er stand auf und stellte sich neben Lisa.

»Liebe Morossen, ich freue mich sehr, dass ich heute hier mit euch am Feuer sitzen darf. Ich habe euch als freundliches und stolzes Volk kennengelernt und ich bin euch in Freundschaft verbunden. Mano und ich möchten uns heute jedoch im Namen der ganzen asuvanischen Bevölkerung bedanken. Die roten Schlangen haben viele Mitglieder von unserem Volk gerettet. Wir stehen tief in eurer Schuld. Und noch etwas möchte ich euch mitteilen«, sagte sie und blickte nun Hemera, die Führerin der Morossen, an. »Wir haben dem asuvanischen Rat erklärt, dass es nicht richtig ist, Asuvaner, die wir auf Asuv nicht haben wollen, weil sie unsere Regeln nicht respektieren, nach Simir zu bringen. Simir ist euer Planet und ihn weiterhin mit unseren Ausgestoßenen zu besiedeln würde irgendwann zu Problemen für euch führen. Es wird Zeit, euer Recht auf diesem Planeten zu respektieren. Aus diesem Grund wurde beschlossen, dass die Asuvaner, die vor Kurzem hierhergebracht wurden, die letzten waren. Die Asuvaner werden einen neuen, unbewohnten Planeten suchen, der ähnliche Bedingungen bietet. Dort werden in Zukunft die Asuvaner hingebracht, die ihr Recht auf ein Leben in unserer Gemeinschaft verspielt haben. Ich hoffe, dass euer Lebensraum auf Simir damit nicht weiter beeinträchtigt wird und ihr in Frieden leben könnt.«

Die Morossen sahen beide an und Mano fügte noch eilig hinzu: »Und ich persönlich möchte euch danken, dass ihr meine Partnerin damals gefunden und sie aufgenommen habt, als sie Hilfe brauchte. Ihr habt ihr das Leben gerettet und damit habt ihr auch mein Leben gerettet, denn ohne meine Partnerin wäre mein Leben sinnlos geworden.« Bei diesen Worten nickte er Pontos zu, der anerkennend zurücknickte.

Langsam erhob sich nun Hemera, die Ranghöchste der Morossen. Lisa bewunderte wieder ihre Eleganz, die seidige lange Mähne und ihr champagnerfarbenes schimmerndes Fell. Sie war ein wunderschönes Wesen wie aus einem Märchen und Lisa war glücklich, dass der Rat zugestimmt hatte, diesen Planeten nicht weiter mit Ausgestoßenen zu besiedeln und somit den Frieden der Morossen zu erhalten.

Mit etwas Verzögerung übersetzte Sus Programm auf Lisas ID-Com: »Das erfreut uns sehr. Wir wissen diesen Respekt zu schätzen und danken dafür. Ihr seid bei uns am Feuer stets willkommen.«

Dann wurde an jeden, der wollte, noch ein Nachschlag aus dem großen Suppentopf verteilt. Lisa ließ sich auch noch eine Kelle geben und erinnerte sich noch gut daran, wie dieses Essen ihr die Lebensgeister zurückgebracht hatte. Auch heute fühlte sie sich plötzlich munter und stark und es wurde bis tief in die Nacht erzählt, herumgealbert und die jungen Morossen veranstalteten Wettrennen und rauften spaßend herum.

AUSBLICK

Mano, ich bitte dich als Leiter der REGFB und als meinen Partner. Wir müssen etwas unternehmen!«

»Lisa, wir können keinen Planeten retten, der nicht gerettet werden will.«

»Wir könnten ein Rettungsprogramm ausarbeiten und den Regierungsrat bitten, dies zu unterstützen.«

Mano atmete tief durch, um sich etwas zu beruhigen, und doch wurde er ärgerlich.

»Lisa, die Erde weiß doch eigentlich, was zu tun ist. Sie kann das alles selbst erledigen und sie tut es nicht. Wir können kurzfristig denkende Regierungen, denen es um den eigenen Machterhalt geht, doch nicht einfach umprogrammieren. Das Einzige, was wir machen können, ist noch einige Siedlerprojekte durchzuführen und dadurch noch Menschen, die es wert sind, gerettet zu werden, zu uns zu holen. Darunter könnten auch deine Familie und Freunde sein, sofern sie die Reise und die Operationen überstehen würden. Mehr können wir nicht tun und das ist auch nicht unsere Aufgabe. Ich verstehe, dass dir dein Heimatplanet am Herzen liegt, aber was sollten wir tun?«

»Die Erde beginnt doch umzudenken. Es werden umweltfreundliche Energien gesucht, es werden …«

»Lisa, es wird NICHTS getan!« Mano sprach ungewohnt laut. »Da reden alle von planetenfreundlichen Energien und dann bekommt man Verschmutzungsrechte, wenn irgendwo ein paar Bäume gepflanzt werden. Es wird aber doch nichts wirklich Ernsthaftes unternommen! Was dem Planeten schadet, muss abgeschafft oder ersetzt werden! Welches sind die drängendsten Probleme des Planeten und was sind die Ursachen? Ihr habt die Wissenschaftler, die euch das sagen können, und sie tun es ja bereits. Aber mehr passiert nicht. Die Planetengemeinschaft müsste sich sofort zusammensetzen und eine Liste machen mit den zehn dringendsten Problemen und deren jeweils zehn größten Verursachern. Und genau diese Liste muss sofort gemeinschaftlich und planetenweit abgearbeitet werden. Dann der nächste

Schritt mit den zehn nächsten Problemen. Es ist ganz einfach, Lisa, aber eben nicht auf der Erde, denn das würde den Zusammenbruch eurer Wirtschaftssysteme, Handels- und Belohnungssysteme, eurer Geldwirtschaft bedeuten. Und bevor der Erdmensch darauf verzichtet, stirbt er lieber, oder besser gesagt, er braucht keine Nachkommen zu zeugen, denn diese Nachkommen werden kein hohes Alter mehr erreichen können und das allein ist so egoistisch und … menschlich, dass niemand im Regierungsrat bereit sein wird, mit Technologien oder anderweitiger Hilfe zu unterstützen. Es wäre doch weggeworfen. Was glaubst du, was passiert, wenn wir den Erdmenschen eine Technologie zur Verfügung stellen, mit der man CO_2 aus der Luft filtern und für einen gewissen Zeitraum speichern könnte? Würden die Menschen die gewonnene Zeit nutzen und grundlegend etwas ändern? Würden sie den Planeten wieder in Ordnung bringen, damit das mit dieser Technik gespeicherte CO_2 dann von dem Planeten wieder aufgenommen werden kann, denn der Speicher ist nicht unendlich. Es müssten wieder Bedingungen geschaffen werden, die das gespeicherte CO_2 wieder bewältigen können.«

»Warum sollte die Menschheit das nicht schaffen?«, fragte Lisa mit sinkender Überzeugung.

»Weil alle unsinnigen Industrien eingestellt werden müssten. Ich habe gesehen, was es alles auf eurem Planeten gibt. Ich rede nicht von euren Transportmitteln, die noch einem Zweck dienen. Aber wozu der Großteil dieser Produktionen und Transporte? Diese ganzen Containerschiffe sind voll von Zeug, das man doch gar nicht braucht!«

Lisa dachte nach und daran, wie sie hier auf Asuv lebte. Vermisste sie irgendetwas von dem ganzen Besitz, den sie auf der Erde hatte? Sie dachte an Kleidung, die ständig wechselnden Modeansprüchen unterworfen war, an Dekorationsobjekte, ganze Industriezweige, die kurzlebiges Plastikzeug erzeugten, Einrichtungsgegenstände, die Lebensmittelindustrie mit den ganzen ungesunden Produkten. Sie vermisste nichts davon. Im Gegenteil, denn sie fühlte sich hier auf Asuv frei, behütet und gesund. Man war als Individuum wertvoll und statt Statussymbolen und Geld waren persönliche Weiterentwicklung, Zufriedenheit und Gesundheit die Dinge, die es zu erreichen galt. War dies auf der Erde jemals wichtig oder waren es nur Schlagworte der Werbeindustrie und Mittel zum Zweck? Lisa wusste es gerade nicht. Der sonst so beherrschte Mano hatte sich jedoch richtig in Rage geredet.

»Ihr würdet dem Planeten so viel ersparen, wenn ihr auf diesen ganzen Unsinn verzichtet, der für die Planetenbevölkerung nicht notwendig zum Überleben ist. Die Lebensmittelversorgung müsste ganz anders aussehen. Fleischkonsum und die ganzen Lebensmittel, die nährstofftechnisch gar nicht zum Verzehr geeignet sind, müssten sofort wegfallen, genau wie dieses schädliche Reisen auf dem Planeten. Ihr braucht ein zentrales, gemeinschaftliches Transportsystem wie auf Asuv, die Kriege und Waffen auf eurem Planeten kosten unnötige Ressourcen, sowohl die Produktion der Waffen, die Durchführung der Kriege als auch der Aufbau, der hinterher immer nötig ist, aber das stärkt wieder die dortigen Wirtschaftssysteme ...« Mano hielt inne und sah Lisa an. »Und glaubst du als ehemaliger Erdmensch, dass deinesgleichen auf all diese Dinge verzichten würden, um das Leben des Nachwuchses noch erträglich zu erhalten? Sei ehrlich, Lisa!«

Lisa spürte Verzweiflung und Hilflosigkeit.

»Ich weiß es nicht, Mano, aber ich will etwas tun.«

DIANA HERWIG

Diana Herwig wurde 1973 in Aachen geboren. Nach einem Studium der Betriebswirtschaftslehre hat Sie mehrere Jahre als SAP-Consultant in Frankfurt und Stuttgart gearbeitet, bevor sie zurück in die Heimat ging und nun dort als IT-Business Analystin in einem amerikanischen Konzern arbeitet. In Ihrer Freizeit beschäftigt Sie sich mit dem Schreiben und ihren Westernpferden. Mit Raumsiedler veröffentlicht sie ihren dritten Roman, eine Fortsetzung Ihres Romans Raumriss.

Weitere Bücher von Diana Herwig:

Raumriss

Lesen Sie im ersten Teil der Asuv-Reihe, wie alles begann. Lisa, eine junge Computerspezialistin wird bei einem Autounfall auf der Erde tödlich verletzt. Zwei geheimnisvolle, menschenähnliche Wesen, die den Unfall versehentlich verursacht haben, versuchen sie zu retten und nehmen Sie mit auf den Planeten Asuv. Eine neue Welt mit neuen Dimensionen eröffnen sich ihr und gerade, als Sie beginnt, sich in dieser fremden Welt zurechtzufinden, droht der Erde eine gigantische Katastrophe aus dem All - ein Raumriss. Wird Lisa die Zerstörung der Erde aus der Ferne miterleben müssen oder gibt es einen Weg diese Naturkatastrophe abzuwenden, politische Grenzen zu überwinden, Naturgewalten zu bekämpfen und aus dem entstehenden Chaos eine neue und bessere Ordnung hervorgehen zu lassen? Würde dies gelingen, wäre die Erde für immer verändert ...

Jetzt reiten wir Reining

Ein Buch für Westernreiter, für Klassischreiter, für Turnierreiter, genauso wie für Freizeitreiter, sowie für alle, die über das wichtigste Thema der Welt »Pferde« und die seltsame Spezies der Reiter schmunzeln wollen.

Jetzt verspürte ich ein leichtes Gefühl von Beleidigung, das jeden Moment in Trotz umschlagen konnte. »Ja und? In einem Jahr könnte ich Flintstone aber dicke so weit kriegen, dass er auf Turniere geht und sogar solche Schleifendinger gewinnt.« »Nie im Leben!« »Wollen wir wetten?« Diese Frage endete meistens damit, dass ich mich in etwas hineinmanövriere, wo man nur schwer wieder herauskommt. Nachdem Sandra mit Ihrer Schwester Elena eine Wette abgeschlossen hat, in der es darum geht, wer mit seinem Pferd nach einem Jahr Training mehr Siegesschleifen gewinnen kann, muss sie ihr Leben und das ihres Freizeitpferdes komplett ändern, wenn Sie den Hauch einer Chance haben will. Elena möchte sich ein junges Turnierpferd kaufen und im Bereich klassischer Dressur glänzen, während Sandra es in der Dressur der Westernreiter, also in der Reining versuchen wird. Auf was sie sich da eingelassen hat, wird ihr erst später bewusst…